로
빙
화

옮긴이 김은신

고려대학교 중어중문학과를 졸업하고,
외대 동시통역대학원을 졸업했다. 고려대학교
중어중문학과 박사 과정을 수료하고,
전문번역 작가로 활동 중이다. 번역서로는
《쌀》《눈물(1, 2권)》《지성 동방삭》《용인36계》
등이 있다.

魯冰花
Copyright © 1960 鍾肇政, Taiwan
Korean translation Copyright
© 2003 © 2008 by Tin-Drum publishing
Co. All rights reserved.
This Korean edition is published by
arrangement with 鍾肇政, Taiwan
through Carrot Korea Agency, Seoul.

로빙화

1판 1쇄 2003년 8월 16일
1판 10쇄 2007년 11월 1일
2판 1쇄 2008년 4월 4일
2판 15쇄 2021년 3월 23일

지은이 중자오정
옮긴이 김은신
펴낸이 조재은
편집부 김명옥 김원영 육수정
영업관리부 조희정 유현재

펴낸곳 (주)양철북출판사
등록 2001년 11월 21일 제25100-2002-380호
주소 서울 마포구 양화로8길 17-9
전화 02-335-6407
팩스 0505-335-6408
전자우편 tindrum@tindrum.co.kr

ISBN 978-89-90220-78-3 03820
값 12,000원

잘못된 책은 바꾸어 드립니다.

로빙화

중자오정 지음 · 김은신 옮김 · 장호 그림

양철북

로빙화 _ 차례

만남 ...7

곽운천 선생님 ...15

가난한 아이, 고아명 ...40

미술 수업 ...55

쥐와 고양이 ...76

미술 대회 대표 선발 ...104

교실 밖에서 부는 바람 ...122

교부 회의 ...145

벌레 세상 ...175

실수 ...201

고백 ...226

떠나는 선생님 ...239

어린 천재의 죽음 ...256

황금빛 꽃, 로빙화 ...276

만남

하늘 저 높이 엷은 조각구름들이 넓게 퍼져 있었다. 마치 화가가 그린 그림을 본 개구쟁이가 물감을 풀어 화판 위에 마구 색칠을 하며 아무렇게나 그린 엉터리 그림 같았다. 차밭 둘레에는 아카시아 꽃이 피어 있고 아카시아 나뭇잎들이 산들바람에 몸을 맡긴 채 사각거리고 있었다. 가끔씩 나뭇잎들이 움직임을 멈출 때면 사방은 아득한 옛날의 적막함에 빠져 들었다. 속삭이듯 흔들리는 나뭇잎 소리보다 훨씬 더 가늘고 여린 꿀벌들의 날갯짓 소리만 가득했다.

차밭에는 로빙화가 활짝 피어 있었다. 차밭에는 녹색 차나무와 노란 로빙화가 한 줄 한 줄 번갈아 늘어서 있어 깔끔하게 정리된 도안(圖案)이 떠올랐다.

사람들은 흔히 꿀벌이 근면하고 성실한 곤충이라 말하지만 사실 꿀벌들도 일 년 중 반은 열심히 일하고 나머지 반은 쉰다. 꿀벌에 비하면 이 마을 사람들은 훨씬 고된 생활을 하고 있다.

일 년 가운데 반을 힘겨운 농사일로 눈코 뜰 새 없이 지내면서 차밭에 나가 고된 일까지 하다 보면 정작 여유를 느끼고 쉴 만한 시간은 거의 없었다. 더구나 꿀벌처럼 하루 종일 윙윙거리며 노래하듯 즐겁게 일할 수 있는 천성이 어디 사람에게 있는 것이었던가?

차밭에서 찻잎을 따는 여인네들의 활처럼 휜 등 뒤로 뉘엿뉘엿 해가 저물 때쯤에는 그들도 농담을 주고받을 기운이 없을 정도로 지쳐 있었다.

차밭 한쪽에 있는 아카시아 나무 그늘 아래 한 청년이 의자에 앉아 이젤을 바라보며 열심히 그림을 그리고 있었다. 그림은 어느새 완성되어 있었다. 고른 녹황색을 배경으로 몇몇 여인들이 찻잎을 따고 있는 그림이었다.

청년은 잠시 손놀림을 멈추고 이마에 흘러내린 긴 머리카락을 쓸어 올리며 굳은 허리를 풀었다. 그러고는 팔레트와 붓을 바닥에 내려놓은 뒤 천천히 몸을 일으켜 자리에서 몇 걸음 물러서더니 눈을 가늘게 뜨고 자신이 그린 그림을 한참 바라보았다.

"녹색의 우울이라……."

나지막이 읊조리는 그의 입가에 쓴웃음이 배어 나왔다.

벌써 세 번째 그림이었다. 그는 생각에 잠겼다. 왜일까? 왜 이렇게 무기력하고 우울한 그림이 되는 것일까? 결코 이 우울함에서 빠져나올 수 없단 말인가?

그는 생기 있는 봄의 풍경을 그리려고 며칠이나 이 자리에서 그림을 그렸다. 녹색과 노란색이 어우러진 세계, 새싹이 움터 무럭무럭 잘 자라고 있는 차나무, 그리고 차를 따는 여인들……. 이 모든 것이 청춘과 희망 그리고 삶을 위한 노력들을 나타내고 있었지만 그의 그림 안에서는 암울한 기운만 드러낼 뿐이었다. 그는 아무리 생각해도 왜 그림이 이렇게 그려지는지 그 까닭을 알 수 없었다.

그는 지난 일 년 반 동안의 요양 생활을 떠올렸다. 그 우울하고 힘없는 나날들을 보내며 몸과 마음이 근심과 걱정의 색으로 물든 것이 분명했다. 그는 점점 생각에 빠져 들었다.

"누나, 저기 저 사람 또 그림 그리고 있는데 우리 가서 한번 보자!"

"안 돼! 늦게 가면 엄마 아버지한테 또 야단맞는단 말이야!"

"금방이면 될 텐데 뭘 그래? 가 보자, 누나!"

열 살 남짓한 시내아이가 떼를 쓰듯 누나를 바라보더니 손으로 누나 어깨에 걸린 차 광주리의 멜대를 힘껏 잡아끌었다.

"이러지 마! 너 정말 왜 이래? 아유, 참 나……."

누나가 어쩔 수 없다는 투로 말을 할 때, 그림을 그리던 청년이 몸을 돌려 웃음으로 남매를 맞이했다.

며칠 동안 그들은 날마다 이곳에서 마주치곤 했다. 서로 인사말을 주고받지는 않았지만 왠지 친근한 느낌이 들었다. 청년이 물었다.

"집에 가니?"

"예."

누나가 멋쩍은 웃음을 지으며 대답했다. 새까맣게 그을린 소녀의 얼굴에 드러난 이가 유난히 하얘 보였다.

"우와! 정말 잘 그렸다. 정말 멋있어요!"

동생이 눈을 동그랗게 뜨고는 부러움이 가득 찬 눈빛으로 그림을 바라보며 탄성을 질렀다.

"마음에 드니?"

청년이 여전히 얼굴에 미소를 머금고 물었다.

"예. 마음에 쏙 들어요! 저도 이런 그림을 그릴 수만 있다면 얼마나……."

"얼마나 좋을까라고 말하려고? 좋아, 이 그림을 네게 줄게, 가질래?"

"저, 정말 절 주신다고요?"

"그래! 사실 별로 잘 그린 것도 아닌데 뭐……."

"아, 아니에요! 징말 멋있어요! 전 정말 이런 새을 좋아해요. 이런, 이런 색……, 어유, 말로는 정말 표현 못 하겠어요!"

청년이 화판 위에 놓인 유화(油畵)를 들어 다시 한 번 한참 들여다보더니 사내아이 앞에 놓았다. 눈앞에 놓인 그림과 부드럽게 웃고 있는 청년의 눈빛을 번갈아 바라보던 사내아이가 선뜻 받지 못한 채 머뭇거렸다.

"자, 꼬마야, 어서 받아!"

"아, 안 돼요!"

누나가 얼른 끼어들었다.

"정말 고맙기는 하지만 받을 수는 없어요."

"왜?"

그가 다시 소녀를 바라보았다.

"동생이 좋아하는데 왜 안 된다는 거지? 사실 가지고 있어 봤자 내겐 별 의미도 없는 그림이니까 괜찮아. 어서 받아!"

"고맙습니다!"

동생이 허리를 깊게 숙여 인사를 하며 그림을 받아 들었다.

"아직 다 안 말랐으니까 번지지 않도록 조심해라."

청년이 담배 한 개비를 꺼내 피우며 말했다.

"오늘은 차를 얼마나 땄니?"

그가 가까이 다가와 차 광주리를 보더니 한번 들어 보았다.

"우와! 꽤나 무거운걸! 어제보다 더 많이 땄나 보구나."

"별 차이는 없을 거예요."

누나가 대답했다.

"제가 오늘 힘 좀 썼죠!"

누나의 말이 채 끝나기도 전에 동생이 목청을 돋우며 대답했다.

"그래? 정말 대단하구나! 어제는 얼마나 땄니?"

"스물다섯 근이요."

누나가 대답했다.

"그럼 오늘은 삼십 근은 족히 나가겠는걸. 정말 대단하구나! 내일은 더 많이 따길 바란다."

"내일은 안 따요."

동생이 얼른 말을 가로챘다.

"내일부터는 다시 학교에 가야 해서 차를 안 따도 돼요."

아이들이 요 며칠을 얼마나 힘들게 보냈는지 아이의 말투에서 충분히 느껴졌다.

"아, 참! 그렇지. 봄방학이 끝났지. 너희는 몇 학년이니?"

"전 3학년이고요, 누나는 6학년 졸업반이에요."

"그래? 너희는 학교에서 공부도 잘하겠지?"

"누나는 3등 했는데요, 전 조금……. 15등밖에 못했어요."

"15등도 못한 것은 아니지만 좀 더 열심히 해야겠는걸. 그래, 그럼 우리 내일 보자!"

"내일도 그럼 그리러 나오실 거예요?"

동생은 기대에 가득 찬 눈빛으로 고개를 길게 빼고 물었다. 지금 헤어져야 하는 것이 꽤나 아쉬운 듯했다.

"아니……, 그게 아니라 나중에 보자고!"

청년은 남매에게 앞으로 날마다 만날 수 있을 것이라고 말해 주고 싶었지만 더 늦었다가는 아이들이 부모에게 꾸중을 들을 것 같아 입을 다물었다. 청년은 남매가 돌아가는 뒷모습을 바라보았다.

사내아이는 그림을 조심스럽게 들고 내려가면서 누나한테 쉼없이 이야기를 하며 흥분을 감추지 못했다. 뒷모습만 봐도 소년이 얼마나 큰 감동을 받았는지 느낄 수 있었다.

예술을 하는 사람에게 지음(知音)을 만나는 것처럼 기쁜 일은 없을 것이다. 자신을 알아주는 지음이 설사 아직 솜털도 가시지 않은 어린

아이라 해도 그 기쁨은 충분했다. 더구나 자신이 별로 내세울 만큼 잘 그렸다고 여기지도 않는 작품을 소중하게 생각하고 좋아하는 것을 보니, 자신도 모르게 가슴 깊은 곳에서 따뜻한 무언가가 솟구치는 것만 같았다.

청년은 그림도구 가방을 들고 길게 늘어진 자신의 그림자를 밟고 내려오며 앞으로 시작될 새로운 생활에 대해 생각했다.

일 년이 넘는 요양 생활 동안 내 몸에 스며든 우울의 먼지를 아이들과 함께 생활하면서 반드시 털어 낼 수 있으리라! 방금 저 아이들과는 잠깐 만났을 뿐이지만, 가슴을 꽉 메웠던 짙은 안개가 햇빛을 만나 어느새 그 자취를 감추고 저 멀리 사라지는 것만 같은 느낌을 받지 않았던가?

일 년 반이라……. 후유……, 참으로 힘겨운 날들이었다. 병마와의 싸움에서 지지는 않았지만 어찌 되었건 많은 시간을 허비한 것만은 사실이었다. 인생에는 과연 몇 번의 일 년 반이 있을까? 내일, 내일은 반드시 내 인생의 새로운 출발점이 될 것이다. 비록 이 일이 임시직이라 해도 새로운 출발점이라는 것 자체에 큰 의미가 있다. 천진하고 순수하며, 평화롭고 즐거운 그 세상…….

그의 머릿속에는 어느새 천진난만한 아이들이 뛰노는 그림 한 폭이 펼쳐지고 있었다.

곽운천 선생님

　　4교시 마지막 수업을 마치는 종소리가 나고 선생님에 대한 경례가 끝나기가 무섭게 고차매는 동생 교실로 뛰기 시작했다. 동생 고아명이 막 수업을 마치고 교실에서 나오고 있었다.

　　"아명아! 너 새로 오신 선생님 봤어?"

　　"그럼, 봤지!"

　　"너 정말 좋겠다."

　　"응, 무지무지 신나! 사실 좀 믿기지 않아."

　　"하긴 나도 그래! 아마 우리가 선생님을 맨 처음 본 학생들일 거야. 선생님도 우리를 기억하시겠지, 그렇지?"

　　"그럼! 그런데……, 누나, 나 집에 가서 밥 먹기 싫어. 대신 선생님 보러 가고 싶어."

　　"뭐라고? 아니 어디 가서 선생님을 만난다는 거야?"

"교무실로 가면 되잖아."

"너 정말 그럴 용기 있어? 만나서 뭐라고 하려고?"

"그, 그게 아니라 그냥 창밖에서 보기만 하려고 그래."

"쓸데없는 소리 하지 마! 학교 규칙을 몰라서 그래? 게다가 엄마랑 아버지도 걱정하실 거야. 앞으로 날마다 볼 텐데 뭐가 급해서 그래?"

"그, 그래도……."

"어서 가자! 더 늑장을 부리다간 오후 수업에 늦을지도 몰라!"

동생은 미련과 아쉬움이 남는 듯 연거푸 교무실이 있는 쪽을 바라보며 마지못해 교문으로 향했다.

남매의 집은 천수 마을에 있기 때문에 빠른 걸음으로 걸어야 20분 안에 집에 도착해서 점심을 먹고 다시 오후 수업을 들을 수가 있었다. 이것은 남매가 하루를 보내는 일과이기도 했다.

차매가 설음을 새촉하며 물었다.

"아명아, 너 미술 대회 준비반에 뽑혔니?"

"미술 대회 준비반? 그게 뭔데?"

아명은 키가 작은 탓에 누나보다 훨씬 더 잰걸음으로 걸었기 때문에 무척 초조하게 보였다.

"그게 뭐라니, 그것도 몰라? 조회 시간에 교장 선생님께서 말씀하셨잖아!"

"어유, 난 새로 오신 선생님을 보고 너무 기분이 좋아서 아무 말도 듣지 못했어! 참, 새로 오신 선생님 이름이 뭐야?"

"이런 바보, 넌 무슨 말을 들으면 그렇게 곧장 잊어버리니? 그러니까 성적이 번번이 그 모양이지!"

"정말 안 들렸단 말이야! 딴소리 말고 얼른 선생님 이름이나 가르쳐 줘."

"곽운천 선생님이야. 하늘 위의 구름, 운천(雲天)이라고. 알겠니?"

"곽, 운, 천……. 곽운천 선생님."

고아명은 자칫 잘못해서 깜박 잊어버리는 게 두려운 듯 몇 번이나 그 이름을 입속말로 중얼거렸다.

"그리고 선생님은 대학생이래. 정말 대단하지 않니? 병 때문에 이 년 동안 휴학했다가 이제 병이 다 나아서 우리 학교 임시 선생님이 되신 거라고 교장 선생님께서 말씀하셨어."

"뭐? 대학생?"

아명이 신이 난 목소리로 크게 외쳤다.

"우와, 정말 대단하다! 드디어 우리에게도 이렇게 훌륭한 선생님이 생겼어!"

"그렇지만 나는 물론 너네 학년도 아닌 4학년 2반을 가르치신대. 너무 아쉬워."

"에이……. 그 반으로 갈 수만 있다면 정말 좋겠다! 4학년이면 정말 좋겠다, 좋겠어!"

"바보 같은 소리 하지 마! 교장 선생님이 이번 달 26일에 현(懸)에서 주최하는 미술 대회가 있는데, 곽 선생님이 맡아 가르치실 거라고 하셨어. 앞으로 얼마 동안 날마다 한 시간씩 연습을 할 거래."

"우와! 신난다!"

아명이 두 손을 번쩍 들어 올리며 외쳤다.

"나도 꼭 준비반에 들어가고 말 거야!"

"선생님이 네 이름 불렀어?"

"그, 그게……, 아무 말씀도 없으셨어."

"또 못 들은 거야, 아니면 듣고도 잊어버린 거야?"

"그게……, 잘 모르겠어."

"어유! 어서 빨리 걷기나 해!"

나무라듯 대꾸했지만, 누나의 눈에는 동생에 대한 사랑과 소중함
이 가득 담겨 있었다. 차매는 지금 동생이 미술 대회 준비반에 뽑혔
는지 아닌지 걱정하고 있었다.

동생 고아명이 세상에서 그림보다 더 좋아하는 것은 없었다. 육 년
전 자신이 초등학교에 입학해서 처음으로 크레파스와 도화지 등을
갖게 된 그날부터 동생은 '그림그리기'가 무엇인지 알게 된 것 같았
다. 그때 아명은 겨우 네 살밖에 안 되었는데, 뭐든 보는 대로 달라
고 칭얼대다가 손에 넣기만 하면 실컷 놀고 다 망가뜨린 뒤에야 겨
우 누나에게 돌려 주곤 했다. 특히 여덟 가지 색깔 크레파스만 보면
보는 대로 한 자루를 달라고 졸라 댔다. 그리고 달력을 찢어 그림을
그리기 시작하다 담벼락, 마룻바닥, 책상을 비롯해 눈에 보이는 모든
곳에 동그라미나 네모 같은 이상한 그림을 그려 놓기 일쑤였다.

어느 날 아버지가 몹시 화가 나서 동생을 붙잡아 엉덩이를 있는
힘껏 때리며 혼을 낸 뒤, 아명은 다시는 아무 곳에나 그림을 그리지

않았다. 정말 총명한 아이여서일까? 아명은 그날 이후 포장지나 종이 봉투 또는 길거리에서 주운 종이를 모아 잘 편 다음 그것을 챙겨 두었다가 크레파스가 생기면 그제야 그림을 그렸다.

차매에게 아명은 귀엽고 사랑스러운 동생이지만, 그만큼 마음을 많이 아프게도 했다. 차매는 초등학교에 갓 입학해서 자신에게는 너무나도 소중했던 연필, 지우개, 필통, 책받침 같은 학용품들이 동생 손에 하나하나 망가지는 것을 지켜봐야만 했다.

차매는 부모님조차 동생의 편을 들었기 때문에 자신이 아끼던 것을 안 주면 꾸중을 듣거나 맞아야만 했다. 정말 이런 일들 때문에 눈물을 얼마나 많이 흘렸는지 헤아릴 수조차 없다. 그 시절 차매는 그저 동생이 놀다 지쳐 내버린 크레파스를 주워 쓰는 수밖에 없었다.

삼 년이 지나 동생이 초등학교에 들어가 자기 학용품이 생기면 부터 차매의 이런 아픔도 사라졌다. 그런데 정말 이상한 일은 그렇게 그림 그리기를 좋아하는 동생이 사실 그림을 뛰어나게 잘 그리지 못한다는 것이었다. 크레파스에 힘을 잔뜩 주어 도화지 가득 색칠을 할 뿐이었다. 게다가 색을 쓰는 법은 더욱 이상하고 망측했다. 나무를 온통 새빨갛게 칠해 놓는가 하면 물소를 녹색으로 칠하기도 했다.

한번은 큰 녹색 헛바닥을 드러내고 있는 붉은 동물을 한 마리 그린 적이 있다. 마치 절의 벽에 있는 사람 잡아먹는 괴물을 떠오르게 했다. 아니, 그 괴물보다도 더 요상한 모습이었다. 할머니, 아버지, 엄마 모두 그 그림을 보고 웃다가 아버지가 물었다.

"아명아, 도대체 이게 뭐냐? 아무리 봐도 뭔지 모르겠구나."

"개잖아요! 그것도 몰라보면 어떡해요?"

동생이 의기양양한 목소리로 대답했다.

"이게 개라고? 아니, 무슨 개가 이렇게 빨갛다는 말이냐? 이런 개는 내 평생 한 번도 본 적이 없구나!"

"저도 못 봤지만 평범한 것보다는 훨씬 멋있는 것 같아서 이렇게 그린 거예요."

"이런 녀석하고는……. 그림을 그리려거든 생김새가 비슷하게 그려야지 이게 뭐냐?"

아버지가 차매를 보며 말했다.

"차매야, 네가 동생을 좀 가르쳐 주지 그러니?"

"저도 잘 못 그리는데 어떻게 쟤를 가르쳐요?"

사실 그 당시 차매는 4학년밖에 안 된 터라 누굴 가르칠 수 있는 처지가 아니었다.

"그래도 네가 더 잘 그리니까……."

"싫어요!"

아명이 불만스러운 듯 눈을 동그랗게 뜨고는 아버지의 말을 가로챘다.

"전, 제가 그리고 싶은 대로 그릴 거예요! 선생님 말씀도 잘 듣지 않는데 누나가 가르친다고 듣겠어요?"

"쯧쯧쯧……, 이런 고집불통을 보았나. 허허허!"

아버지 또한 아명을 어쩌지 못했다.

하지만 막내 아생은 그 그림을 거실 벽에 밥풀로 붙여 놓았다. 그

덕에 어깨가 더욱 으쓱해진 아명은 막내 동생이야말로 그림을 볼 줄 안다며 칭찬을 늘어놓았다. 게다가 대단한 그림을 감상이나 하는 듯이 한참이나 바라보았다. 집에 찾아오는 손님들도 모두 그 그림을 보며 한바탕 웃곤 했다.

　정말 아명의 그림이 좋아서인지는 모르겠지만 막내 아생은 아명이 그린 그림들을 벽에 붙였다. 벽에 건 그림만도 이미 열 장이 넘었지만 한 장 한 장 모두 사람들의 웃음을 자아내는 괴상한 것들뿐이었다. 게다가 학교에서 그린 그림들 위에 선생님이 찍어 준 '미'라는 도장은 보는 사람들을 오히려 민망하게 했다.

　아명의 그림 실력은 성적표에서도 줄곧 '미'를 넘지 못했다. 최근 3학년 1학기에 들어서 처음으로 '우'를 받은 게 고작이었다. 이것은 아명이 그림을 잘 그리지 못한다는 증거가 분명했다.

　아명에게 그림 그리는 소질이 없는 것은 틀림없어 보였다. 이번에 학교에서 그림 잘 그리는 대표들을 뽑아 현에서 주최하는 미술 대회에 나가게 한다는데, 아명에게 그럴 실력이 없는 것은 물론이고, 반별로 두 명씩 뽑아 그림을 가르쳐 주는 미술 대회 준비반 후보로 뽑히기도 어려울 게 뻔했다.

　걸음을 옮기며 차매는 괜히 아명에게 미술 대회 준비반에 뽑혔느냐고 물어 마음만 들뜨게 한 것은 아닌지 후회를 했다.

　고차매에게 가장 깊은 인상을 준 것은 분명 임지홍의 그림이었다. 임지홍은 아명과 같은 반 반장으로, 3학년을 맡고 있는 임설분 선생의 동생이기도 했다. 임지홍은 정말 그림을 잘 그렸다. 지홍이 그린 그림들이 학교 복도 여기저기에 걸려 있었다. 정물화는 물론 사생화도 정말 잘 그렸다. 실제와 정말 비슷한 것이 아름답기 그지없었다. 특히 동물을 그린 그림을 보면 마치 네 발로 바로 걸어 나올 것만 같았다.

이런 임지홍이 뽑히는 것은 의심할 여지가 없었다. 선생님의 동생이라고 해서 편애를 받고 있다고 생각할 사람은 없었다. 그런 반에서 동생이 과연 나머지 한 명으로 뽑힐 수 있을까?

"누나, 선생님이 내겐 아무 말도 안 한 것 같아."

"임지홍은 꼭 뽑힐 테니까 나머지 한 명은 너였으면 정말 좋겠다."

"내가 직접 선생님께 뽑아 달라고 부탁드릴 거야."

"이런 바보, 선생님이 한 번 안 된다고 결정한 건데 네가 조른다고 뭐가 달라지겠어?"

"아니야, 선생님이 날 얼마나 귀여워하시는데……. 분명히 들어주실 거야."

"우리 학교의 명예를 건 대표로 가는 건데, 그렇게 막무가내로 조른다고 들어주시겠니? 그러지 말고……."

"후유."

아명이 마침내 입을 꾹 다문 채 마치 어른처럼 땅이 꺼질 듯한 한숨을 토해 냈다.

7교시는 미술 대회에 대표로 나갈 후보들을 집중 지도하는 시간이었다.

6학년 2반 대표 중 한 명으로 뽑힌 고차매는 7교시가 되자 곧 그림 도구들을 챙겨 임시 미술 지도실로 사용하고 있는 3학년 1반 교실로 갔다.

교실에 들어서자마자 차매의 눈에 책상 두 번째 줄에 앉아 있는 동생의 모습이 들어왔다.

'어머나! 쟤가 정말 뽑혔나 보네!'

차매는 아명에게 달려가 등 뒤에서 아명의 어깨를 쳤다.

"아명아!"

"어?"

아명이 놀란 눈빛으로 고개를 돌려 쳐다보았다.

"너도 뽑힌 거야?"

"응! 나랑 쟤랑 뽑혔어."

아명이 입을 실룩거려 옆자리에 앉아 있는 아이를 가리켰다.

그 아이는 바로 임지홍이었다.

"너희 둘 다 뽑히다니 정말 잘됐다!"

차매가 임지홍을 보고 빙그레 웃었다. 마음 같아서는 기뻐서 크게 소리 내어 한바탕 웃고 싶었다.

차매는 동생 뒤쪽의 빈 자리에 앉았다.

교실에는 각 반 대표로 뽑힌 40명 남짓한 학생들이 꽉 들어차 있었다. 모두들 목청을 높여 한창 떠들고 있었고, 그 가운데 몇몇 개구쟁이들은 책상 사이를 헤집고 다니며 시끄럽게 뛰놀고 있었다.

천천히 교실 안을 둘러본 차매는 그칠 줄 모르고 가슴이 방망이질

첬다. 동생이 뽑힌 것이 무엇보다 기뻤고, 새로 오신 선생님한테 그림을 배운다는 사실에 더할 수 없이 설렜다.

잠시 후 평온을 되찾자, 차매는 자신도 모르게 걱정에 잠겼다. 동생이 이번 미술 대회 준비생으로 뽑히기는 했지만, 3학년 전체 네 학급에서 뽑힌 총 여덟 명 가운데 학교를 대표해 미술 대회에 출전하는 것은 단 한 명뿐이었기 때문이다. 하지만 동생이 나갈 수 있는 가능성은 없어 보였다. 3학년에는 막강한 후보 임지홍이 버티고 있을 뿐만 아니라 나머지 여섯 명 중 누구를 골라 동생과 비교해도 동생보다 훨씬 그림을 잘 그리는 게 분명했기 때문이다.

'아이, 참! 누가 그런 괴상한 그림을 그리랬나?'

게다가 자신도 안심할 수 있는 처지는 아니었다. 날마다 학교에 한 시간 넘게 더 남아 있다 보면 집안일을 거드는 데 지장을 줄 게 뻔했다. 하루 종일 눈코 뜰 새 없이 바쁜 엄마에게 차매는 이미 오랜 기간 없어서는 안 될 조력자였다.

갑자기 아이들이 조용해지면서 차매의 걱정은 어느새 허공으로 뿌려졌다.

실내화 끄는 소리가 들리더니 이어 교장 선생님과 이미 낯익은 곽 선생님이 교실에 모습을 드러냈다.

교장 선생님이 교단으로 걸어가자 곽 선생님이 교단 옆에 자리를 잡고 섰다. 차매가 갑자기 자리에서 일어서자 많은 아이들이 따라서 일어섰지만 아직 학년이 낮은 어린아이들은 구령이 없었던 탓에 여전히 자리에 앉아 있었다.

"이, 이런……."

교장 선생님이 좌우를 살피고는 말했다.

"6학년 1반 반장, 네 이름이 뭐지? 구무림이던가? 앞으로는 네가 시작할 때 구령을 붙이도록 해라!"

6학년 1반 반장의 구령에 따라 자리에서 일어나, 선생님께 경례를 한 뒤 다시 자리에 앉았다.

교장 선생님은 키가 작고 몸이 마른 데다 머리는 이미 반백이었다. 입 주변에는 늘 듬성듬성한 수염을 기르고 있었고, 말할 때 습관처럼 코밑수염을 만지곤 했다. 교장 선생님은 먼저 학생들에게 이번에 미술 지도반을 만든 목적을 말하고, 이어 곽 선생님이 미술을 전문으로 배운 화가라고 소개했다. 마지막으로 교장 선생님의 훈시가 이어졌다.

"여러 해 동안 계속해서 우리 학교가 대회에 참가했지만 별달리 좋은 성적을 거두지 못했습니다. 올해에는 이렇게 훌륭한 선생님을 모시고 지도를 받으니 우수한 성적을 거둘 수 있을 것이라고 믿어 의심치 않습니다. 따라서 여러분 모두 열심히 연습해서 우리 학교의 명예를 빛내길 바라는 바입니다."

훈시를 마친 교장 선생님이 자리를 떠나자 곽 선생이 교단 위로 올라갔다. 학생들은 6학년 1반 반장의 구령에 맞추어 다시 인사를 했다.

"학생 여러분."

곽 선생이 얼굴 가득 웃음을 띤 채 한마디 한마디 또박또박 말을 했다.

"여러분에게 그림 지도를 할 수 있게 되어 정말 기쁩니다. 전 학년의 각 반 대표로 선발되어 이 자리에 모인 여러분의 그림 실력이 그 누구보다 우수할 것을 믿어 의심치 않습니다."

고차매에게 곽 선생의 한마디 한마디는 듣기 좋은 음악 같았다. 저음의 완만한 어조에서 강한 자신감이 묻어났다. 곽 선생의 말을 듣고 있는 차매의 얼굴에는 어느새 미소가 소리 없이 번지고 있었다.

고개를 돌려 앞에 앉은 동생의 표정을 살피자 보통 때와는 전혀 다른 모습의 동생이 눈에 들어왔다. 고개를 꼿꼿이 세우고 입을 약간 벌린 채 눈을 동그랗게 뜨고 열심히 선생님을 주시하고 있었다. 차매는 동생이 산만해서 누군가의 말을 귀 기울여 들을 수 없는 아이라고 단정했는데 오늘 동생의 모습을 보며 자신의 생각이 틀렸구나 하고 생각했다.

선생님은 그림 그릴 때 주의할 사항에 대해 말하고 끝으로 과제를 내주었다. 3학년 이하의 학생들에게는 아무거나 그리고 싶은 것을 그리라고 하고, 4학년 이상의 학생들에게는 선생님이 가지고 온 꽃병과 컵을 그려 제출하라고 했다. 아울러 아이들의 미술 실력을 먼저 확인한 다음 여러 가지 화법에 대해 가르쳐 주겠다고 덧붙였다.

모두들 그림 그릴 준비를 하기 시작하자, 물통에 물을 따라 넣는 소리며 그림도구들이 부딪히는 소리가 가볍게 교실 안을 떠돌다 이내 고요해졌다. 차매가 준비를 마치고 무심코 고개를 들자 선생님이 웃음 띤 얼굴로 살짝 고개까지 끄덕이며 동생을 쳐다보고 있는 것이 보였다. 이어 선생님의 눈길이 자신에게 옮겨졌다. 그 순간 차매는 갑자기 숨이 턱 막히면서 심장이 터질 듯 빠르게 뛰는 것을 느꼈다. 선생님은 여전히 하얀 이가 살짝 내비치는 웃음을 머금고는 차매를 보고 고개를 끄덕였다. 차매도 웃으면서 고개를 끄덕이고 싶었지만 웬일인지 자신도 모르는 사이 고개가 교실 바닥을 향하고 있었다.

'선생님이 우리 남매를 기억하고 계시는구나!'

마음으로 이렇게 외치는 차매의 가슴에는 뭔가 달콤하면서도 부끄럽고 야릇한 느낌이 몰려왔다. 지금 새로 오신 선생님은 40명 남짓한 학생들 가운데 우리 남매만을 알고 있고, 우리 남매가 다른 아이들보다 먼저 선생님을 알았다는 것만으로도 운동장으로 달려 나가 한 바퀴 돌고 싶을 만큼 기뻤다. 그리고 다른 학생들과는 다르다는 우월감도 느꼈다.

차매가 얼굴을 들어 다시 선생님을 보았을 때, 선생님은 이미 다른 곳을 보고 있었다. 차매는 그제야 깊은 안도의 한숨을 내쉬었다.

학생 모두 책상에 머리를 묻은 채 열심히 그림을 그리는 동안, 선생님은 천천히 책상 사이를 거닐며 그림을 보았다. 얼마 뒤, 선생님의 걸음걸이가 점점 느려지더니 이따금 아예 학생 곁에 서서 자세하게 그림 지도를 했다.

꽃병을 그리는 게 까다롭다고 늘 생각해 온 차매는 그리고 지웠다가, 지웠다가 다시 그리기를 되풀이했다.

이때 차매는 꼭 선생님이 뒤에서 다시 돌아와 자기 곁에 서 있는 것을 알아차렸다. 차매는 선생님의 눈길이 자신의 그림에 쏟아지고 있다는 것을 느끼고 곧 숨이 멎을 것만 같았다. 피가 온통 거꾸로 치솟고, 손까지 미미하게 떨려 왔다. 급기야 차매는 붓놀림을 멈춘 채 뭔가를 생각하는 체하면서 선생님이 어서 지나쳐 가기만을 바랐다. 하지만 또 한편으로는 선생님이 좀 더 자신의 곁에 오래 서서 지켜봐 주기를 바라기도 했다.

그 순간 누군가 교실로 들어왔다. 키가 크고 마른 지도 주임 이금삼 선생님이었다. 그 뒤를 키가 작고 뚱뚱한 서대목 훈육 과장이 따라 들어왔다.

"곽 선생님, 수고가 많으십니다!"

이금삼 선생님이 교실로 들어오면서 인사를 했다. 별로 크지 않은 목소리였지만 한창 그림을 그리는 데 집중하고 있던 터라 학생들은 깜짝 놀라며 하나 둘씩 고개를 들었다.

"수고라니, 별말씀을요."

곽 선생님이 대답을 하며 앞으로 나아기자 그제야 고차매는 안도의 한숨을 깊게 내쉬었다. 이 선생님이 서 선생님과 곽 선생님을 서로 소개시키자 두 선생님이 악수를 나누며 몇 마디 주고받았다. 두 선생님은 천천히 교실을 둘러보고는 곧 교실을 나섰다.

곽 선생님이 앞으로 걸어 나오더니 차매 앞에 앉아 있는 아명 곁에서 걸음을 멈추었다. 이번에는 팔짱을 낀 채 조용히 아명의 그림을 한참 동안 바라보았다. 선생님이 자신의 그림을 보고 있는 것을 아는지 모르는지 아명은 그림에 몰두하고 있었다.

차매는 허리를 펴고 반쯤 일어서서 동생이 그린 그림을 흘끗 쳐다보았다. '아이 참, 큰일났네!' 하마터면 차매는 소리를 지를 뻔했다. 도화지를 온통 회색과 검은색으로 색칠해 놓아서 무엇을 그리는지 도무지 짐작조차 할 수 없었다. 만날 저 모양이라니까. 하긴 하늘도 저런 색으로 그리는데 뭐⋯⋯. 자기 마음이 내키면 보라색도 칠했다가 노란색으로 뒤덮기도 하니, 세상에 그런 하늘이 어디 있어?

차매는 자신도 모르는 새 등줄기에 식은땀을 흘렸다.

이때 멀리서 실내화 끄는 소리가 가볍게 들리더니 점점 가깝게 들려왔다. 차매는 곽 선생님이 마치 잠에서 막 깬 듯 고개를 들어 창밖을 보고 있는 것을 보고는 자신도 그 눈길을 좇아갔다. 임설분 선생님이 그곳에 서 있었다.

임 선생님이 곽 선생님을 향해 가볍게 웃으며 눈인사를 할 때, 차매는 임 선생님의 두 볼이 살짝 붉어진 것을 볼 수 있었다. 얼른 눈빛을 거둔 차매가 다시 고개를 들어 곽 선생님을 보니 곽 선생님도 얼굴이 발그스름하게 상기되어 눈인사를 하는 게 보였다.

임 선생님은 자신의 동생이 어떤지 보기 위해 교실에 들른 것이 분명했다.

'그렇지! 임지홍은 작년에도 우리 학교를 대표해서 현에서 주관하는 미술 대회에 참가했지!'

아직 2학년이기는 했지만 임지홍의 그림 솜씨는 아주 훌륭했다. 복도에 걸린 임지홍의 그림을 본 학생 모두 칭찬을 아끼지 않았다. 하지만 왜 대회에서 상을 타지 못한 것일까? 입선조차 하지 못한 것을 보면 다른 학생들이 임지홍보다 더 잘 그린 게 분명했다.

이런저런 생각에 빠진 차매의 눈에 곽 선생님이 다시 동생의 그림을 눈여겨보고 있는 모습이 보였다. 다시 임 선생님을 보았을 때 임 선생님은 이미 교실로 들어와 첫째 줄에서부터 뒤로 한 걸음씩 걷고 있었다.

차매는 임 선생님에게서 여선생님들한테서만 나는 향기를 맡을 수 있었다.

"땡땡땡땡……, 땡땡땡땡……."

3교시를 마치는 종소리가 울려 퍼졌다. 어? 아직 반도 채 못 그렸는데 집에 일찍 가기는 틀렸구나! 어떡하지? 어서 빨리 서둘러야겠다. 차매는 갑자기 초조해졌다.

곽 선생은 마치 넋을 잃은 사람처럼 그 자리에 서서 꼼짝도 하지 않았다. 천천히 아이들 그림을 보던 임 선생이 마침내 차매 곁으로 다가섰다. 곽 선생은 왼쪽 앞에, 임 선생은 오른쪽 옆에 서 있었다. 임 선생이 다시 앞으로 한 걸음 옮기자 두 사람은 고아명과 임지홍을 사이에 두고 마주 보게 되었다.

임 선생이 나지막하게 말했다.

"제가 방해가 된 건 아닌지 모르겠네요."

"방해라니, 천만에요."

"애들 실력이 어떤가요? 많이 부족한가요?"

"글쎄요……. 그렇게 좋은 것 같지는 않지만 초등학교의 미술 교육 수준을 아직 잘 몰라서 뭐라 딱 잘라 말하기가 어렵습니다."

"네에……. 그래도 좀 소질이 있어 보이는 애가 없던가요?"

"그건……."

곽 선생이 대답을 못 하고 머뭇거리자 임 선생이 얼른 대꾸했다.

"애들 앞이라 죄송합니다. 나중에 다시 얘기 나누죠."

임선생님이 수업 중에 아이들 앞에서 이런 이야기를 나누는 게 별로 옳지 않다고 느끼고 말을 거두었다.

"아닙니다, 괜찮습니다. 미술에 관심이 참 많으신가 봅니다."

"관심이 많기는요. 다만 저희 반에서 뽑힌 아이들 실력이 너무……."

말끝을 흐린 채 고개를 숙여 책상 위에 있는 그림 두 장을 번갈아 보았다.

"어느 학생들인데요?"

"여기 이 두 학생이 저희 반 학생이에요."

"예에? 이 두 학생이요? 막 말씀을 드릴 참이었는데 정말 대단해요. 저도 하마터면……. 학생들에게 방해가 될지 모르니 잠시 나가서 얘기를 나누죠."

복도 끝에는 가지들이 사방으로 쭉 늘어진 봉황나무가 보였다. 그 중 긴 가지는 복도 위 처마까지 드리워져 있었다. 작은 연둣빛 잎사귀 위로 붉은 꽃이 매달려 있는 모습은 마치 부드러운 녹색 카펫 위에 금실로 꽃 수를 놓은 듯했다.

두 사람은 봉황나무 아래에 마주 보고 섰다.

"저도 무척 놀랐습니다. 정말 대단한 학생이에요. 제가 보기에는 천재가 아닌가 싶습니다."

"선생님께서는 지금 어느 아이를 말씀하시는 건가요? 이쪽에 앉은 아이인가요? 아니면 저쪽에 앉은 아이를 말씀하시는 건가요?"

임 선생은 물으면서 가슴이 두근거렸다. 만약 이분이 말하는 아이가……. 전문 교육까지 받은 사람의 안목이라면 틀림없을 거야.

"저쪽에 앉은 아이 말입니다. 옷에 헝겊 조각을 기워 입은 저 아이 말입니다."

"아, 네에……. 저 애는 고아명이라는 아입니다."

임 선생은 긴장이 풀리는 동시에 실망이 스쳐 가는 것을 느꼈다. 원래 임 선생은 다른 또 한 명의 학생이 바로 자신의 동생이라고 밝힐 생각이었지만 말문을 열 수 없었다. 아니, 이제 그럴 필요조차 없을 것 같았다.

"고, 아, 명……."

곽 선생이 다시 한 번 읊조리며 물었다.

"밝을 명(明)을 사용하겠지요? 저기 누나도 있는 것 같은데, 맞죠?"

"네. 고차매라고 6학년 2반 학생이에요. 그 애는 어떤 것 같으세요?"

"그 아이는 다른 학생들과 비슷한 편입니다."

"그럼……."

임 선생은 자기 동생의 수준은 어떤지 묻고 싶은 것을 꾹 참으며 다시 입을 열었다.

"고아명의 실력이 그렇게 뛰어난가요? 사실 저도 처음 그 아이의 그림을 보고는 판단이 서지 않았거든요. 아명이 그린 그림은 대부분 뭘 그렸는지조차 모르겠고, 심지어는 잘 그린 것인지 못 그린 것인지조차 분간을 할 수 없었어요. 그래서 이번에 선발해 놓고도 잘못한 게 아닌가 생각했거든요."

"별말씀을요. 오히려 다른 선생님들이 학생들을 잘못 선별한 게 아닌가 하는 생각이 들었습니다. 어떤 그림은 너무……, 너무 진부하다고 할까요. 저 그림들은 어린 학생들이 그릴 그림이 아니라고 생각합니다. 오히려 어른들 그림에 가까우니까요. 아니, 꼭 어른들 그림이라고도 할 수 없어요. 사실 저 또한 어떻게 말해야 좋을지 잘 모르겠습니다."

잠깐 침묵이 흐르고 임 선생이 뭐라 자신의 의견을 밝히기도 전에 곽 선생이 다시 말문을 열었다.

"선 경험이 없어서 어린이들의 미술 교육에 대해 전혀 모릅니다. 앞으로 참고할 만한 책을 보고 공부하고 싶은데 그런 책이 없는 것 같습니다. 혹시 이 학교에 있을까요?"

"아마 있을 거예요. 하지만 학교에서 그런 책을 찾는 사람은 거의 없었을 거예요."

"하지만 한 가지 변치 않는 것이 있습니다. 고아명 같은 아이야말로 아이다운 그림을 그린다는 것입니다. 그런 아이들은 자연스러운지 부자연스러운지에 상관없이 자신의 느낌을 숨기지 않고 그려 내지요. 그래서 가끔 우리 어른들의 잣대로는 이해하기 어렵습니다. 선생님들 자신도 그림이라면 실제 사물과 아주 비슷하고 자연스럽게 그려야 한다는 고정관념을 버리지 못하고 있지요. 사실 그런 게 바로 부자연스러움의 극치인데 말입니다. 어린아이들이 자신의 눈으로 보고 느낀 그대로를 화폭에 옮겨 놓는 것이 가장 자연스러운 것 아닐까요?"

"그럼 선생님 생각에는 고아명 외에는 미술 지도를 받을 만한 학생이 아무도 없는 것 같으세요?"

임 선생은 자신의 동생인 임지홍의 재능이 어떤지 묻고 싶었지만 차마 직접 묻지 못하고 이렇게 돌려 물었다.

"아직 학생들의 그림을 다 본 게 아니라서……. 아마 저학년 학생들 가운데 소질 있는 아이들을 더 찾아낼 수 있을 것 같습니다."

고아명의 그림을 보았다면 그 옆에 앉아 있는 임지홍의 그림을 못 봤을 리 없었다. 곽 선생의 말투로 보아 곽 선생이 살펴본 범위 내에서는 고아명만 염두에 두고 있는 것이 확실했다. 그럼 동생 임지홍은 별다른 소질을 갖고 있지 못한 축에 드는 것일까? 이런저런 생각에 잠겨 있던 임 선생은 마침내 더는 시간을 방해하지 말고 돌아가자는 결론을 내리며 말했다.

"제가 시간을 많이 빼앗은 것 같아 죄송합니다. 그리고 많이 배웠습니다."

"별말씀을요. 제가 괜한 소리를 한 게 아닌지 걱정될 뿐입니다. 앞으로 잘 부탁드립니다. 사실 이곳이 매우 낯설기도 하고 별로 아는 것도 없어서요."

곽운천은 상대방의 이름을 물어야 한다고 생각하면서도 웬일인지 묻지 못했다. 임설분 선생은 다시 한 번 예의바른 몇 마디를 남기고 자리를 떠났다.

곽운천은 자신도 모르게, 사라져 가는 임 선생의 뒷모습에서 눈을 떼지 못하고 있었다. 가녀린 몸매, 목 뒤를 덮는 완만한 곡선의 긴 머리, 옷 속에 묻히기는 했어도 매력적이고 아름다운 윤곽 등 화가의 눈에 비친 임 선생의 자태는 보는 이의 마음을 설레게 하기에 충분했다. 더구나 입술, 코, 눈, 눈썹 등이 잘 어우러진 아름다운 얼굴은 깊은 인상을 주었다. 임 선생의 모습이 복도 끝으로 사라질 때쯤 곽운천의 입에서도 가벼운 한숨이 나왔다. 가슴 한가운데 뭔지 모를 아쉬움이 물밀듯이 밀려들었다.

교실로 돌아온 뒤에도 곽운천의 눈은 임 선생의 그림자를 좇고 있었다. 이름조차 묻지 않은 것이 정말 후회스러웠다. 아니, 천천히 시작해도 늦지 않을 거야. 그는 시골 학교에 이토록 아름다운 여선생이 있다는 사실에 놀라움을 감추지 못한 동시에 큰 만족감을 느꼈다.

곽 선생은 더는 아이들의 그림을 살펴볼 마음이 없었다. 사실 그림을 받은 후에 천천히 살펴보아도 상관없는 일이지 않은가? 시계를 보니 수업 시간이 어느새 끝나 가고 있었다. 몇몇 학생들은 이미 그림을 다 그리고 책상에 앉아 먼산바라기를 하는가 하면 나지막한 목소리로 잡담을 주고받고 있었다. 곽 선생은 곧 학생들에게 다 그린 사람은 제출하고 못다 그린 사람은 내일 다시 그리라고 했다.

고아명이 맨 먼저 그림을 제출했고, 임지홍이 바로 그 뒤를 따라

달려 나왔다.

곽 선생이 문득 생각난 듯 고아명을 불러 세웠다.

"고아명, 방금 전에 오신 그 선생님이 네 담임 선생님이시니?"

"예, 어? 선생님이 제 이름을 어떻게 아세요?"

"네 담임 선생님께서 알려 주셨지."

"에이, 선생님도 별걸 다 가르쳐 주셨네!"

"하하, 이 녀석이 별걸 다 가르쳐 주긴! 난 네 이름이 고아명인 걸 알게 돼서 정말 기쁜걸! 그런데 담임 선생님의 이름이 무엇인지 가르쳐 줄 수 있겠니?"

"아직도 모르셨어요? 임, 설, 분 선생님이세요. 얘가 선생님 친동생이에요."

고아명이 옆에 서 있는 임지홍을 가리키며 말했다.

"그래? 네가 임 선생님 동생이야?"

"예."

임지홍이 부끄러운 듯 목소리를 낮춰 나지막하게 대답했다. 창백하고 약해 보이는 임지홍은 검게 그을린 얼굴에 장난기가 가득한 고아명과 강한 대비를 이루었다. 한눈에 총명하지만 그다지 활달한 성품은 아니라는 것을 알 수 있었다.

"네 이름은 뭐니?"

곽운천이 물었다.

"임지홍이에요."

"얘가 우리 반 반장이에요."

고아명이 끼어들었다.

"어, 그래?"

곽운천은 속으로 무척 놀랐다. 그럼 임 선생 반의 반장이 분명한데 방금 전 왜 내게 아무 말도 하지 않았을까?

"넌 아주 똑똑하게 생겼구나!"

곽운천은 잠깐 시간이 흐른 뒤에야 겨우 말을 다시 이었다.

그때 마침 학생들이 한꺼번에 교단으로 밀려와 그림을 제출하자 곽 선생도 그림 받기에 바빠졌고, 고아명과 임지홍 또한 학생들 물살에 밀려 교실 밖으로 나왔다.

가난한 아이, 고아명

수성향(水城鄉)의 동북쪽 가장자리에 있는 천수 마을은 서남쪽의 일부 평지 말고는 마을 전체가 구릉으로 이루어져 있다. 이 마을은 사방이 가뭄에 시달릴 때에도 마치 모든 땅의 지하수가 이곳으로 모이기라도 하듯 사시사철 솟아오르는 맑은 샘물로 유명했다. '천수(天水)'라는 마을 이름을 얻게 된 것도 바로 이런 까닭에서였다.

하지만 천수 마을 사람들은 그 혜택을 전혀 누릴 수 없었다. 물이 모자란 것은 아니었지만 산 아래 몇몇 마을의 논밭을 적신 다음, 나머지 물이 그 근처를 지나는 물줄기와 합쳐져 맑은 시내를 이루다 서북쪽으로 흘러가기 때문이었다.

작은 계곡 물이라고 우습게 볼 것이 아니었다. 잔잔히 흐르는 시냇물은 얼마 지나지 않아 인근 마을 삼계수(三溪水)를 기점으로 다른 두 갈래의 계곡물과 만나고, 점점 그 물줄기가 거세지면서 마침내 성난 파도가 넘실대는 대만 해협으로 흘러간다.

지세가 워낙 높은 탓에 천수 마을 사람들은 비교적 낮은 구릉을 골라 논밭을 일구는 것과 더불어 차를 심어서 생계를 유지할 수밖에 없었다.

사람들이 수백 년에 걸쳐 이곳에 터를 일구는 동안 전해 오는 말 중에 이런 것이 있다. "세상에서 가장 고생하는 것이 천수 마을 수소이고, 세상에서 가장 아름다운 것이 삼계수다." 여기서 수소는 남자들을 일컫는 말이었으니, 이 말을 풀어 보면 '세상에서 가장 가난한 남자가 천수 마을 남자이고, 세상에서 가장 예쁜 여자가 바로 삼계수 마을의 여인들이다.' 라는 뜻이다. 이 말에는 '딸은 절대 천수 마을 남자에게 시집 보내지 말고, 며느리는 삼계수 마을에 가서 얻는 것이 제일이다.' 라는 또 다른 뜻도 담겨 있다. 이 한 마디로 천수 마을 사람들이 얼마나 가난한지를 쉬이 짐작할 수 있는 것은 물론이고, 가장 좋은 샘물이 있으면서도 그 혜택은 미인 마을이 된 삼계수 마을 사람들에게로 돌아가고 있다는 것도 잘 알 수 있다.

서산에 걸린 저녁놀이 언덕 한편에 늘어선 대나무 숲 너머의 작은 농가들을 붉게 물들이고 있었다.

봄기운이 한창 무르익은 것일까? 산 아래로 끝없이 펼쳐진 논에서는 벼들이 잔잔한 물결을 이루고 있고, 산 위로는 한 줄 한 줄 가지런한 차나무들이 한창 새싹을 돋우며 무럭무럭 자라고 있었다. 집으로 돌아가는 산비둘기가 때때로 나른하게 울어 대고 산 아래위 할 것 없이 한껏 푸르며 생동감이 흘렀지만, 산 아랫마을과 윗마을 사이에는 심한 빈부의 차이가 있었다.

한 농가의 어두운 거실, 오른쪽에 놓인 장 위에 새로 모신 듯한 위패가 놓여 있고, 그 앞에는 향로를 대신한 듯 보이는 통에 이제 막 새로 불을 붙여 타들어 가기 시작한 향이 두 개 꽂혀 있었다.

다른 쪽 벽에 걸려 있는 유화 한 점은 가난으로 찌든 이 집의 거실과는 영 어울리지 않았다. 마치 때에 찌든 남루한 차림을 한 농부가 머리에 새 중절모를 쓰고 있는 것과 다를 것이 없었다.

그 유화에서 조금 떨어진 곳에는 한결같이 유치하고 괴상한 그림이 열 점 넘게 걸려 있었다. 오랜 시간이 흐른 탓인지 색이 바래 얼룩덜룩해진 그림들은 저녁 어스름에 스며드는 약한 햇살의 기운을 타고 더욱 기괴한 모양과 빛깔을 드러내고 있었다. 거실에는 그 밖에 의자 몇 개만 덩그렇게 놓여 있을 뿐 다른 것은 아무것도 없었다.

직사각형인 집 오른쪽에는 소와 돼지를 기르는 우리와 비료 창고가, 집 앞 대나무 울타리를 쳐 둔 곳에는 작은 마당이 있었다. 집 뒤로는 대나무 숲이 빽빽하게 들어서 있었다.

이제 막 차밭에서 돌아온 듯한 한 농부가 외양간에서 소에게 싱싱한 풀을 먹이고 있었다. 마흔쯤으로 보이는 남자는 각진 얼굴에 수염을 짧게 기르고 키는 보통이며 몸이 아주 다부졌다. 검게 그을린 피부와 크고 거친 손발, 짙은 눈썹과 크고 두툼한 입술은 보는 사람에게 강인한 인상을 심어 주었다. 그를 본 사람이라면 누구라도 이 남자가 거칠고 급한 다혈질에 어떤 어려움에도 쉽게 굴복하지 않는 강인한 사람이라는 것을 쉽게 짐작할 수 있을 것이다.

이때 집 앞 대나무로 만든 문 밖에 책가방을 짊어진 두 아이가 나타났다. 남자 아이가 먼저 문 사이로 머리를 들이밀며 바람처럼 뛰어 들어왔다.

"아버지, 다녀왔습니다!"

고아명이었다. 고차매가 두어 걸음 늦게 들어오며 거의 동시에 아버지에게 인사를 했다.

"그래, 너희 둘 다 이리 좀 와 봐라!"

낮지만 위엄이 가득 실린 목소리로 대답하는 그의 눈은 짙은 눈썹 아래에서 빛을 내고 있었고, 두꺼운 입술은 굳게 닫혀 있었다. 남매는 아버지의 얼굴을 보고 곧 화가 났다는 것을 알아차렸다.

보통 때에도 고석송은 자식들에게 그다지 자상하고 부드러운 아버지는 아니었다. 오히려 걸핏하면 고함을 치고 욕을 퍼부었으며 심지어는 하찮은 일을 가지고도 주변에 있는 몽둥이나 빗자루를 들어 아이들의 종아리나 엉덩이를 호되게 때리곤 했다. 고아명이나 고차매에게 아버지는 매우 엄하고도 무서운 존재였다. 특히 할머니가 돌아가시고 난 뒤, 아버지는 부쩍 말수가 줄고 웃는 일도 드물었다. 집안에서 항상 화가 난 사람처럼 입을 꾹 다문 채 의자에 앉아 한 마디도 하지 않았다. 아예 눈썹조차 까딱 않고 앉아 있는 모습은 마치 성난 석고상 같았다.

아버지의 기색을 눈치 챈 남매는 순식간에 학교에서의 흥분이 사라졌다. 남매는 천천히 아버지 쪽으로 힘없이 걸어갔다.

"너희들 뭣 때문에 이렇게 늦게 온 거냐?"

"……."

차매와 아명이 당황해서 무어라 대답할지 몰라 어리둥절해하는 사이 아버지는 남매한테 다가오며 더욱 강한 어조로 소리를 질렀다.

"도대체 어디서 뭘 하고 놀다 이제 왔는지 어서 말하지 못해?"

"노, 놀다 온 거 아니에요."

차매가 더듬거리며 말했다.

"미술 대회……, 미술 대회에 나가는 것 때문에 그림을 그리느라고……."

"미술 대회? 아니, 무슨 그림을 여태 그린다는 말이냐? 도대체 네가 몇 살인데 이 모양이야? 엄마가 얼마나 바쁜지 몰라서 그래?"

"저, 저기……."

차매는 두려움에 질려 입이 얼어붙었다.

"그림 같은 거 그릴 생각은 꿈에도 하지 마라! 수업 끝나면 곧장 집으로 와! 다음에 또 늦었다가는 학교도 안 보낼 줄 알아, 알겠어? 어서 들어가서 엄마 도와 드리지 않고 뭐 해?"

차매는 뭐라고 해명을 하고 싶었지만 이런 상황에서 말을 길게 늘어놓으며 말대꾸를 하는 것이 불난 집에 기름을 끼얹은 것과 다름없다는 것을 너무나 잘 알고 있었기에, 아버지의 화를 돋구기 전에 조용히 집 안으로 들어갔다.

"아버지!"

아명이 더는 침묵을 지킬 수 없다는 듯 입을 열었다.

"아버지, 선생님이 우릴 뽑은 거예요. 누나랑 저랑 둘 다 뽑힌 거고요."

"쓸데없는 소리 하지 마라!"

"정말이에요! 우리 학교에 접때 제게 그림을 주신 분이 선생님으로 오셨는데, 저희한테 그림을 가르쳐 주고 계세요."

"무슨 그림?"

"전 개하고 달을 그렸어요."

아명은 우쭐해서 어느새 방금 전의 두려움을 잊어버린 듯했다.

"개하고 달? 넌 어째 그런 것을 다 그릴 생각을 했단 말이냐? 또 새빨갛게 생긴 이상한 개를 그린 것 아니냐?"

아버지 고석송의 목소리도 어느새 누그러져 있었다.

"아니에요! 이번에는 검은 개를 그렸어요! 하늘개가 달을 집어삼키는 그림을 그렸는걸요!"

"이런, 이상한 녀석을 보았나? 어째 번번이 생각한다는 것이 이상한 것뿐이냐? 사람들이 이해도 못 하는 것을 그려서 무엇에 쓴단 말이야?"

"교장 선생님이 현에서 여는 미술 대회에 참가한다고 하셨어요."

"그래? 그럼 네가 대표로 뽑혔다는 말이냐?"

"예! 누나도 대표예요. 앞으로 날마다 남아서 연습을 해야 돼요."

"네 누나도 연습을 한다고? 그건 안 된다. 네 누나는 엄마 일을 도와야 해."

"아버지! 그렇지만 그건 선생님이 뽑은 거라서 안 가면 안 되는 거예요."

"누가 무슨 말을 한다 해도 한 번 안 된다면 안 되는 줄 알아!"

고석송의 말투에 다시 서릿발 같은 한기가 서렸다.

"아버지, 교장 선생님께서……."

아명이 애교 섞인 말투로 다시 말을 꺼냈지만 말을 채 마치기도 전에 고석송이 말을 잘랐다.

"시끄러워! 어서 들어가 씻기나 해!"

아이들은 아버지의 성격을 너무나도 잘 알고 있었다. 일단 한 번 안 된다는 말이 떨어지면 하늘이 무너진다 해도 바꾸는 법이 없었다.

고석송은 기가 죽어 방으로 들어가는 아들의 뒷모습을 바라보며 슬픈 생각에 빠져 들었다.

사실 늦게 온다고 해 봤자 고작 삼십 분에서 한 시간 정도 늦는 셈이다. 아이들이 그렇게 좋아하는데 그냥 하게 놔두면 어때서 이 고집이란 말인가? 내가 아이들에게 너무 엄격한 게 아닐까? 애들 엄마가 바쁜 것도 사실이지만 열두 살 된 계집아이가 제 엄마를 도와봐야 뭘 얼마나 도울 수 있다는 말인가? 기껏해야 돼지와 닭, 오리의 먹이나 주고, 청소나 하며 동생 아생을 씻겨 주는 것이 고작일 텐데, 너무 무정하고 엄하게만 대하는 것은 아닐까?

고석송은 성품이 강직한 남자였다. 성격이 모가 나고 다혈질인 데다가 독단적이었다. 하지만 이런 성격을 타고난 것은 아니었다. 그는 자기 수양을 아주 잘하는 사람이었다. 항상 자신의 뒤를 돌아보며 행동을 지제할 줄 알던 그가 과연 무엇 때문에 이렇게 변한 것일까? 살면서 숱한 고비를 넘고, 포기와 좌절을 겪으면서 차츰 변한 것이다. 같은 상황에 놓인다면 누구나 이렇듯 거칠고 메마르게 될 것이다.

원래 성품이 조금 강하기는 했지만 그도 어린 차매와 아명에게 자애롭고 따뜻한 아버지였다. 그렇다고 지금 그가 아이들을 사랑하지 않는 것은 절대 아니었다. 누가 뭐래도 그를 이렇게 거칠고 매정한 아버지로 만든 것은 '가난'이었다.

젊은 시절 그는 돼지를 잡아 파는 마을 정육점 점원으로 들어가 나중에는 어엿한 돼지 도살업자가 되었다. 그 당시 대만은 해방 전으로, 전쟁 중에 대만 정육점 상인들은 그야말로 오만하기 그지없었다. 일반 손님들은 더 좋은 고기를 좀 더 많이 차지하기 위해 도살업자들의 비위를 맞추며 아첨하기 일쑤였다. 게다가 배급량이 눈곱만큼이었기 때문에 손에 고기를 쥐고 주무르는 도살업자들의 눈치를 보며 암시상에서라도 고기를 사려고 앞을 다투는 상황이었다. 대부분의 도살업자들이 어깨에 잔뜩 힘을 주고 허리 전대에 넘쳐나는 돈을 주체하지 못했을 당시 고석송만은 예외였다.

손님들을 상대로 저울에 속임수를 쓰지도 않았다. 정부의 통제가 대단히 엄격한 때인 만큼 제대로 거래를 하면 배급하고 남은 고기가 있을 리 없었다. 게다가 태어날 때부터 측은지심이 강해 이웃 가족 가운데 환자가 있다고 하면 남몰래 고기를 가져다 주곤 했다. 고기라고 해야 물론 얼마 되지도 않는 적은 양이었지만 받는 이들에게는 가뭄에 단비와 배고플 때의 쌀밥이나 다를 바가 없었다. 그때 사람들의 감격에 찬 눈빛을 보며 그는 그 무엇과도 바꿀 수 없는 위로와 위안을 느꼈다. 그러는 사이에 그는 사람들한테 존경받는 인물이 되었다.

해방 후, 대만의 경제 상황이 완전히 뒤바뀌면서 고석송 같은 순박한 사람들이 살기가 버거워지기 시작했다. 그를 보며 아첨하듯 웃던 사람들이 언제 그랬냐는 듯 낯빛을 거둔 지 채 이 년도 안 돼 그는 늙은 어머니와 아내, 그리고 강보에 싸인 차매를 안고 바위투성이인 고향으로 돌아오지 않을 수 없었다. 그는 조상들이 남겨 준 손바닥만 한 차밭과 몇 평 안 되는 밭을 일구며 늙은 어머니와 처자식을 먹여 살려야만 했다.

"돈을 벌어 부자가 되는 것은 하늘이 내린 팔자라 운이 따라야만 한다. 그런 운이 없으면 돈은 절대로 벌 수 없다."

고석송은 살면서 이런 신념을 더욱 굳혔다. 그런데 돈을 못 버는 것이 운명이라면, 대체 왜 가난을 달관하지 못하는 것일까? 문제는 바로 이것이었다. 그런 생각을 갖고 있으면서도 그는 정직하게, 양심대로 법을 지키고 산다면 분명 하늘에서 복을 내릴 것이라고 믿고 있었다. 하지만 벗어나려 몸부림을 치면 칠수록 자신을 옥죄어 오는 가난이라는 굴레에서 벗어날 수가 없었다. 심지어 노력을 하면 할수록 가난은 더욱 그를 강하게 붙잡고 놓아 주지 않았다. 하지만 그것은 논리나 이성에 따랐을 때 너무나도 뻔한 결과였다. 다시 말해 대만의 차 사업이라는 것은 평생 안정을 찾을 수 없는데다 차 농사를 지어 부자가 된다는 것은 한낱 몽상에 지나지 않았다. 고석송은 바로 그 옛사람들에게서 전해 내려오는, '세상에서 가장 고생하는 것이 천수 마을의 소'라는 이야기의 주인공이었다.

지난해는 고석송에게 가장 큰 시련기였다. 입추가 지나면서 나이가 많이 든 어머니가 병에 걸려 몸져누웠다. 일 년 수입으로 한 가족의 의식주를 해결하기도 힘들었다. 하지만 늙은 어머니가 기력이 급격히 쇠해지고, 회복할 기미가 안 보이자 마지막 효도를 다하기 위해 빚을 얻어 병원에 다녔다. 약을 먹고 치료를 하니 병세는 더 나빠지지 않았지만 치료비 때문에 진 빚 또한 날이 갈수록 쌓여 갔다. 그런데다 갓 돌을 넘긴 막내아들까지 병에 걸렸다. 두 사람 약값을 동시에 감당할 수 없었던 고석송은 막내아들을 하늘나라로 보내고 말았다. 그는 죽고 사는 것 또한 타고난 팔자요 운명이라 아들의 명이 길면 병이 나을 것이요, 명이 거기까지라면 보낼 수밖에 없다는 모진 마음을 먹고 아무런 치료도 하지 않은 채 그냥 방치했다.

불행히도 어린 손자의 죽음을 지켜본 그의 어머니 또한 통한이 서린 마지막 숨을 남기고 세상을 뜨자 고석송은 다시 한 번 고리대금을 빌려 어렵게 장례식을 치렀다. 이렇게 해서 그는 만 원 가까운 빚을 지게 되었다.

돼지를 판 돈으로 해를 넘기기 전에 빚을 절반 넘게 갚을 수 있으리라고 생각했지만, 불행은 겹쳐서 온다고 했던가? 그가 기르던 스물한 마리나 되는 돼지들이 전염병에 걸려 열흘도 안 돼 죽고 말았다. 그래도 하늘의 보살핌으로 어미돼지 두 마리의 목숨이라도 건져 희망을 걸어 볼 수 있었지만 빚은 이미 눈덩이처럼 불어 있었다.

이런 집 아이들이야말로 고생을 달고 태어난 천사들이라고 해야 할 것이다. 하지만 고난과 어려움 속에서도 고차매, 고아명 남매는 천진함을 잃지 않았고, 마냥 불행하다고 울고 있지만도 않았다. 오히려 반대로 부모를 돕기 위해 무엇을 해야 할지 잘 알았고 생계를 꾸려 나가느라 고민하는 부모의 속을 썩이지 않을 줄도 알았다. 집 안에서 항상 자신들이 할 수 있는 잔일을 찾아 돕는 것은 물론 찻잎을 따는 농번기에는 어른들 사이에서 열심히 일손을 보태기도 했다.

고석송이 가장 마음 아파하는 것이 바로 이 점이었다. 겉으로는 엄격하고 화를 잘 내는 무서운 아버지였지만, 마음으로는 자녀들이 놀고 싶은 만큼 놀고, 원하는 것을 모두 갖게 해 주고 싶었다. 그러나 고사리 같은 손이라도 놀려 조금이라도 힘이 되려는 아이들을 볼 때면, 마음을 모질게 먹고 집안일 거드는 것을 그대로 받아들이곤 했다.

"아버지!"

고아명이 자신을 부르는 목소리에 고석송은 깊은 생각에서 벗어났다. 집 앞 마당 위로 어느새 어둠이 쏟아지고, 마지막 남은 저녁놀이 천천히 자취를 감추고 있었다. 아명이 품에 작은 고양이를 안은 채, 한 손에는 빈 병을 들고 외양간으로 걸어왔다.

"무슨 일이냐?"

고석송이 아명을 보자마자 소리를 질렀다.

"어허, 이 녀석이 또 고양이를 안고 있구나! 도대체 몇 번을 말해야 알아듣겠냐?"

놀란 고아명이 얼른 손을 내렸지만 고양이가 아명의 어깨를 붙잡고 놓지 않았다.

"저리 가! 어서 저리 가!"

내키지는 않았지만 아버지의 말에 따라 고양이한테 소리를 지르자 고양이가 아명의 품에서 뛰어내렸다. 고석송은 다시 한 번 나무라려다 꾹 참고 혼자 생각했다. 녀석, 그렇게도 고양이가 좋은가? 이번 한 번은 그냥 내버려 두자.

아명은 유난히 고양이를 예뻐했다. 고양이뿐만 아니라 네발 달린 동물이면 소와 양은 물론 개와 토끼, 더러운 돼지까지도 예뻐했다. 특히 개를 좋아했지만 개를 키우려면 밥이 많이 필요한 터라 고석송이 개 키우는 것을 끝내 허락하지 않았다. 몇 번이나 조르고 졸랐지만 아버지가 허락하지 않자 아명은 집안에 쥐가 들끓는 것을 핑계로 겨우 고양이를 키우게 되었다.

품에서 뛰어내린 고양이가 어둠 속으로 모습을 감추는 것을 바라보던 아명이 두려운 목소리로 말했다.

"아버지, 막내가 바깥에 나오고 싶은가 봐요."

"뭐라고? 바깥에 나와? 감기 걸린 아이가 이 늦은 시간에 어딜 나오겠다는 것이냐?"

"이마에 열도 내리고 많이 좋아졌어요."

"그래도 아직은 바람을 쐬면 안 된다. 며칠 지나서 바깥에 나오게 하자."

"아버지, 저어……. 깨끗이 씻으면 이 병을 쓸 수 있을까요?"

주둥이 이빨까지 나간 오래된 술병은 도대체 방구석에서 얼마나 굴러다녔는지 시궁창에서 이제 막 건진 것처럼 더러웠다.

"그걸 뭐에다 쓰려고?"

"우유를 가져다 막내에게 주려고요. 선생님이 그러시는데 아픈 사람은 영양을 충분히 섭취해야 낫는대요."

"선생님이 그래도 된다고 하셨니?"

"몰래 병에 담아 가져오면 돼요."

"우유라면 너도 좋아하는 것이 아니냐. 그냥 너나 마시도록 해라."

"아니에요. 전 건강하니까 안 마셔도 돼요."

"그게……."

고석송은 마음이 뭉클해지는 동시에 아들 앞에 서 있기가 부끄러워졌다. 다섯 살 된 막내 아생은 며칠 전 감기에 걸렸지만 변변한 약조차 쓸 수 없어 뼈만 앙상하게 남을 정도로 여위어 있었다. 다행히 감기가 그리 심하지 않은 데다 약국에서 보내 준 약을 몇 봉 먹이고 집 안에서 꼼짝도 못 하게 하였더니 병이 많이 나은 듯했다. 하지만 곧 약사가 집에 찾아와 그 몇 봉밖에 안 되는 약값을 받아 갈 생각을 하니 그 적은 돈도 큰 골칫거리로 느껴졌다.

"아버지!"

아명이 문득 그의 잡념을 깨뜨렸다.

"이 병은 기름 냄새가 나는 게 너무 더러워서 안 될 것 같으니 쓸 만한 병을 좀 찾아 주세요."

"알겠다. 이따가 좀 나은 것을 찾아 주마."

"누나도 우유를 남겨 온다고 했어요."

이때 손에 빗자루를 든 차매가 문을 열며 외쳤다.

"아명, 아버지, 저녁 드세요!"

"알았어!"

아명은 대답과 함께 쏜살같이 문 쪽으로 달렸다.

미술 수업

　그림을 제출한 학생들이 하나 둘씩 돌아간 뒤 곽운천은 그림들을 한 장 한 장 빠짐없이 세심하게 살펴보았다. 여러 작품 가운데 우수한 그림을 그린 학생 두세 명을 각 학년에서 선발해 미술 대회에 나갈 학년 대표 후보로 결정한 뒤, 앞으로 날마다 미술 지도 시간에 참가시킬 생각이었다. 아직 채 마르지 않은 수채화도 있어서 곽운천은 그림을 한 장 한 장 모두 책상 위에 펼쳐 놓았다. 학생을 선발하는 것 외에도 학생들이 공통으로 지닌 결점을 찾아내어 앞으로 미술 교육을 할 때 참고할 생각이었다.

　수업을 한 지 얼마 지나지 않았지만 사흘 전 차밭에서 상상했던 상황이 대부분 눈앞의 현실로 나타난 것을 잘 알 수 있었다.

　교무실의 동료 선생님들도 학기 중간에 나타난 새로운 손님, 그것도 잠시 머물 임시 선생님에게 매우 친절했다. 곽운천에게 '사회'는 매우 낯설었지만 그래도 지금 자신이 느끼는 학교라는 사회는 매우 따뜻하고 평온했다. 더욱 중요한 것은 자신이 예상한 대로 학교라는 세상 안의 어린 학생들이 천진난만하고 순수하다는 것이었다. 아무리 감각이 무딘 사람이라도 이곳에 오면 짧은 시간이나마 기쁨과 환희를 느낄 수 있을 것이라고 그는 생각했다. 이 모든 것이 오랜 시간 병의 고통을 겪은 사람에게는 너무나도 신선하고 소중하며 고귀하기조차 했다.

뿐만 아니라 그는 자신의 마음을 움직인 사람을 만나지 않았는가? 짧은 대화를 나누던 그 순간, 임설분의 그림자는 이미 그의 머릿속에 또렷하게 새겨졌다. 말 한 마디, 웃음 한 자락, 자연의 청순함이 그대로 묻어나는 얼굴에서는 젊음이 주는 광채가 뿜어져 나오고 있었다. 가녀린 뒷모습과 하늘거리는 부드러운 곡선은 내내 그의 머릿속에서 떠나지 않고 시간이 갈수록 점점 더 또렷해져만 갔다.

그는 지난밤을 임설분 생각으로 하얗게 지새웠다. 임설분은 여태껏 자신이 만났던 여성들과는 사뭇 다른 분위기를 지니고 있었다. 어떻게 다른지 말로는 표현할 수 없었지만 자신이 철이 들어 이성을 동경한 뒤로, 중고등학교, 대학교 그리고 몇몇 사교 모임에서 알게 된 적지 않은 여성들 가운데 임설분과 같은 분위기를 자아내는 여성은 없었다. 차분한 아름다움이라 해야 할까? 곽운천은 그 차분함 속에 옅게 밴 우수를 읽을 수 있었다.

이런 분위기는 요즘 젊은 여성에게서 찾아보기 힘든 것이었다. 대부분의 여성들은 활발함이 넘쳐 아예 근심과 걱정이 무엇인지조차 모르게 변해 가는 듯했다. 유행을 좇고, 화장과 사교 모임을 즐기는 것이 마치 자신이 모든 사람들의 연인이라도 되는 듯했다.

오늘 이른 아침부터 곽운천은 교직원 회의와 쉬는 시간마다 자연스런 모습을 연출해 가면서 임설분의 모습을 보았다. 그는 자신의 연기력에 만족했다. 새로 온 선생님이라면 사방을 두리번거리며 낯선 환경에 나름대로 호기심을 나타낼 권리가 있다고 애써 마음속으로 되뇌었다.

몇 차례 임설분과 눈길이 마주치기도 하고, 그의 눈길을 놓치기도 했다. 임설분은 쉬는 시간마다 교무실로 내려와 쉬는 것 같지는 않았다. 두세 차례 임설분과 눈빛이 마주치기라도 할 때면 갑작스레 요동치는 심장 박동을 억누르며 마치 주변 사물을 살피다가 눈이 마주친 사람처럼 눈길을 돌렸다. 하지만 눈길을 돌리고 난 뒤에는 곧 너무 무례한 태도가 아닐까 하는 느낌도 떨치지 못했다. 아니, 아니야! 이건 그냥 우연히 마주친 걸! 난 그냥 익숙하지 않은 주변을 살펴보려고 한 것뿐이라고! 그는 스스로를 이렇게 변호했다. 하지만 그렇게 변명한다 해도 자기 자신을 속일 수는 없었다. 큰일이군! 이제 겨우 알게 된 지 이틀째인데 그 사람에게 무슨 관심이 이다지도 많다는 말인가? 한심하다, 한심해!

이런 감정이 들 때마다 자신 안에 있는 또 하나의 이성이 그를 비웃었다.

'정신 나간 녀석! 도대체 뭐 하는 짓이야? 참 내, 너……, 정말, 벌써……, 그녀를……?'

순간 숨이 막히는 듯한 느낌이 들어 그는 서둘러 자신의 감정을 부인했다.

그때 임설분과 다른 여선생 한 명이 자신이 있는 교실로 들어오는 것이 보였다.

"죄송하지만 들어가도 될까요?"

"예? 그, 그럼요. 어서 들어오세요."

곽운천은 당황했다. 자신이 임설분 생각을 하고 있는 그때 그녀가 나타난 것이 이심전심이 아닐까 하는 황당한 생각까지 했다. 황당한 생각임을 잘 알면서도 그는 가슴 밑바닥에서 올라오는 기쁨을 억누를 수 없었다.

임설분은 우선 그에게 함께 들어온 여선생을 소개했다. 옹수자라고 하는 여선생은 바로 이 교실, 3학년 1반의 담임 선생님으로 임설분과는 사범학교 시절부터 알고 지냈다고 했다. 스물서너 살쯤 되어 보이는 옹수자와 임설분은 사이가 좋아 보였다. 그렇지만 임설분과 옹수자는 완전히 다른 분위기를 자아내고 있었다. 풍만한 몸매에 화려한 차림을 한 옹수자는 화장이 짙었다.

곽운천이 옹수자에게 날마다 교실을 지저분하게 만들어서 미안하다고 했다. 이어 임설분이 말했다.

"아이들이 그림을 모두 제출했나요?"

"예, 모두 제출했습니다."

"그럼 잘된 그림을 다 골라내셨나요?"

"이제 보기 시작한걸요. 하지만 그림 실력이 워낙 비슷비슷해서 좋은 그림을 찾아내기가 쉽지 않은 것 같습니다. 아이들에게 그림을 더 그려 보게 한 뒤 자세히 비교를 해 봐야 할 것 같습니다."

"4, 50명이나 되는 학생들을 다루기가 쉽지 않으시죠?"

"에, 그게……."

사실 처음에는 학생 수가 좀 많은 게 무슨 문제가 되랴 했지만 이틀 동안 수업을 하며 자신이 잘못 생각했다는 것을 깨닫고 있던 참이었다.

"곽 선생님!"

잠자코 있던 옹수자가 입을 열었다.

"임 선생님이 하시는 말씀을 들었는데, 저 또한 우리 반에서 뽑은 아이들 실력이 시원치 않으면 어쩌나 걱정이에요."

이틀 동안 여기저기서 들려오는 '선생님'이라는 호칭은 곽운천에게 여간 낯설고 익숙하지 않은 말이 아니었다. 이번에 옹수자의 그 카랑카랑한 목소리로 듣는 선생님이라는 호칭은 유난히 거북했다. 게다가 상대방의 빨간 입술 또한 알 수 없는 압력처럼 그 자신을 누르는 것만 같아 곽운천은 일부러 얼른 옹수자의 눈길을 피하며 우물쭈물 대답했다.

"그, 그건……. 다 실력이 비슷비슷한걸요."

"저도 고아명이 그린 그림을 정말 보고 싶어요. 어떻게 그린 그림이 아이답게 그린 좋은 그림인지 모르겠거든요. 사실 전 무척이나 선생님 수업을 들어 보고 싶답니다."

"별말씀을 다 하시네요."

"아니, 진심이에요. 방금 전에도 임 선생님과 함께 우리가 하는 미술 지도가 참 엉망이라는 얘기를 했어요."

"그럴 리가 있겠습니까."

옹수자의 솔직한 대답과 속사포 같은 말투에 그는 어찌 대답해야 좋을지 몰랐다.

"임 선생!"

상대방의 반응이 기대에 못 미치자 다른 목표를 향해 총구를 겨누듯 옹수자가 말했다.

"우리 함께 곽 선생님의 수업을 듣는 게 어때? 학창 시절 기분도 나고 정말 재미있을 것 같지 않아? 게다가 그림도 배우고 말이야. 훌륭하신 미술 선생님을 모실 기회가 어디 또 있겠어? 안 그래? 하지만……."

옹수자가 다시 곽운천에게 고개를 돌리며 말했다.

"그렇게 되면 서로 입장이 좀 난처해지겠죠? 학교를 졸업하고 사년 동안 거의 한 번도 붓을 만져 본 적이 없으니 그림을 그리고 싶어도 도통 그려지지 않을 것이 분명해요. 먼저 선생님께 사실대로 말씀을 드려야 나중에 놀림을 당하지 않죠. 안 그래, 임 선생?"

옹수자가 다시 임설분에게 묻자 임설분도 어떻게 대답해야 할지를 모르는 사람처럼 그저 웃으며 고개를 끄덕이기만 했다. 곽운천이 임설분의 입장을 대변하기라도 하듯 옹수자를 바라보며 말했다.

"옹 선생님, 그런 말씀 마십시오. 제가 무슨 재주가 있어 두 분을 가르친다는 말씀입니까? 전 아직 학생에 지나지 않아 선생 자격조차 부족하다는 것을 잘 알고 계시지 않습니까? 아직 아이들을 어떻게 가르쳐야 좋은지조차 잘 모르고 있습니다."

"정말 겸손하시네요. 곽 선생님이야 학생이라 해도 대학생이시잖아요. 그 정도면 이미 훌륭하신걸요. 어차피 이 년 후에는 명실상부한 중학교 선생님이 되실 텐데 우리가 선생님한테 좀 배우는 게 뭐가 어때서 그러세요? 혹시 아예 우리 같은 학생은 받아 주실 의사가 없는 것 아니세요?"

"후유, 제가 어떻게 대답을 드려야 할지 모르겠네요."

이 말과 함께 잠시 말을 멈춘 곽운천은 상대방의 눈빛이 눈이 부실 정도로 예리하게 빛나고 있다는 생각을 했다. 남이 그녀를 똑바로 바라보지 못하는 상황에서도 그녀는 상대에게 자신의 눈길을 고정할 수 있다는 사실이 대단하게 느껴졌다. 아울러 그는 만약 자신이 이 화제에서 벗어나지 못하면 더는 뭐라 말을 이어가야 할지 모르겠다고 생각했다. 그는 곧 화제를 바꾸며 말했다.

"두 분 선생님께서 절 위해 그림을 좀 봐 주시지요."

"보여만 주신다면 당연히 봐야지요. 사실 그것 때문에 이렇게 폐를 끼치고 있는걸요."

옹수자가 임설분을 힐끗 쳐다본 뒤 다시 말했다.

"하지만 저희가 뭘 볼 줄을 알아야지요. 저희가 그림 보는 눈을 좀 더 키울 수 있도록 선생님께서 그림을 보면서 설명을 해 주세요. 이게 저희한테는 첫 수업이 되겠네요."

"첫 수업이라니 별말씀을 다 하시는군요. 여기 우선 3학년들 그림부터 보여 드리겠습니다."

몸을 움직이자 이마로 머리카락이 흘러내렸다. 그가 곧 머리카락을 쓸어 올렸다.

3학년들이 어제 제출한 그림 중에서 이미 좋은 작품을 골라 잘한 순서대로 쌓아 둔 상태였다. 맨 위에 고아명의 그림이 있었다. 곽운천이 그 그림을 들어 두 교사가 있는 책상 위에 올려놓았다.

"어머? 이게 도대체 뭐예요?"

"제 생각에는……"

옹수자는 뭔가 자신의 의견을 밝히려다가 마침 뭔가 떠오른 듯 입을 다물었다.

"옹 선생님 보시기에 어떻습니까?"

"글쎄요……. 제가 보기에는……"

속사포가 고장이라도 난 걸까? 옹수자가 더듬거리며 말을 아꼈다.

"솔직히 뭐라 딱 꼬집어 말을 할 수가 없네요. 사실 뭘 생각하고 그렸는지도 잘 모르겠어요. 이 둥그런 것은 태양 같으면서 또 아닌 것도 같고……"

"제가 보기에는 이 그림이 가장 잘 그린 그림입니다."

"이게 가장 잘 그린 그림이라고요?"

옹수자가 깜짝 놀란 눈빛으로 곽운천을 쳐다보다 다시 임설분을 바라보며 의견을 물었다.

"임 선생이 보기에는 어때? 이게 가장 잘 그린 그림이래."

"저 또한 보고도 이게 뭔지 잘 모르겠어요."

자신의 생각을 이리저리 설명할 필요가 없다고 느낀 곽운천이 고개를 돌려 다른 작품 하나를 들어 올릴 때, 옹수자가 방금 전 그림의 뒷면을 보고는 놀란 목소리로 외쳤다.

"아하! 이게 바로 고아명의 그림이었구나! 정말 대단해! 너무 잘 그렸어, 정말 잘 그렸다니까!"

탄성을 지르며 다시 한 번 그림을 자세히 보기 시작하는 옹수자의 얼굴은 어느새 감동 그 자체였다.

곽운천은 더는 대꾸하지 않고 두 번째 그림을 탁자 위에 올려놓았다. 그는 그 그림이 임지홍의 그림이라는 걸 이미 알고 있었지만 무슨 까닭에서인지 몰라도 이 그림을 그린 아이가 임설분의 동생이라는 사실을 알고 있다고 말하면 안 될 것 같았다. 더욱이 임지홍이 3학년을 대표할 두 명의 후보 중 한 명이라는 것에 대해 임설분에게 축하 인사를 건네서도 안 될 것이라는 느낌을 받았다.

사실 곽운천은 이 그림을 별로 좋아하지 않았다. 이 그림이야말로 옛날 교육을 그대로 나타내는 그림이었다. 개성이나 창의력, 자신의 주장은 물론 어린아이가 가져야 할 꿈과 환상의 세계가 완전히 배제되어 있었다. 그저 원형을 모방하여 아주 비슷하게 그렸을 뿐이다. 하지만 다른 아이들의 그림과 비교해 보면 조금 낫기는 한 것 같았다. 그런 까닭에 그 그림을 선택한 것이지 임설분의 동생이기 때문에 선택한 것은 아니었다. 그가 갑자기 경계심을 곤두세운 것은 이런 생각들 때문이 아니었다.

임설분이 한눈에 동생의 그림을 알아보고 말했다.

"이 그림도 잘 그린 축에 드나요?"

임설분의 물음과 거의 동시에 옹수자 특유의 카랑카랑한 목소리가 교실에 울려 퍼졌다.

"이거 정말 잘 그렸는데요! 집이며 나무들, 산과 구름 모두 너무나 생동감 있게 잘 표현한 것 같아요!"

고아명의 그림을 내려놓은 옹수자가 곧바로 손을 뻗어 임지홍의 그림을 집어 들고는 고개를 약간 비튼 채 눈을 가느다랗게 뜨고 손을 쭉 뻗어 멀찌감치에서 자세히 살펴보았다. 곧이어 그림 뒷면에 쓰여 있는 이름을 확인하고는 곧 소리를 질렀다.

"어머, 지홍이가 그린 그림이네! 임 선생, 정말 좋겠어! 이거 동생 그림이야!"

"별로 잘 그린 것도 아닌데, 뭐."

임설분이 겸연쩍은 듯 대답했다.

"잘만 그렸는데 별로 잘 그린 게 아니라니 그게 무슨 소리야? 난 지홍이가 꼭 뽑힐 줄 알았다니까!"

옹수자의 목소리가 갑자기 잦아들더니 순간 대단히 복잡한 표정이 얼굴을 스쳐 지나갔다.

이때 곽운천은 자신도 알 수 없는 야릇한 압박감을 느끼며 서둘러 놀란 얼굴로 입을 열었다.

"아니, 이 학생이 임 선생님의 친동생이란 말씀입니까?"

"어머, 정말 그걸 모르고 계셨어요?"

옹수자가 얼른 되물었다.

"어제 임 선생님께서 아무 말씀도 안 하셨는데 제가 어떻게 알았겠습니까? 아니, 임 선생님은 왜 어제 아무 말씀도 안 해 주셨습니까?"

곽운천은 말을 마치며 갑자기 마음속에 웃음이 솟구치는 것을 느꼈다. 이미 다 알고 있는 사실을 교묘하게 숨기는 것 아닌가?

"전, 전 그냥 좀 쑥스럽고 해서……."

"그랬군요."

옹수자는 오해가 풀린 듯 곧 표정을 바꾸며 원래의 그 목소리로 말했다.

"그래도 난 지홍이가 뽑힐 줄 알았다니까!"

옹수자가 또 곽운천을 보고 말했다.

"지난해에도 현에서 주관하는 미술 대회에 참가했거든요."

"네, 그랬습니까? 성적도 아주 좋았겠군요."

임설분이 나지막한 목소리로 대답했다.

"입신도 하지 못한 걸 보면 엉망이었나 봐요."

옹수자에 비해 임설분의 목소리는 정말 차분하고 부드러웠다. 그러나 곧 옹수자의 목소리가 임설분의 목소리를 뒤덮었다.

"그게 참 이상하다니까요. 그림을 너무 잘 그려서 우리는 1등을 할 줄 알고 있었어요. 적어도 2등은 하려니 생각하고, 대회에 나가 학교의 명예를 한껏 높여 줄 것이라고 믿어 의심치 않았거든요. 우리 모두 지홍이를 그림 신동이라고 생각했는데, 그 상황에서 입선도 못 하리라고 누가 생각이나 했겠어요? 나중에 저희 모두 지홍이가 대회에서 너무 떨어 실력을 제대로 발휘하지 못한 것이라고 생각했지요. 그런데 서대목 선생이 지홍이 그림을 보고 잘 그렸다고 칭찬을 하면서 아마 심사 위원들의 눈이 먼 게 분명하다고 하지 않았겠어요?"

옹수자가 말을 마치고 곽운천에게서 눈길을 떼어 임설분을 차가운 눈으로 바라보았다.

"서대목 선생님이 누구시죠?"

"키가 좀 작고 뚱뚱한 훈육 과장 선생님 말이에요. 예전에는 그분이 미술 지도를 맡아 하셨어요. 키는 작아도 성질만큼은 알아줘야 한다니까요. 아이들이 조금이라도 자기 맘에 안 드는 그림을 그릴라치면 벼락이 떨어진다니까요. 아예 저러다 애들을 잡아먹는 게 아닌가 하는 생각이 들 정도였어요. 그래도 그분이 선생님 중에서 그림을 가장 잘 그렸어요. 물론 이제는 곽 선생님이 가장 훌륭하지만요."

겸손의 말을 몇 마디 던지며 그는 마음속에 어제 이금삼 선생이랑 함께 교실로 찾아와 아이들이 그림 그리는 것을 보고 나간 키 작은 남자를 떠올렸다. 서른한두 살쯤 되었을까? 이틀밖에 안 됐지만 날마다 조회 때 교장 선생님의 훈화가 끝나면 단상 위로 올라가 아이들에게 으름장을 놓던 바로 그 선생인 게 틀림없었다.

"곽 선생님!"

옹수자가 또 그를 불렀다.

"3학년 중에는 이 두 아이만 뽑힌 게 분명하죠? 그럼 우리 반 애들은 전부 미역국을 먹은 거네요. 이 일을 어떡하나……. 임 선생! 임 선생은 참 좋겠다. 임 선생 반 애들이 둘 다 뽑혔으니 말이야."

"그렇지 않습니다!"

곽운천이 얼른 옹 선생의 말을 가로챘다.

"전 아직 아무것도 결정한 게 없습니다. 지금은 이 아이들이 비교적 우수하다는 것으로, 앞으로 더 지켜볼 생각입니다. 아마 모든 학생들이 연습에 참가해서 미술 지도를 받게 될 것입니다."

"정말이에요? 제가 그럴 줄 알았어요! 자, 이제 그만 다른 그림들도 구경하죠!"

그들이 채 몇 장을 더 보기도 전에 종소리가 울렸다.

"어머, 벌써 시간이 이렇게 지나갔네!"

옹수자가 시계를 보며 말했다.

"저녁에 교직원 회의가 있을 거예요. 우리 모두 참석해야 하는 거 알고 계시죠?"

"예, 알고 있습니다. 전 잠시 이곳을 정리하고 갈 테니 두 분 선생님께서는 먼저 가시지요."

임설분과 옹수자가 나간 뒤 교실에 홀로 남은 곽운천은 그림들을 정리하기 시작했다. 두 여선생이 그의 머릿속에서 교차되었다. 청초한 여인과 농염한 여인이었다. 말 그대로 청초함과 농염함이라는 단어가 그 여인들을 대표하고 있었다. 얼굴, 몸매, 옷차림, 성격, 말투를 포함한 모든 것이 아주 선명하게 대조를 이루었다.

곽운천은 옹수자에게서 도시 여성의 분위기를 느낄 수 있었다. 틈이 날 때마다 자신의 매력을 상대에게 뿜어내며 상대가 다가올 수 있도록 틈을 보이고 있었다. 옹수자의 매력 넘치는 붉은 입술과 성숙하고 풍만한 몸매가 눈길을 끄는 것은 사실이었지만, 그 모습은 그다지 곽운천의 눈길을 사로잡을 정도는 아니었다. 그런 아름다움은 대도시의 거리에 넘쳐 나고 있었기 때문이다.

그와 반대로 임설분의 화장기 없는 자연스런 분홍빛의 촉촉한 입술, 수줍은 말투, 양미간에 보일 듯 말 듯 나타나는 우수는 지금까지 만나 보지 못한 것이었다.

"후우……."

곽운천은 이런 환영들을 지워 버리기라도 하듯 길고 무거운 한숨을 토해 냈다. 도대체 내가 왜 이런 생각들을 하고 있지? 그녀들이 이렇든 저렇든 나와 무슨 상관인가 말이다. 어차피 3개월 뒤 이곳을 떠나면 거품처럼 사라질 인연들인 것을……. 그는 교실에서의 일을 대충 정리하고 교무실로 걸음을 옮겼다.

바로 그때 고차매는 혼자서 발길을 재촉하고 있었다. 아명은 먼저 돌아갔다. 차매는 빈 병에 반쯤 채운 우유를 들고 수업이 끝나기 무섭게 서둘러 집으로 가고 있었다. 어린 동생이 우유를 보면 기뻐서 어쩔 줄 모를 것이라고 생각했다.

하지만 아생이 정말 좋아할까 하는 걱정도 들었다. 차매는 학교에서 처음 학생들에게 우유를 나눠 줄 때 우유에서 비릿한 냄새가 나고 아무런 맛도 없었던 지난 기억을 떠올렸다. 선생님이 영양이 풍부하다며 학생들에게 많이 마시라고 권해서 조금 단맛이 나는 하얀 액체를 입 안에 억지로 넣고 마신 것이다. 한 달쯤 지나서야 우유의 비릿함이 느껴지지 않았다. 요즘에는 냄새도 좋고 맛도 아주 좋았다.

하지만 아명은 달랐다. 처음 한 모금을 마실 때부터 너무나 좋아했다. 우유보다 더 맛있는 음식을 먹어 본 적이 없다며 호들갑을 떨 정도였다. 그때 아명이 얼마나 부러웠는지 모른다.

차매는 아생도 아명처럼 처음부터 우유를 맛있게 먹었으면 하고 바랐다. 너무 말라 버린 동생이 가여웠다. 날마다 우유를 가져다 먹인다면 더 건강해질 게 분명했다. 정말 그렇게만 된다면 좋을 텐데……. 아명도 나랑 같은 생각을 했기에 그렇게 서둘러 집에 갔을 거야. 지금쯤이면 아명이 가져간 우유를 아생이 다 마셨겠지. 아생이 우유를 맛있게 마시고 있는 모습을 생각만 해도 차매는 기뻤다.

그리고 차매한테는 또 한 가지 정말 기분 좋은 일이 있었다. 오늘 미술 시간에 곽 선생님이 아명의 그림을 크게 칭찬한 것이다. 선생님은 아명을 전교 학생들의 훌륭한 본보기라고 치켜세웠다. 5, 6학년 선배들에게도 아명의 그림을 본보기로 삼으라고 했다. 차매는 이게 혹시 꿈이 아닌가 하는 생각도 했다. 아명의 이상한 그림이 정말 그렇게 잘 그린 그림인지 아무래도 믿을 수가 없었다.

"여러분, 이 그림을 주목해 주세요. 도대체 뭘 그린 것인지 잘 모르겠죠? 방금 고아명 학생은 하늘개가 달을 집어삼키는 것을 그렸다고 말했어요. 하지만 모두들 개가 개 같지도, 둥그런 것이 달 같지도 않게 느껴질 거예요. 그렇죠? 그러나 그림은 꼭 자신이 그리고자 하는 것과 닮을 필요도, 다른 사람이 꼭 알아볼 필요도 없어요. 그림을 잘 그리고 못 그리는 것에는 여러 가지 조건들이 있지만, 오늘은 색깔에 대해 여러분에게 설명을 하겠어요. 예를 들어 고아명 학생이 그린 이 그림을 보면 녹회색을 많이 사용했는데, 그림 전체에 그 색깔이 잘 배어 나와 조화를 이루고 있어요. 그래서 밝은 달이 하늘개에 먹히려고 한다는 것을 알 수 있죠. 물론 하늘개가 달을 삼킨다는 것은 전설일 뿐인 실제로 하늘개라는 것은 존재하지 않습니다. 이것은 자연 현상인 일식과 월식을 그렇게 부른 것인데 이에 대해서는 자연 수업 시간에 배우게 될 것이니까 전 설명하지 않겠습니다. 자, 이제 우리 모두 달이 점점 더 어두워진다고 상상해 봅시다. 그럼 좀 무서운 느낌이 들죠? 이 그림이 사람에게 그런 무서움이란 느낌을 전달하고 있기 때문에 고아명 학생이 그린 그림이 아주 훌륭하다고 칭찬하는 것입니다."

곽 선생님은 계속해서 고아명의 그림이 훌륭하다는 말을 했다. 아직도 고차매의 귓가에 맴도는 그 말들은 정말 큰 뜻을 지니고 있었다. 게다가 그림을 가장 잘 그린다고 소문이 난 임지홍은 좋지 않은 예로 언급되지 않았는가? 선생님은 임지홍의 그림은 사물과 매우 비슷하기만 할 뿐, 사물을 똑같이 그리고 안 그리고는 전혀 중요한 문제가 아니라고 했다. 만약 똑같이 그리려고 한다면 사진기로 직접 사물을 찍으면 그만이지 굳이 그림으로 그릴 필요가 없다고 했다. 그동안 내내 선생님들 사이에 미술 신동이라고 불리던 임지홍이 아명보다 못하다니 정말 훌륭한 동생이 아닌가? 장하다, 고아명! 정말 훌륭해! 앞으로 있을 미술 대회에 나가 제발 금상을 탄다면 더 바랄 게 없겠다. 사실 학교에 그런 영예를 안겨 준 학생은 아직까지 아무도 없지 않은가? 아명이 금상만 탄다면 부모님이 얼마나 기뻐하실까?

차매는 자신도 모르는 새 한층 더 걸음을 재촉했다. 차매는 자신이 날개가 있어 한걸음에 집까지 날아가 아생이 맛있게 우유를 먹는 모습을 보지 못하는 것이, 부모님께 당장이라도 아명에 관한 기쁜 소식을 전해 주지 못하는 것이 안타깝기만 했다.

하지만 차매에게 오늘이 그렇게 기쁜 날만은 아니었다. 이른 아침, 담임 선생님에게 아버지께서 미술 대회를 위한 특별 수업을 받지 못하게 한다고 말하자 선생님은 안타깝지만 어쩔 수 없으니, 직접 곽 선생님에게 말을 하라고 하셨던 것이다.

미술 시간, 아명은 이미 그림을 다 그려 냈기 때문에 오늘 더는 그림을 그리지 않아도 되어서 먼저 집에 갔다. 차매는 곽 선생님의 말이 끝나고 그림 그리기가 시작된 다음 곧장 곽 선생님에게 사정을 이야기했다. 곽 선생님도 안타까워하면서도 부모님이 반대한다면 하는 수 없다는 듯이 허락했다. 그때 차매는 하마터면 눈물을 흘릴 뻔했다.

차매는 갑자기 자신이 그림에 아주 관심이 많다는 것을 깨달았다. 미술 지도 시간에 대한 미련을 쉽게 버릴 수 없었지만 엄마를 위한 일이라고 생각하고 마음을 굳게 먹었다. 그래! 엄마는 그렇게 바쁘신데……. 나라도 일찍 집으로 가서 조금이라도 더 도와 드려야지. 아마도 이렇게 하는 것이 그림을 그리는 일보다 가치 있는 일일 거야.

생각에 잠겨 걸음을 재촉하던 차매는 어느새 집에 다다랐다.

문을 열고 들어가기 무섭게 아명이 달려 나왔다. 아명의 품에는

여느 날과 마찬가지로 고양이가 안겨 있었다. 아명의 가슴에 마지못
해 안겨 있다는 듯 발톱으로 아명의 어깨를 꼭 부여잡고 긴장하고 있
는 품이 언제라도 틈만 보이면 도망칠 태세였다.

"누나! 신기하게 야옹이도 우유를 무지 좋아한다!"

"뭐야? 아니, 너 정신이 있니 없니? 아생한테 주려고 가져온 우유
인데 고양이를 주면 어떡해?"

"그게 아니라 엄마가 따뜻하게 데워서 아생에게 주다가 몇 방울이
바닥에 떨어졌거든. 야옹이가 그걸 핥아먹고는 더 달라고 나한테 야
옹거리잖아!"

"아생이는? 아생이는 마셨어?"

"맛있다고 하면서 모조리 다 마셨어."

"뭐? 그걸 한꺼번에 다 마셨단 말이야?"

"응, 다 마셨어."

차매는 다시 걱정에 잠겼다. 우유를 처음 먹고 소화불량에 걸린 아
이를 본 적이 있었기 때문이다. 선생님이 우유 먹는 게 습관이 안 된
사람이 한 번에 너무 많은 양을 먹으면 배탈이 날 수 있다고 한 말이
떠올랐다. 차매는 그렇지만 자신도 아무 탈이 없었고, 아명 또한 처
음에 뱃속이 부글거린다고 종일 불편해하다가 방귀를 몇 번 뀌고는
별탈이 없었기 때문에 막내도 별일 없을 거라고 생각했다. 그래도 아
생이가 맛있게 잘 먹었다는 말에 차매는 다행이라고 생각했다.

저녁을 먹은 뒤 온 가족이 황혼이 스민 등잔불 밑에서 이야기꽃을
피우기 시작했다. 차매가 오늘 있었던 기쁜 소식을 부모님께 이야기

했다. 곽 선생님이 아명을 대단한 미술 천재라고 칭찬하면서 이번 대회에서 틀림없이 금상을 받을 것이라고 장담했다는 말을 하자 항상 얼굴을 굳히고 못마땅한 표정이던 아버지 얼굴에도 함박웃음이 터졌다.

아버지는 아명이 그린 이상한 그림이 그렇게 대단한 그림이라는 것을 믿을 수 없다고 했지만, 차매가 동생을 대신해 열심히 설명하는 것을 듣고는 자신도 모르게 다시 한 번 웃음을 터뜨렸다.

가난한 농가의 식구들이 모처럼 기쁨에 겨워 있을 때, 집 안 한구석에 숨어 있던 악마가 그들의 즐거움을 비웃기라도 하듯 삐죽이 고개를 내밀었다.

문득 엄마가 이상한 눈빛으로 아생을 바라보며 물었다.

"아생, 네 뱃속에서 꾸륵꾸륵하는 소리가 멈추질 않는 것 같구나!"

"엄마! 뱃속에서 난리가 난 것 같아요!"

아명이 웃으며 자신이 처음 우유를 마셨을 때의 경험담을 익살스럽게 늘어놓자 또다시 모두가 웃음을 터뜨렸다.

그러나 몇 분도 채 안 지나 아생은 설사할 것 같다며 소리를 질렀고, 바지를 벗을 새도 없이 설사를 했다. 엄마가 정신없이 아생을 데리고 목욕탕으로 간 사이 차매는 얼른 화로에서 재를 가져다가 똥 위에 뿌리고 서둘러 거실을 청소했다.

"아명! 이게 다 네 녀석 때문이야! 어쩌자고 한 번에 그 많은 양을 먹인 거냐!"

아버지가 소리를 치며 꾸짖었다.

"아생이 자꾸 맛있다며 달라는 걸 어떡해요?"

"이런, 너 좀 맞을 테냐?"

"아버지, 다시는 안 그럴게요. 이제부터는 나누어서 조금씩만 먹일 게요."

"필요 없어! 너나 먹어! 다시 우유를 가져왔다간 가만히 안 둘 테 다!"

"하지만……."

"하지만은 무슨 얼어 죽을 하지만이야? 우유 얘기는 두 번 다시 꺼 내지도 마라!"

아명은 입을 굳게 다물었다.

쥐와 고양이

동이 틀 무렵, 아명은 아버지의 성난 고함에 단잠을 깼다.

"여보, 여보, 이것 좀 봐! 머리밖에 남지 않았으니……."

도대체 무엇 때문인지 알 수 없었기에 아명은 이불 속에서 머리를 움츠리고 귀를 종긋 세웠다. 고양이는 언제 이불 속에 들어왔는지 어느새 아명의 겨드랑이 밑을 파고들어 웅크리고 있었다. 고양이가 밤마다 몰래 들어오는 탓에 아버지에게 붙들려 욕을 먹고 경을 치기 일쑤였다. 하지만 고양이는 아버지를 겁내지 않았다. 가끔 아버지가 고양이 목을 잡아 힘껏 바닥에 내동댕이치면 재주를 넘듯 사뿐히 바닥에 내려앉았다. 어떤 때는 오히려 아무 일도 없었다는 듯 하품까지 하고는 자취를 감추었다. 그리고 밤이 오면 언제 그랬냐는 듯이 몰래 아명의 방에 찾아들었다.

아명이 고양이 등을 어루만졌다. 부드럽고 매끈했다.

"이런 얼어 죽을!"

아버지가 다시 소리를 질렀다.

"이런, 이런……. 여기 또 한 마리 있네. 반 토막이 났어, 반 토막이! 이봐, 병아리가 모두 몇 마리였지?"

"열세 마리요!"

엄마 목소리가 들려왔다.

"쉬, 쉬, 쉬, 쉬."

아버지가 닭을 몰고 있는 것이 분명했다. 잠시 뒤 다시 고함이 들렸다.

"이런, 얼어 죽을! 여덟 마리밖에 없잖아! 이런, 이런……."

아명은 아버지가 안타까워하는 모습이 눈에 보이는 듯했다. 또 그 못된 쥐새끼들 짓이겠지!

아버지가 다시 외쳤다.

"이봐, 이게 다 당신이 닭장 문을 제대로 닫지 않은 탓이라고!"

"왜 저한테 화를 내세요?"

"그럼 당신한테 화내지 누구한테 화를 내?"

"암탉이 안 들어가겠다고 버티는 것을 나더러 어쩌라고요?"

"버틴다고 내버려 둬? 잡아서라도 처넣어야지!"

"아버지!"

차매의 목소리가 들려왔다.

"날마다 제가 잡아서 닭장 속에 넣었는데, 어젯밤 너무 흥분해서 잊어버렸어요."

"이런 경을 칠……. 집구석에서 여자들이 도대체 뭘 하는지!"

아버지의 목소리가 멀어졌다. 밖으로 나간 모양이다.

아명은 병아리들이 너무 불쌍하다는 생각을 했다.

"야옹아!"

아명이 고양이의 귀에 대고 속삭였다.

"네가 얼른 커서 저 못된 쥐들을 다 잡아 주렴. 그래야 저 어린 병아리들이 무사히 잘 자랄 테니 말이야. 내가 날마다 우유를 가져다 줄 테니까 많이 먹고 얼른 자라렴, 알았지?"

날이 훤히 밝아서야 일어난 아명이 부엌에서 세수를 하다가 상 아래에 놓인 병아리를 보았다. 들어 올려 자세히 보니 몸통은 반쯤 먹혔고, 눈이 파헤쳐져 작은 동굴이 되어 있는 것이 피가 흥건했다. 그리고 그 예쁜 주둥이는 다 부서지고, 모가지는 몸통에서 거의 다 떨어져 달랑거리고 있었다.

아명은 종일 어미닭의 뒤를 졸졸 따라다니던 그 겁 많고 귀여운 병아리들을 생각했다. 쥐들은 왜 그렇게 못됐을까? 예쁜 병아리들을 이 모양으로 만들어 놓다니! 얼마나 아팠을까? 너무 불쌍하다…….

아명은 집 앞마당으로 달려갔다. 암탉이 남은 여덟 마리의 병아리들을 데리고 광주리 옆에서 먹을 것을 찾고 있었다. 그 앞으로 다가선 아명이 들고 있던 죽은 병아리를 암탉 앞으로 던졌다. 흠칫 놀라 도망가던 암탉이 금세 아무 일도 없었다는 듯 가까이 다가와 죽은 병아리를 잠시 들여다보았다. 아명은 암탉의 마음이 몹시 아플 것이라 생각했는데, 암탉은 죽은 병아리를 몇 차례나 야멸치게 쪼아 댔다.

어미 닭이 뭔가 먹을 것을 찾은 줄 안 병아리들이 작은 날개를 퍼덕이며 앞을 다투어 그 주위를 에워쌌다. 한 마리가 먼저 죽은 병아리를 쪼아 본 후 달아나자 두세 마리가 잽싸게 다가와 쪼아 댔다. 어미닭과 병아리들이 쪼아 대는 것을 본 아명은 화가 치밀었다. 아명이돌을 주워 있는 힘껏 암탉에게 던지자 암탉과 병아리들이 놀라 정신없이 도망쳤다.

"이 바보 같은 어미 닭이 제 새끼도 몰라보다니……."

아버지의 입에 붙은 욕설을 그대로 따라 하던 아명은 이내 혼잣말을 했다.

'그러니까 쥐들이 가만 놔둘 리가 있겠어?'

정말이지 멍청한 어미 닭이잖아? 쥐가 시시때때로 자기 주변을 들락거려도 아무 신경도 안 쓰고. 참 이상하다. 사람들은 암탉이 새끼들을 자기 목숨보다 소중하게 생각한다고들 했는데……. 언젠가 선생님도 집에 불이 나면 암탉은 자신은 타 죽으면서도 새끼들을 날개속에 품어 보호한다고 말하지 않았는가? 그게 다 거짓말이었나?

아명은 또다시 생각에 잠겼다. 아냐, 아냐, 지난번에 병아리를 잡으려고 할 때 암탉이 내 손을 얼마나 세게 쪼았는지 몰라. 며칠이나아팠잖아? 게다가 독수리가 왔을 때도 새끼들을 잘만 보호하던걸.그래, 어미 닭은 엄마가 날 사랑하는 것처럼 새끼들을 사랑하고 있어! 다만 새끼가 너무 많아서 흉측하게 죽어 버린 새끼를 알아보지못한 걸 거야.

맞아! 나쁜 놈들은 바로 쥐들이야! 이 악마 같은 놈들을 어떻게 없애 버린다?

갑자기 아명은 얼마 전 집에서 쓰던 쥐약이 생각났다. 아명은 죽은 병아리에 쥐약을 발라 쥐를 잡기로 했다. 아명은 곧장 집으로 뛰어 들어갔다.

"엄마! 쥐약 어디 있어요?"

"그건 뭘 하려고?"

"쥐를 잡으려고 그래요! 우리 병아리를 그렇게나 많이 잡아먹었으니 잡아 죽여야죠!"

"하지만 쥐약이라면 예전에 다 쓴걸."

"아니, 아직 남았을 거예요. 잘 생각해 보세요, 어서 찾아 주세요, 네?"

바쁜 시간에 아명이 귀찮게 하는 것을 못 이긴 엄마는 곧 옷장 위에서 검은 약병을 찾아 창문에 비춰 보았다.

"귀찮아 죽겠네! 이 봐라, 다 쓰고 없잖니!"

병을 받아 든 아명이 병을 기울여 비춰 보며 말했다.

"아직 남았잖아요! 여기 보세요. 조금 남았죠?"

아명은 어디선가 송곳을 찾아 병마개를 쑤셔 열어 바닥에 남아 있던 쥐약 몇 방울을 움푹 파인 병아리 눈에 집어 넣었다.

"엄마, 한 방울 정도면 쥐를 잡을 수 있어요?"

"조심해라! 아주 독한 약이라서 반 방울만으로도 큰 개 한 마리는 죽이고도 남을 거야! 어서 손부터 깨끗하게 씻고 밥 먹자. 학교 늦겠다!"

아명은 잠시 흥분했다. 만약 그 못된 쥐가 다시 와서 이 병아리를 먹는다면 분명 살아남지 못할 것이다! 잠시 생각에 잠겨 있던 아명은 쥐약 묻은 병아리를 닭장 뒤에 놓았다.

미술 시간에 아명은 고양이와 쥐를 그렸다. 배경으로 연두색을 썼다. 흑갈색 큰 쥐 얼굴에는 검은색 팔자수염까지 진하게 그려 넣었다. 그에 반해 고양이는 푸른색으로 칠했고, 그 곁에 있는 병아리들은 노란색을 칠했다.

하늘을 향해 사지를 쭉 뻗고 쓰러져 있는 큰 쥐를 보면 이미 격렬한 한판 승부에서 참패를 당했음을 알 수 있었다. 고양이는 몸집이 쓰러진 큰 쥐의 반만 했지만 승리자임을 알리듯 앞발로 쥐의 목을 짓누른 채 입을 크게 벌리고 막 쥐의 숨통을 끊어 놓으려는 자세를 하고 있었다. 병아리들은 그것을 지켜보는 관중들이었다.

아명은 죽은 병아리에게 이 그림이 큰 위로가 될 거라고 생각했다.

미술 시간 내내 고학년의 그림을 봐 주느라고 곽 선생은 아명의 그림이 완성되는 과정을 지켜보지 못했다. 다른 학생들이 그림의 반 정도밖에 안 그렸을 때쯤 아명은 이미 그림을 완성해 제출했다. 그림을 살펴본 곽 선생이 다시 한 번 아명을 칭찬하고 잘 그린 작품으로 선정해 칠판 위에 붙여 놓았다.

학생들이 모두 돌아간 뒤 혼자 남은 곽 선생은 이날 학생들이 그린 그림을 자세히 살폈다.

학생들 대부분이 그림을 제출하여 대략 마흔 장이 넘었다. 곽운천은 먼저 학년별로 그림을 나누고 6학년생의 그림을 살펴보았다.

아이들은 여전히 예전에 그리던 방식 그대로 그림을 그렸다. 며칠 동안 시간 나는 대로 설명을 해 주었건만 달라진 것은 아무것도 없었다. 내 말이 아이들에게 너무 어려운 걸까? 아니면 이런 이론을 처음 들어 봐서 그런 것일까? 곽운천은 잠시 생각했다. 그림으로 봐서는 앞으로 아이들에게 더 신경을 써야만 할 것 같았다. 대회가 3주 남았으니, 그 기간에 날마다 틈나는 대로 설명을 하며 어떻게 그려야 하는지 가르쳐야겠다고 다짐했다. 그는 그런 일들이 전혀 힘들게 느껴지지 않았다.

며칠이었지만 곽운천은 이미 아이들과의 생활이 어떤 것인지 그 맛을 볼 수 있었다. 물론 그 깊이에 대해서는 자신 있게 이야기할 수 없었지만 그 느낌이 무엇인지에 대해서는 가슴 깊이 체험할 수 있었다. 자신이 갖고 있는 어른의 눈빛을 버리고 아이들의 눈으로 느끼고 아이들이 하는 것을 함께 하자, 아이들은 어느새 자신 가까이로 몰려들고 있었다. 이것은 바로 곽운천이 며칠 안 되는 시간에 얻은 교훈이었다.

특히 교단 위에 서서, 뭔가를 열심히 기대하는 눈으로 자신을 주시하는 눈망울들과 부딪칠 때면 자신도 모르게 책임감이 무엇인지 절실하게 느끼곤 했다.

그 책임감이 무슨 빛깔이든 자신의 어깨 위에 놓인 책임감을 깊이 느낄 때 사람은 여태껏 보이지 않은 능력을 발휘하게 될 것이다. 곽운천 또한 바로 그러했다.

곽운천은 교단에 서기만 하면 활력이 넘치는 사람처럼 하루 7, 8교시의 수업을 강행하면서도 피곤한 줄 모르고 내내 똑같은 열의와 정성으로 수업을 진행했다.

또 한 가지, 어린아이들이 보이는 모습 하나하나가 맑게 솟아나는 샘물처럼 곽운천의 몸에 밴 때를 말끔히 벗겨 주었다. 곽운천은 그때 자신이 앓았던 병이 절망에서 온 우울이라는 것을 잘 알고 있었다. 그는 자신의 우울함이 날이 갈수록 사라지고 있다는 걸 느꼈다.

잡념을 버리고 학생들의 그림을 한 장 한 장 자세히 비교해 보려 했지만 무슨 까닭에서인지 정신을 한곳에 모을 수가 없었다. 눈앞에 놓인 그림이 흐릿해지는가 하면 금방 본 것인데도 뭘 보았는지조차 금세 잊어버렸다.

"도대체 이게 무슨 일이람……!"

다시 한 번 정신을 가다듬고 그림에 정신을 집중하려 했지만 끝내 가슴 속 저 깊은 곳에서 용솟음치는 생각을 떨칠 수가 없었다.

아! 그녀가 다시 이곳을 찾아 주길 바라다니 정말 어이없군! 다시 찾아온들 뭐가 달라진다는 말인가? 오히려 지금 내가 하고 있는 일에 방해만 되지 않겠는가 말이다! 지금 당장 하지 않을 수도, 연기할 수도 없는 일인데 그녀가 와서 이야기를 하다 보면 그림을 살필 시간이 모자랄 것이 틀림없지 않은가? 곽운천은 애써 정신을 가다듬고 그림으로 눈길을 돌렸다. 하지만 집중이 안 되기는 마찬가지였다.

미쳤구나! 그는 자신을 질책하기 시작했다. 어리석은 생각 그만 하자! 그녀가 다시 올 리도 없는데……. 도대체 무슨 이유로 여기를 찾는다는 말이야? 나를 가든 저기를 가든 다 그녀 마음 아니겠어? 아마 안 올 거야. 게다가 나 같은 사람은 아예 안중에 없을지도 몰라.

교직원 회의가 끝나는 종소리가 울렸다.

그래, 어서 맡은 일이나 끝내도록 하자. 안 올 것이다! 회의를 끝내고 곧장 차를 타고 삼계수에 있는 집으로 돌아가겠지. 쓸데없는 생각은 이제 그만 하자. 일, 일이나 열심히 하자!

그런데 그의 예상을 뒤엎고 얼마 뒤 친근한 발걸음 소리가 밖에서 들려오는 것이 아닌가? 그의 심장이 곧 터질 듯 빠르게 뛰기 시작했다.

혹시 옹수자가 아닐까? 그런 생각이 뇌리를 스치고 지날 때 누군가 교실 안으로 들어왔다.

임설분이 입가에 엷은 웃음을 머금고 서 있었다.

"또 폐를 끼치게 되었네요."

"별말씀을 다 하시네요."

곽운천은 솟아오르는 기쁨과 심장 뛰는 소리를 애써 누르며 대답했다.

하느님 감사합니다! 그 말 많은 옹수자가 아니어서 정말 다행이다! 이런 생각에 별뜻 없이 그가 물었다.

"옹 선생님은 왜 함께 안 오셨습니까?"

"옹 선생님요?"

곽운천은 처음 학교에 오던 날 교장실에 붙어 있던 교사 일람표에서 서른 명이 넘는 선생님 가운데 옹씨 성을 가진 선생님이 세 사람이었던 것을 기억하고 얼른 대답했다.

"옹수자 선생님 말입니다."

"아……. 그 옹 선생님은 이미 퇴근하셨는데요."

사실 임설분은 처음 곽운천이 물을 때부터 누구를 말하는지 알고 있었다. 다만 곽운천이 옹수자에게 관심이 있을 줄은 잘 모른 상태라 그렇게 되물은 것이다.

곽운천은 대답하는 임설분의 얼굴에 얼핏 불쾌한 기운이 감도는 것을 알아채고 속으로 깜짝 놀랐다. 하지만 그런 기운은 금세 자취를 감추었다.

임설분이 책상 위에 놓인 그림 앞으로 다가서며 물었다.

"아이들 그림이 좀 나아지긴 했나요?"

"그냥 그렇습니다. 별로 큰 차이는 없습니다."

"제 동생은요? 그 애도……."

"임 선생님께서 걱정이 많이 되시나 보네요?"

"그야, 그렇지요! 걱정이 안 되면 여길 뭐 하러 또 왔겠어요?"

임설분은 일부러 그 말을 강조라도 하듯 보통 때 어조보다 더욱 강하게 얘기했다.

"예, 예, 그러시겠죠!"

곽운천이 당황한 듯 대답했다.

이상하다! 오늘은 어째 무슨 얘기만 하면 이렇게 어긋나는 것일까? 곽운천은 숨조차 제대로 쉴 수 없을 정도로 답답해졌다.

그는 나름대로 다음 화젯거리를 찾기 위해 애를 썼지만 아무리 생각해도 무슨 말을 해야 좋을지 전혀 떠오르지 않았다. 임지홍의 그림을 보여 주며 토론을 좀 해 볼까? 하지만 그는 곧 그 주제가 별로 좋지 않다는 것을 깨달았다. 그럼 고아명의 그림으로 하자! 오늘 고아명이 그린 그림이라면……. 큰 쥐와 고양이였지. 아니야, 이것도 아니야!

임설분이 6학년들의 그림을 가벼운 눈길로 바라보고 있었다.

"제가 보기에는……."

곽운천이 어쩔 줄 모르고 말까지 더듬으며 이 어색한 침묵을 깨고자 노력했지만, 결국 아무런 말도 꺼내지 못해 침묵이 다시 이어졌다.

"저어, 아이들에게 그림을 가르치는 것이 정말 쉬운 일이 아닌 것 같습니다."

"그러세요?"

임설분이 오히려 그와의 만남이 대수롭지 않다는 듯 가볍게 대꾸했다.

임설분이 고개를 들어 곽운천을 한 번 쳐다보았다. 그녀의 표정은 적어도 곽운천의 눈에는 원래대로 돌아와 있었다. 곽운천이 안도의 한숨을 내쉬며 이야기했다.

"제가 수업 시간에 몇 번이나 반복해서 설명을 했는데도 이런 색이나 이런 선의 유형이 바뀌지 않는 게 옛날과 똑같습니다."

"힘드시겠네요."

임설분의 입가에 엷은 웃음이 감돌았다.

"아니, 그런 뜻이 아닙니다. 제가 혹시 교수법을 제대로 알지 못해 그런 것이 아닐까 하는 걱정에 드리는 말입니다."

"교수법이요? 솔직히 교수법이라는 게 뭐 특별히 따로 있나요."

"임 선생님께서 제가 아직 잘 모르고 있는 것들을 가르쳐 주셨으면 정말 고맙겠습니다."

"제가요?"

임설분이 가볍게 웃었다.

"농담도 잘 하시네요. 제가 뭘 알아서 누굴 가르치겠어요?"

"그, 그래도 저보다는 많이 알고 계실 게 아닙니까?"

고개를 숙이는 곽운천의 얼굴에 곤혹감이 감돌았다.

"사실 저도 아는 게 없답니다. 하지만 보통 학생들에게는 듣는 것은 물론 보는 것도 똑같이 중요하죠. 많이 듣고, 많이 본다면 그림그리기가 훨씬 쉽겠죠. 하지만 이런 걸 모르는 사람이 어디 있나요?"

곽운천은 순간 그 말 속에 담겨 있는 깊은 뜻을 깨달았다.

"그렇군요! 선생님 말씀이 정말 옳아요! 그 동안 제가 너무 한심하게 수업을 진행했어요. 그냥 말만 늘어놓았지 아이들에게 뭔가 보여 줄 생각을 전혀 못 했거든요! 저 또한 먼저 보고 들은 뒤에 그리는 것을 배웠거든요. 어쩌면 눈으로 직접 보는 것이 훨씬 더 효과적일 것 같습니다."

"아이들에게 본보기가 될 수 있는 작품들을 별로 보여 주시지 않으셨나 봐요?"

"네, 그렇습니다. 그저 고아명의 그림을 번번이 보여 주었을 뿐입니다. 나도 참, 왜 진작에 그 생각을 못 했지?"

"오늘, 고아명의 그림은 어땠나요?"

"아주 훌륭했습니다. 바로 이게 고아명의 작품입니다."

곽운천이 고양이와 쥐가 그려진 그림을 골라냈다.

"어머, 정말 기상천외한 그림이군요!"

임설분이 눈을 동그랗게 뜨며 말했다.

"솔직히 말해 날이 갈수록 이 아이의 실력에 놀라고 있습니다. 어린이들이 그려 내는 이런 만화 같은 표현에는 본인이 갖고 있는 힘과 자아, 그리고 자신의 주장이 실려 있거든요. 전 이것이 아동 회화가 추구해야 할 최고의 목표라고 믿습니다."

"정말 그렇게나 대단한가요? 솔직히 전 뭐가 뭔지 잘 모르겠어요."

임설분이 그림을 받아서 자세히 살펴보자 곽운천이 그녀의 등 뒤로 다가서서 어깨 너머로 그 그림을 바라보며 말했다.

"아이들은 가장 인상 깊은 것을 과장해서 그리길 좋아합니다. 제 생각이지만 고아명은 분명 여기 그린 이 큰 쥐를 죽이고 싶도록 미워하는 게 분명합니다. 여기 이 고양이는 아명이의 영웅 사상을 드러내는 것으로 보입니다. 어린아이라면 누구나 영웅 사상이 풍부한 편이지요."

"그럼 이것은 뭘 뜻하지요?"

"이것 말씀입니까? 사실 저도 잘 모르겠습니다. 작은 동물 같기는 한데 무슨 뜻으로 그린 것인지는 저도 모르겠습니다."

"그럼 아명이에게 직접 물어봐야겠네요? 그래야 무슨 뜻으로 그린 것인지 분명하지 않겠어요?"

"그야 물론이지요. 아무 뜻이 없다면 그렸을 리도 없으니까요. 하지만 이따금씩 우리 어른의 눈으로는 아이들 생각을 이해할 수 없을 때도 있으니 물어본다 해도 우리가 만족할 만한 대답을 들을 것이라고는 장담할 수 없지요."

그때부터 두 사람의 대화는 화기애애하게 무르익어갔다. 곽운천은 아동 회화에 대한 여러 가지 의견을 털어놓았다. 임설분도 이미 차 시간을 놓쳤기에 다음 차가 올 때까지 50분 정도의 시간이 있다고 말했다. 두 사람은 50분이 흐른 뒤에야 이야기를 마치고 헤어졌다.

집으로 돌아온 고아명은 보통 때처럼 책가방을 내려놓기 무섭게 고양이를 찾았다.

고양이란 동물은 참으로 교활한 동물이었다. 세간에 떠도는 "집은 찾아와도 사람은 찾지 않는다."라는 말이 딱 맞았다. 고양이들은 자신을 기르는 가족들에게도 별다른 정을 느끼지 못했다. 심지어는 밖에서 주인을 만나면 마치 적을 만난 것과 마찬가지로 의심스러운 눈초리로 주인을 노려보며 언제라도 도망갈 수 있는 방어 자세를 취하는 게 보통이었다. 고양이를 얼마나 사랑하든지 이런 상황에서라면 목이 터져라 부르며 품에 안으려 해도 마치 미꾸라지처럼 도망쳐 버리는 것이 고양이들의 습성이었다.

집 안에서는 집 밖에서처럼 주인을 모르는 체하지는 않지만 정을 주지 않기는 마찬가지다. 자신이 원하는 게 있을 때만 주인의 얼굴을 바라보며 다리 사이로 기어들어 뺨을 부비는 애교를 떠는 것이 고작이었다.

하지만 고아명이 키우는 고양이는 여느 고양이들과는 달랐다. 좀 더 정확히 말해 고아명한테만큼은 달랐다. 아마 새끼일 때부터 아명의 품에서 자라서인지는 몰라도 아명이 야옹야옹 하며 자신을 부를 때면 집 안 어디에 있다가 잽싸게 튀어나왔다. 아명이 안으려고 하면 번번이 앙탈을 부렸지만 곧 조용해지며 눈을 가늘게 뜨고 아명의 품에 몸을 맡기곤 했다.

그러나 오늘은 참으로 이상했다. 아명이 아무리 소리쳐도 고양이가 보이지 않았다. 거실에서 방, 부엌, 외양간 등을 돌며 구석구석 찾아보았지만 찾을 수 없었다.

집에서 고양이를 찾지 못하자 아명은 집 뒤에 있는 우물가로 가 고양이를 찾아보았다. 한 바퀴 빙 돌아 집 앞 장독대까지 다 둘러보았지만 고양이는 보이지 않았다.

아명이 부엌으로 뛰어가 엄마에게 물었다.

"엄마, 야옹이 어디 있어요?"

"그야, 나도 모르지."

"정말 이상하다, 집 구석구석 다 찾았는데도 없어요!"

"그럼 차밭에 개구리 잡으러 갔나 보지."

"개구리요? 개구리를 잡아 뭐에 쓰려고요?"

"이런 바보 같으니! 그야 당연히 먹으려고 잡지. 고양이가 개구리를 먹으면 금방 크는 것도 모르니?"

"그래요? 그럼 전에도 차밭에 간 적이 있어요?"

"그야 날마다 가지."

"그래요? 근데 왜 내가 여태 그걸 몰랐을까?"

"날마다 집에 붙어 있지 않으니까 모르지!"

아명은 잠시 생각에 잠겼다. 엄마 말이 맞아! 고양이가 많이 크긴 했단 말이야. 자기 힘으로 먹이를 찾아 먹을 만큼 충분히 크긴 컸지. 근데 왜 쥐는 안 잡는 거지? 어쨌든 빨리 가서 찾아와야겠다!

엄마가 가지 말라고 외치는 소리를 뒤로 하고 아명은 힘차게 밖으로 뛰어나갔다. 아명이 집 뒤에 있는 대나무 숲에 다다랐을 때 마침 쟁기를 어깨에 메고 소를 끌고 오는 아버지와 마주쳤다.

"아버지! 이제 돌아오세요?"

"넌 어딜 또 나가는 게냐?"

조금 화난 목소리였다.

"저, 고양이 찾으러 가요."

아명이 겁 먹은 목소리로 대답했다.

"고양이가 어디 있다고 정신 없는 놈처럼 나가는 게야?"

"저, 엄마가 그러는데 아마 개구리 잡으러 차밭에 갔을 거래요."

"고양이가 집에 없다고? 거 참, 이상하다."

"제가 구석구석 다 찾아봤는데 아무 데도 없어요."

아명이 머뭇거리며 서 있는 사이, 막 대문 안으로 들어서려던 아버지가 갑자기 생각난 듯 말했다.

"오후에만 해도 외양간 근처에서 노는 것을 내가 보았는걸! 아침에 죽은 병아리 새끼를 가지고 장난을 치고 있었는데……."

"예? 병아리요?"

"그래, 아주 재미있게 놀더구나."

"아이고, 혹시 그걸 먹은 건 아니죠?"

"그야 내가 모르지! 헌데 왜 그러냐?"

"큰일났어요! 제가 그 병아리한테 쥐약을 발라 놓았단 말이에요!"

"뭐? 이런 정신 없는 녀석을 보았나? 누가 너더러 그런 짓을 하라고 했어? 백주 대낮에 쥐약을 놓고 나가는 놈이 어디 있냐!"

아버지는 이렇게 말하며 소를 끌고 외양간으로 들어갔다.

아명은 잠시 그 자리에 서서 움직이지 못했다. 차밭으로 갈 것인가, 말 것인가? 아명은 아무런 결정도 하지 못했다. 초조했다. 만약 고양이가 그 병아리를 먹어 버렸다면 틀림없이 죽었을 것이다. 아명은 엄마 말이 떠올랐다.

'그 쥐약 반 방울이면 큰 개 한 마리는 죽이고도 남을 거야!'

고양이는 그에 비하면 훨씬 더 작지 않은가? 정말 무서운 일이 아닐 수 없었다. 아이고, 야옹아! 왜 그렇게 걸신들린 것처럼 이것저것 닥치는 대로 먹고 다니는 거니? 배가 고프면 내가 밥을 주었을 텐데, 하필이면 쥐약 묻은 병아리를 먹다니……. 큰일났네, 큰일났어!

다급하게 집 쪽으로 돌아선 아명은 그래도 가슴 속에 한 가닥 희망을 놓지 않고 우선 외양간 쪽으로 걸음을 옮겼다. 외양간으로 막 들어서는 순간 갑자기 문 앞에 쌓아 둔 건초더미에서 자신이 쥐약을 발라 놓아 둔 병아리가 눈에 확 들어왔다.

"아버지!"

기쁨에 찬 목소리로 아버지를 부른 후 얼른 병아리를 주워 들고 외양간 안으로 들어갔다.

"아버지! 이것 보세요. 야옹이가 병아리를 안 먹었어요! 그럼 아무 일도 없겠죠?"

"그래?"

아버지는 시큰둥하게 대답하며 아명을 힐긋 쳐다보더니 곧 소 먹이 주는 일에 열중했다.

"아버지, 야옹이가 차밭에 개구리를 잡으러 갔을까요?"

"그걸 내가 어떻게 알아?"

"제가 차밭에 좀 갔다 오면 안 될까요?"

"안 돼! 이 늦은 시간에 어딜 간다는 게냐?"

"하지만……."

"시간이 되면 또 기어 들어올 테니까 네가 나가서 찾을 필요 없다!"

말을 마치기 무섭게 아버지는 집 안 거실로 발길을 돌렸다. 고석송은 위패를 모신 곳에 있는 작은 호롱에 불을 붙인 뒤 이어 향을 몇 개 피워 올려 절을 한 다음 문 앞으로 걸어가 그곳에서도 몇 차례 절을 했다. 그의 귓가에 부엌에서 흘러나오는 목소리가 전해졌다.

"엄마! 어미 돼지 한 마리가 웬일인지 왔다 갔다 하면서 먹으려 들지를 않아요!"

차매의 목소리였다.

"어느 돼지 말이냐?"

"큰 것 말이에요."

"그럼 다른 한 놈부터 먹이를 주고 아버지께 말씀드려라. 아마 새끼를 낳으려는 모양이다."

그 말을 들은 고석송은 손가락으로 날짜를 세기 시작했다. 그렇군! 내일이 바로 어미 돼지가 출산하는 날이로군! 고석송은 향로에 향을 꽂은 뒤, 집 밖으로 나가 건초더미에서 건초를 뽑아 들고는 곧 돼지 우리 쪽으로 걸어갔다.

"아버지! 드디어 찾았어요!"

"뭘 찾았다고 그리 호들갑이냐?"

"야옹이 말이에요!"

아명이 숨을 헐떡이며 대답했다.

"외양간 지붕 기둥 위에 웅크리고 앉아 있었어요!"

"그것 봐라. 내가 어딘가 숨어 있을 거라고 했잖니."

"그런데 아버지, 아무리 불러도 도통 내려올 생각을 하지 않으니, 어떡하죠?"

"안 내려오면 그만이지 뭘 어떡해?"

대답을 하면서도 아버지는 돼지우리로 향하는 걸음을 멈추지 않았다. 돼지가 새끼를 낳는다는 것은 고석송에게는 집안의 대사로, 이런 상황에서 그깟 고양이가 안중에 있을 리 없었다. 돼지우리로 들어가 우리 안에 정성껏 건초를 쌓아 올렸다. 건초야말로 어미가 새끼를 낳을 때 없어서는 안 될 필수품이다. 건초를 이용해 어미 돼지는 둥우리를 만들고, 거기에 새끼 돼지들을 낳기 때문이다. 그리고 건초로 새끼 몸에 묻은 피막을 문질러 없애기도 하고, 새끼들이 곤히 잠들 수 있는 보금자리를 만들기도 한다.

아명이 아버지 뒤를 졸졸 따라다니고 있었지만 고석송은 아는 체하지 않았다. 아명은 무엇보다 아버지의 이런 무관심 때문에 마음이 아팠다. 아버지의 성격을 잘 알고 있었지만 아명에게는 별다른 방법이 없는 터라 내심 아버지의 도움이 필요했던 것이다.

"아버지! 아버지가 좀 올라가서 데리고 내려오면 안 돼요?"

"어허, 이 녀석이 귀찮게 왜 이래? 지금 바쁜 거 안 보여?"

아버지 말에 상처받은 아명은 다시 외양간으로 발길을 돌렸다.

"야옹, 야옹, 야옹아, 제발 이리 내려와! 야옹……."

아명은 금방이라도 울음을 터뜨릴 것만 같았다.

해가 기울어 외양간은 어둑어둑했지만 아명은 고양이를 정확하게 볼 수 있었다. 고양이는 지붕 기둥 위에서 정신을 잃은 것처럼 엎드려 있었다. 목을 잔뜩 웅크리고 있었고 얼굴은 땀에 흥건히 젖은 듯했다. 길고 예쁜 털과 매끄럽게 빛나던 얼굴은 전혀 찾아볼 수 없었다. 계속해서 침을 줄줄 흘리며 토할 듯 토하지도 못하고, 얼굴의 털은 흘러내린 침 때문에 덕지덕지 뭉쳐 있었다. 예전의 그 모습이 아니었다. 순간순간 경련이 이는 듯 부르르 떠는 것을 보면 얼마나 고통이 심한지 한눈에 알 수 있었다. 어? 또 거품을 토하고 있잖아? 어떡하지?

"야옹아, 왜 그래? 야옹아, 제발 이리 좀 내려와 봐!"

아명의 목소리에는 이미 울음이 섞여 있었다. 정말이지 그 자리에 주저앉아 대성통곡이라도 하고 싶었지만 꾹 참았다.

그때 고양이를 내려오게 할 방법이 생각났다. 아명은 곧장 거실로 가서 의자를 하나 가져왔다. 그러나 의자 위에 올라서도 손이 고양이에게까지 닿지 않았다. 설상가상으로 아명이 손을 뻗자 고양이는 무서운 듯 더욱 안쪽으로 물러서는 것이 아닌가.

"야옹아, 왜 그래? 나까지 잊은 거야? 도대체 왜 그래?"

아명이 더는 울음을 참지 못하고 의자 위에 털썩 주저앉아 울음을 터뜨렸다. 하지만 잠시 뒤 벌떡 일어서서 의자를 옮겨다가 다시 밟고 올라갔다. 힘없는 눈빛으로 아명을 쳐다보던 고양이는 뒤로 다시 한번 물러서려다가 공간이 없는 것을 알고는 벽을 따라 다른 기둥 구석으로 홀쩍 피했다.

이쯤 되고 보니, 아명도 고양이 상태가 생각보다 심각하다는 것을 깨달았나. 그래! 쥐약을 먹은 게 틀림없어! 그냥 몇 번 핥은 모양이지만 쥐약이 워낙 독하다고 했으니⋯⋯. 점점 더 불안해지면서 아명의 울음소리도 덩달아 커져만 갔다.

이때 동생 아생이 외양간으로 들어왔다. 우유를 마신 뒤 밤새 설사를 하고는 다음 날에서야 괜찮아졌다. 몸도 많이 건강해져서 밖으로 나와 놀 수 있었지만 아직도 걸음걸이가 시원찮은 상태였다.

"형아! 어? 형아 우네? 헤헤헤! 얼레리 꼴레리!"

"너, 까불래!"

아생을 쥐어박고 싶은 심정이 굴뚝같았지만 한참 동안 병석에 누워 있던 동생이 자신 때문에 설사로 고생한 것이 생각나 화를 꾹 참고 말했다.

"저기, 야옹이 좀 봐! 쥐약을 먹었나 봐!"

"어디?"

아생이 형 놀리는 것을 멈추고 얼른 지붕을 바라보다 고양이를 발견하고는 아명에게 말했다.

"그럼 지금 무지 아프겠다!"

"그래, 무지무지 아플 거야!"

"그럼 이제 죽는 거야?"

"정말 죽으면 어떡하지? 형아 겁나 죽겠다."

"그럼 얼른 약을 먹여야지!"

"약을 먹여?"

아명이 휘둥그레진 눈으로 동생을 바라보았다. 그렇지! 왜 내가 진작에 그 생각을 못 했지? 아버지한테 약을 먹이고 주사를 놔 달라고 부탁하면 금방이라도 나을 거야! 하지만 아버지가 안 들어주면 어떡하지?

저녁 식사 시간, 아명은 고양이 생각 때문에 안절부절못했다. 아버지는 벌써 밥을 두 그릇째 비우고 있었지만 아명은 밥을 거의 먹지 못했다. 보통 때에는 아버지처럼 밥을 빨리 먹는 것을 자랑스럽게 생각했지만 오늘은 유난히 밥이 넘어가지 않았다.

아명은 아버지께 고양이에게 약을 먹이고 주사를 놔 달라고 얘기하고 싶었지만 입 밖에 꺼내지도 못하고 있었다. 몇 번이나 목구멍까지 넘어온 말들을 그대로 다시 집어삼켰다. 아명은 아버지가 자신의 부탁을 들어줄 리 없다는 것을 잘 알고 있었지만 실낱같은 희망의 끈을 차마 놓지 못하고 있었다.

비록 한 마리도 살아남지 못하고 다 죽긴 했어도 몇 달 전 새끼 돼지가 병이 났을 때도 아버지가 수의사를 불러 주사를 맞히고 약을 먹였던 일을 아명은 기억하고 있었다. 이것만 봐도 아버지가 동물을 끔찍이 사랑한다고 생각했다. 아명은 아버지에게 고양이 약을 사 달라는 것도 꼭 안 된다고 할 것만 같지는 않았다. 하지만……

"아명, 왜 밥을 안 먹니? 무슨 일 있어?"

엄마의 다정다감한 목소리가 들려왔다. 절망과 슬픔 속에 있던 아명은 엄마의 따뜻한 목소리에 이내 감정이 더욱 북받쳐 올라 어느새 눈물을 주르르 흘렸다.

"……"

목이 메어 아명이 제대로 대꾸하지 못하자 차매가 말했다.

"아마 야옹이 때문에 저럴 거예요."

그 말에 아명이 눈물을 닦으며 젓가락을 놓았다.

"저, 저 더 못 먹겠어요."

"하하하하!"

아버지가 큰 소리로 웃으며 말했다.

"사내 녀석이 그깟 일로 울기는……. 그런 하찮은 고양이가 뭐 그리 대단하다고 야단법석이야? 바보 같은 녀석!"

"아버지! 새끼 돼지만 예뻐하고, 왜 우리 야옹이는 안 예뻐하는 거예요?"

아명이 말했다.

"이런 녀석을 보았나? 내 그러니 널 바보라고 그러지! 어디 비길
데가 없어서 돼지하고 고양이를 비교하느냐, 이 녀석아!"

고석송은 새끼 돼지 한 마리에 500원이 넘는다는 말을 해 주고 싶
었지만 꾹 참았다. 고석송은 오늘 밤 유난히 기분이 좋아 보였다. 아
마 예전 같았으면 아명이 그런 말을 꺼낸 것만으로도 아버지에게 욕
을 실컷 얻어먹었을 게 뻔했다. 오늘 밤은 어미 돼지가 새끼 돼지를
낳는 날이라 무사히 넘어간 게 분명했다.

"아버지, 야옹이한테도 주사를 놔 주면 안 되나요?"

아버지가 기분이 좋은 것을 눈치 챈 아명이 마침내 용기를 내어 물
었다.

"주사? 하하하! 아니 무슨 주사를 놓는다는 거냐?"

"쥐약을 먹었으니 해독제를 맞으면 금방 나을 거예요."

"흥! 그깟 한 푼 값어치도 없는 고양이 한 마리 살리자고 귀한 돈
을 날리자는 말이냐?"

분명 맞긴 맞는 말이었다. 하지만 아명은 아버지가 고양이와 돼지
를 차별하는 것을 이해할 수 없었다. 다 같이 사랑스러운 동물이 아
닌가? 게다가 돼지에 비하면 고양이가 훨씬 더 사랑스럽지 않은가.

사랑하는 고양이의 생명을 돈으로 계산하는 것을 아명은 이해할
수 없었다. 아버지의 노기 띤 그 말에 아명은 희망이 사라졌다는 것
을 알았다. 더는 기댈 데가 없어진 아명은 감정을 주체하지 못하고

울음을 터뜨렸다.

"이런, 처죽일! 왜, 뭐 때문에 울어? 당장 그치지 못해?"

소리를 지르며 화를 내는 아버지의 으름장도 아명의 울음을 그치게 하지는 못했다. 오히려 아버지에게 항의를 하는 유일한 방법이 울음이기라도 한 듯 더욱더 큰 소리로 울기 시작했다. 아무런 도움의 손길도 없이 절망에 휩싸인 어린 영혼이, 사랑하는 고양이를 살릴 수 없다는 슬픔을 눈물로 표현하는 것 말고 달리 무슨 방법으로 아버지의 무정함에 대한 반항을 드러낼 수 있겠는가?

"아니, 이 녀석이 그래도 못 그치겠어? 내 이놈의 다리몽둥이를 당장 부러뜨릴 테다!"

아버지의 고함에 놀란 아생이 얼른 엄마 품에 안기며 울기 시작했다. 차매가 재빨리 수저를 놓고 아명을 끌다시피 해서 방으로 데리고 들어갔다.

"울지 마, 누나가 다른 고양이 얻어다 줄게."

"엉엉, 싫어, 싫다고! 엉엉, 야옹아!"

"착하지? 누나가 두 마리 더 얻어다 줄 테니 그만 울어."

"싫어, 싫단 말이야!"

아명은 어깨를 들썩이며 울음을 멈추지 않았다.

언제 잠이 들었을까? 아명은 악몽을 꾸었다. 큰 개만 한 쥐 한 마리가 야옹이를 잡고는 큰 입을 있는 대로 벌려 막 물어 죽이려는 찰나였다. 코 밑에 달린 두 개의 송곳니는 마치 칼처럼 빛나고 있었다. 야옹이가 도망가기 위해 야옹거리며 죽을 힘을 다해 버둥거렸지만 아무리 애를 써도 날카로운 쥐의 발톱에서 빠져나오지 못했다.

이제 막 잡아먹히려는 순간 아명은 소리를 지르며 잠에서 깼다. 자리에서 벌떡 일어난 아명은 눈을 비볐다. 야옹이의 울음소리가 아직도 들려오는 듯했다. 칠흑 같은 어둠 속에서 아무것도 보이지 않았다. 무서워서 막 소리를 지르려는 순간, 문이 빠끔히 열리고 한 줄기 빛이 들어왔다. 아명은 눈이 부셔 앞을 제대로 볼 수 없었다.

아명이 어쩌면 좋을지 몰라 당황해하고 있는데 귀에 익은 목소리가 들려왔다.

"아명아, 깼니?"

차매가 등잔불을 들고 곁에 서 있었다.

"야옹, 야옹."

어? 야옹이다! 순간 아명은 지금이 꿈인지 생시인지조차 분간할 수 없었다.

"아명아, 누나가 야옹이를 데려왔어."

"뭐? 정말이야?"

아명이 손을 내밀어 얼른 고양이를 받았다. 그렇다, 정말 야옹이였다! 아명이 고양이를 품에 꼭 끌어안았다. 이제 무서워하지 마, 야옹아. 내가 널 보호해 줄게. 영원히 안전하게 보호해 줄게……. 아명은 이 말을 몇 번이고 되풀이했다.

"야옹이한테 약 먹이게 누나 좀 도와줄래?"

"약을 먹인다고?"

아명은 놀라서 잠이 번쩍 깼다.

"무슨 약인데? 샀어?"

"설탕물이야. 엄마가 그러는데 이 물을 다 먹이면 괜찮아질 거래."

사실 그것은 엄마가 아명을 위로하기 위해 생각해 낸 말이었지만 아명은 금세라도 하늘로 뛰어오를 듯 기뻐했다.

남매는 고양이가 할퀴는 바람에 손에 상처를 입어 가며 가까스로 고양이에게 설탕물을 다 먹였다.

"아명아, 이제 안심하고 좀 더 자도록 해. 내일이면 야옹이도 다 나을 거야."

"누나는 안 자?"

"난 어미 돼지에게 가 봐야 해! 금방 새끼를 한 마리 낳았거든."

"정말? 거 참 잘됐다, 나도 가 봐야지."

"안 돼. 그러지 말고 넌 여기서 야옹이랑 좀 더 자도록 해."

아명도 지금은 고양이랑 함께 있어 주는 것이 좋겠다고 생각했다.

이튿날 아녕이 깨어났을 때, 고양이는 거짓말처럼 건강해 보였다.

미술 대회 학년 대표 선발

곽운천은 마음이 편치 않았다. 미술 대회에 나갈 열두 명의 학생들에게 자유롭게 그리고 싶은 것을 그리라고 이야기한 뒤 교실을 나와 복도 끝에 있는 세면대 모퉁이에 자리를 잡고 앉았다.

이른 아침 한바탕 몰아친 비가 그치긴 했지만 하늘은 꾸물거리듯 잔뜩 흐렸다. 복도 밖 벽오동나무의 꽃과 잎사귀는 빗줄기에 씻기어 더욱 선명한 빛을 띠었지만 어느새 지기 시작한 꽃잎들은 젖은 땅에 붉은 파편이 되어 박혀 있었다.

어린 학생들이 방금 쓸어 낸 듯한 운동장에는 대나무 빗자루가 스쳐 간 흔적이 진흙 위에 뚜렷하게 남아 있었다.

곽운천은 망연한 눈빛으로 저 멀리 있는 산을 바라보면서, 이번 미술 대회를 준비하기 위해 특별 지도를 시작하기 전 교장이 자신에게 한 말을 곱씹고 있었다.

비쩍 마른 얼굴, 움푹 팬 두 뺨, 성글게 난 수염과 원시(遠視) 때문에 불안정한 눈빛, 미안함을 나타내는 어색한 미소. 뭐든지 좋은 게 좋다는 교장 선생님의 말은 달리 말해 자신에게는 아무런 주장이나 생각이 없다는 말과 일맥상통했다.

물론 엄밀히 말해 자신의 주장이나 생각이 전혀 없다는 말은 거짓일 것이다. 교장 선생님 또한 자신의 주장이 있겠지만 다만 귀가 너무 얇아 남의 말에 쉽게 영향을 받았다. 그의 바짝 마른 몸을 보면 마치 물 위에 떠 있는 깃털이 가벼운 바람에 이리저리 흔들리는 것이 떠올랐다.

"이게……."

학생들에게 훈시하는 시간 말고 선생님들과 대화를 나눌 때도 입버릇처럼 이 말을 썼다.

"이게, 나야 곽 선생이 열심히 학생들을 지도 편달해 주는 것이 고맙기만 하지요. 게다가 실력노 많이 좋아진 것 같고요. 하지만 이게, 지금은 민주주의를 강조하는 시대인 만큼 무슨 일이든지 모두 상의해서 결정하는 게 옳은 게 아니겠습니까?"

교장의 요점 없는 말에 곽 선생은 도대체 지금 교장이 무슨 말을 하려는지 짐작조차 하지 못하고 그저 고개만 끄덕였다.

"그래서 말인데요. 곽 선생을 나무라는 게 아니니 오해는 마십시오. 내가 보기에 곽 선생 단독으로 미술 대회에 나갈 후보를 뽑는다는 게 조금은 무리가 있는 것 같아서요."

"네에? 교장 선생님, 그럼……."

잠시 무슨 영문인지 몰라 대꾸할 수 없었던 곽운천으로서는 교장의 말이 정말 뜻밖이었다.

"잠깐, 잠깐만 제 말을 먼저 듣도록 하세요."

교장이 곽운천의 말을 끊고 다시 말했다.

"이게, 내 말은……. 이 일은 우리 학교에서는 대단히 중요한 일이라는 것입니다. 따라서 선생님 혼자 학년마다 두 명의 대표를 제외하고 모두 탈락시킨 그런 일은 우리 모두가 함께 결정해야 할 일이 아닌가 하는 말을 하는 것입니다."

"하지만……."

곽운천은 미술 특별 지도를 시작하면서 이에 관한 모든 권한을 자신에게 준 사람이 바로 교장 자신이었음을 일깨워 주고 싶었다. 설마 자신이 한 말과 행동을 벌써 잊은 것은 아니겠지? 하지만 자신이 그런 말을 꺼내는 것이 상대를 난처하게 하고 행여 무례한 것은 아닐까 하는 생각에 입을 꾹 다물었다.

교장 또한 난감해하는 기색이 뚜렷했다. 코 밑의 성긴 수염을 만지작거리는 것으로 이미 미안함을 드러내고 있었다.

"하지만 곽 선생님이 이미 결정한 일은 관여치 않겠습니다. 다만 다음부터는 선생님 단독으로 모든 것을 결정하지는 말았으면 하고 부탁을 드립니다. 이게, 이렇습니다, 우리 학교에서는 다른 모든 일들도 모두 이런 방식으로 결정하고 있습니다."

"알겠습니다. 며칠 뒤에 대회에 나갈 대표를 마지막으로 결정할 것이니, 그때는 꼭 교장 선생님과 상의한 뒤에 결정을 하겠습니다."

"흠흠! 이게, 원래 난 아무 생각이 없었는데……, 곽 선생이야 원래 전문가가 아닙니까? 흠흠! 난 다만 몇몇 경험 많은 선생님들과 함께 의논을 하는 것이 옳지 않을까 하는 것뿐입니다. 괜찮겠지요?"

"물론입니다."

겉으로는 이렇게 대답했지만 속으로는 되묻지 않을 수 없었다. 경험 있는 선생? 과연 누가 무슨 경험이 있다는 말인가? 곽운천은 아무도 떠올릴 수가 없었다. 학생들의 예전 성적으로 판단한다면 그들이 말하는 경험이라는 것은 전혀 의미가 없는 것이었다. 하지만 이런 자신의 생각을 그대로 들어낼 수는 없었다.

"그럼 어느 선생님들과 상의를 하면 되겠습니까?"

"이게, 제 생각은 그렇습니다. 예를 들어 지도 주임과 서 선생 같은 사람이 있지 않습니까? 곽 선생이 잘 몰라서 그러는데 곽 선생이 오기 전에는 서 선생님께서 미술 지도를 했습니다. 그러니 적잖은 경험이 있을 겁니다."

곽운천의 머리에 학생들에게 훈시하기 좋아하는 키 작은 훈육 과장의 모습이 떠올랐다.

교장이 다시 입을 열었다.

"게다가 각 과의 과장 선생님과 각 학년의 담임 선생님도 함께 모셔서 상의하면 더 좋겠지요."

교장실에서 나온 곽운천은 그 생각을 떨칠 수 없었다. 학교 규칙이 그렇다면 자신이 단독으로 1차 대표를 선정한 일이 별로 바르지 못한 일임이 분명했다. 그러나 이런 경우를 다른 학교 일들과 똑같이 여긴다는 것은 문제가 있다고 느꼈다. 비록 임시직이긴 해도 교사의 의견을 무시한 일도 없었을 뿐만 아니라, 적어도 전문 미술 교육을 받은 한 사람으로서 비전문가들의 조언을 들을 수준은 아니라고 자부하고 있었다.

"나야 원래 별다른 의견이 없었지만……."

교장의 그 말이 문제의 열쇠인지도 몰랐다. 누군가의 말에 영향을 받은 게 분명했다. 그렇다면 그게 누구일까? 보름도 채 안 되는 기간이었으니 수많은 동료 교사들의 이름을 다 떠올릴 수가 없었다. 안면이 있는 선생이라고 해도 몇 차례 인사치레로 말을 건넨 게 고작이었으니, 그런 동료 교사들 가운데 교장에게 진언 아닌 진언을 한 사람이 누구인지 예측하기가 쉽지 않았다.

단 하나 가능성을 점칠 수 있는 사람이 있다면 그건 바로 임설분 선생이었다. 천재라고 칭찬받던 동생에게 강적이 나타났을 뿐만 아니라, 곽운천이 고아명의 입선을 자신하고 있다는 사실도 잘 알고 있지 않은가? 하지만 임 선생이 과연 그런 짓이나 할 사람이었던가? 그는 힘주어 부인했다. 아니야, 그럴 리가 없어! 절대로 그럴 리 없어! 그렇다면 누구란 말인가?

"곽 선생님!"

뒤쪽에서 날카로운 목소리가 들려왔다. 아니, 이럴 수가? 호랑이도 제 말 하면 온다고 잠시 생각했을 뿐인데 또 나타나다니……. 곽운천의 눈빛이 머문 곳에는 임설분이 웃음 띤 얼굴로 서 있었다. 하지만 이번에는 혼자가 아니라 옹수자도 함께였다. 방금 자신을 부른 사람은 다름 아닌 옹수자였다.

"수업 시간에 뭘 그렇게 골똘히 생각하고 계세요? 교장 선생님 눈에 띄기라도 하면 야단날걸요? 호호호."

곽운천이 쓴웃음을 지었다.

"곽 선생님!"

옹수자의 속사포가 다시 포문을 열었다.

"요 며칠 선생님 수업을 정말 다시 듣고 싶었는데 쑥스러워서 오지 못했어요. 정말이지 이럴 때는 얼굴이 좀 두꺼워야 하는데……."

옹수자가 의미 있게 임설분을 힐끗 보고는 다시 깔깔거렸다.

곽운천은 뭐라 대답할 말을 찾지 못하고 그저 억지웃음을 보였다.

"또 폐를 끼치는 게 아닌지 걱정이 되네요."

곽운천이 별다른 반응을 보이지 않자 옹수자가 다시 이렇게 말했다. 하지만 정말 걱정이 되어 하는 말이 아니라 어색한 침묵을 깨기 위한 말이 틀림없었다.

"폐라니 별말씀을 다 하시네요."

곽운천이 머리를 쓸어 올리며 대답했다.

"지금 수업을 안 하고 계신 것 같은데, 그런가요?"

"예, 조용히 생각할 일이 좀 있어서요."

"그래요? 무슨 고민이라도 있으면 얘기해 보세요. 혹시 도움이 될지 누가 알아요? 그렇지, 임 선생?"

임설분이 별 관심 없다는 듯 고개를 까닥였다. 임 선생의 연기는 성공적이었다.

"고민이라 할 것도 없습니다. 그냥 사소한 일입니다."

대답을 하며 곽운천은 이 일을 그들에게 말할 필요도 없으며, 나아가 말을 해서도 안 될 것 같다고 생각했다. 하지만 임설분 혼자라면 이야기해도 괜찮을 것 같은 마음이었다.

"거짓말도 참 잘 하시네요! 곽 선생님 혹시 애인 때문에 그러시는 거 아니에요?"

"아, 아닙니다. 애인은요! 저 애인 같은 것 없습니다."

곽운천은 자신이 왜 이토록 힘주어 이 말을 강조하는지 이상했다. 옹수자가 농담 삼아 한 말임을 그 또한 잘 알고 있는 터에 그냥 농담으로 넘기면 그뿐인 것을, 무슨 까닭에 애인이라는 한 마디에 이렇게 긴장하는지 자신도 알 수 없었다.

"호호호! 누가 그 말을 믿겠어요? 선생님처럼 대학생에 예술가인 분에게 애인이 없는 게 더 이상하지요! 아마 한둘이 아닐 것 같은데요? 그렇지, 임 선생?"

"아닙니다. 정말 없습니다. 맹세할 수 있습니다."

곽운천은 거의 냉정을 잃고 여우 같은 옹수자에게 놀림을 받고 있다는 것조차 깨닫지 못하고 있었다.

"됐어요! 변명 안 하셔도 돼요! 애인이 없다면 무슨 일로 그렇게 고민스런 얼굴을 하고 있겠어요?"

"알겠습니다!"

곽운천은 옹수자가 말꼬리를 잡는 통에 이내 백기를 들었다.

"사실대로 말씀드리죠. 방금 교장 선생님께 한 말씀을 들어 기분이 좀 우울했습니다."

"네에?"

옹수자와 임설분이 놀란 듯 동시에 큰 소리를 냈다. 이 한 마디 외침은 임설분이 처음으로 입을 연 것과 마찬가지였다. 그러나 곧이어 말문을 연 것은 아니나 다를까 옹수자였다.

"교장 선생님이요? 이상하네? 무슨 일 때문에요?"

"미술 대회에 나갈 1차 후보를 제가 단독으로 선정한 것이 조금 경솔했다고 하시면서 여러 선생님들과 함께 결정해야 옳았다고 하시더군요."

"여러 선생님이요? 정말 웃기는군요. 누가 뭘 알아서 상의를 한다는 말이에요?"

"경험이 있는 지도 주임, 훈육 과장, 학급 담임 선생님들과 상의해서 결정하라고 하시더군요."

"아하! 이제 알겠어요! 경험은 무슨 경험? 아마 서대목 선생이 나서서 꾸민 짓일 거예요, 분명해요!"

"훈육 과장님 말입니까?"

"네, 맞아요! 분명 서 선생이 교장 선생님께 뭐라고 한마디 했을 거예요. 곽 선생님이 미술 지도를 맡고 나서부터 선생님이 학벌만 있지 실력은 별로라면서 뒤에서 선생님 험담을 했거든요. 또 뭐라더라? 맞아요! 자기보다 더 잘 그리지도 못한다고 떠들고 다니기도 했어요."

"그, 그랬나요. 제가 남들과 비교해서 누구보다 낫다고 여긴 적도 없는데, 왜 그런 생각을 했는지 모르겠군요."

"그야 선생님이 오시기 전에 서 선생님이 미술을 가르쳤기 때문이죠. 그 전에야 자신의 일을 빼앗을 사람이 없었으니 꽉 선생님에게 속이 편할 리 없었겠죠."

"아니, 그럼 정규 수업 외에 미술 특별 지도를 또 맡아 하시길 바란단 말씀입니까? 담당 학급 수업만으로도 목이 갈라질 정도가 아닙니까!"

"그야 나서기 좋아하는 성격 때문이죠, 뭐."

"어허, 참……."

그는 자신 앞에 놓인 참으로 기이한 일에 주의를 기울이지 않을 수 없었다. 홍수자의 말은 참으로 이상하게 들렸다. 혹시 홍수자가 이간질을 하는 것이 아닐까? 싶기도 했지만 그럴 이유가 없었다. 서대목 선생이 정말 나를 그토록 배척하는 것일까? 하지만 그럴 이유는 더더욱 없었다. 배척하지 않아도 3개월 뒤면 자신은 학교를 떠날 사람이 아닌가?

"한 가지 더 말씀드릴 게 있어요."

홍수자가 다시 말을 이었다.

"이금삼 지도 주임도 선생님을 그리 탐탁지 않게 생각하고 있어요. 서 선생과 워낙 죽이 잘 맞거든요. 그 속이 아주 시커멓다니까요! 서 선생이 저에게 은근슬쩍 추파를 던지는데도 제가 아는 척도 안 하고 있지요."

말을 마치고는 임설분을 쳐다보는 홍수자의 얼굴에 불쾌한 듯한 기운이 뚜렷했지만, 누군가 자신을 좋아한다는 사실에 우쭐해하는 것도 감출 수 없었다. 옹수자가 다시 말을 이었다.

"대부분의 선생님들은 그 두 사람이 한통속이 되어 차기 교장과 지도 주임을 노리고 있다고들 말해요. 아예 학교 밖의 유력 인사들을 찾아다니며 교섭을 벌이고, 자신들이 이 학교에서 없어서는 안 될 기둥이라고 떠벌리고 있으니 정말 대단한 사람들 아니에요?"

웬일인지 임설분의 눈길이 아래로 향했다. 임설분은 왜 아무 말도 하지 않는 것일까? 옹수자의 속사포 때문에 끼어들지 못하는 점도 있었지만 더 중요한 까닭은 옹수자가 내뱉는 화제에 아무런 흥미도 느끼지 못하기 때문이었다. 임설분은 아예 중간에 끼어들 생각조차 안 하고 있었다.

임설분이 잠시 빈틈을 타고 입을 열었다.

"저, 죄송한데 일이 있어서요. 두 분 계속 말씀 나누세요."

"임 선생! 그러지 말고 좀 있다가 같이 가자."

"아니야, 난 먼저 갈 테니 얘기 나누다 와!"

옹수자는 애초에 자리를 뜰 생각이 없었기 때문에 임설분이 멀리 사라지는 것을 지켜보며 곽운천에게 말했다.

"임 선생이 이곳에서 둘째 가라면 서러운 유력 인사의 딸인 것을 알고 계세요?"

"유력 인사요?"

"아니, 아직 모르셨어요? 임 선생의 아버지인 임장수 씨가 현의 의원이자 큰 차(茶) 공장을 운영하는 사장이라는 것을 모르셨어요?"

"그건 알고 있습니다."

"그렇다니까요. 그 정도 배경이면 유력 인사의 자격이 충분하다고 할 만하죠. 게다가 교육에도 워낙 관심이 많은 분이시죠. 그러니 곽 선생님도 임 선생에게 잘 보이는 게 좋을 거예요."

"아니, 제가 왜 잘 보이려고 노력을 해야 한다는 말입니까?"

"임 선생 좋아하는 걸 제가 모를 줄 아세요?"

"하하! 정말 농담도 재미있게 하시네요."

곽운천이 힘있게 머리를 쓸어 올렸다.

"선생님도 뒤로 뺄 줄을 다 아시네요? 임지홍이라는 아이 아시죠? 곽 선생님이 그래서 그 애를 뽑을 생각 아닌가요?"

"맙소사! 전 고아명을 이번 미술 대회 대표로 내보낼 작정이니 그런 농담 마십시오."

"농담 아니에요. 사실 제가⋯⋯."

옹수자가 갑자기 말을 멈추었다. 순간 얼굴색이 어두워지더니 뭔가 잔뜩 고민을 하는 얼굴이었다. 하지만 과장된 얼굴 표정이 오히려 자신의 심리가 부풀려져 포장된 것임을 드러내고 있었다.

"서 선생이 늘 절 귀찮게 하긴 하는데⋯⋯, 하지만⋯⋯."

"서 선생님이 어때서요? 전도 유망한 교육자 아니십니까? 능력 있고 열정도 있으니 지도 주임은 물론 머지않아 교장 선생님도 될 게 틀림없습니다."

가볍게 응수하는 그의 말투에는 일부러 보복하는 듯한 기운이 있었다.

"무슨 그런 말씀을 다 하세요? 전 좋은 뜻에서 제 심정을 털어놓은 것인데 절 놀리시다니 너무하시네요."

"제 말이 뭐 틀렸습니까? 전 정말로 그렇게 생각하고 있습니다."

"그만두세요! 그런 말은 더는 하고 싶지 않네요. 그건 그렇고 한 가지 물어볼 게 있는데……. 정말 임 선생을 좋아하지 않으세요?"

"옹 선생님이야말로 사람을 놀리시네요."

"아니, 놀리는 게 아니라 임 선생한테 대만 대학교에 다니는 애인이 있다는 사실을 이야기해 주려고 그러는 거예요."

속으로 큰 충격을 받았지만 곽운천은 자신과는 상관없다는 듯한 태도로 말했다.

"그게 저와 무슨 상관입니까? 제가 그분을 좋아한다고 해도 옹 선생님을 비롯한 여러 동료 선생님들을 좋아하는 마음과 다르지 않습니다."

"호호호! 말씀 한번 듣기 좋게 잘 하시네요. 곽 선생님이 이렇게 달변가인 줄은 정말 몰랐는데요."

"전, 원래 거짓말은 못 하는 사람입니다."

"알았으니, 그만두세요."

또다시 말을 멈춘 옹수자는 만만한 듯하면서도 결코 만만하지 않은 상대를 한마디에 무너뜨릴 수 있는 말을 찾고 있는 듯 보였다.

그때 먼발치에서 누군가 이야기를 주고받는 소리가 들리더니 모퉁이를 돌아 두 사람이 나타났다. 이야기 소리도 끊어졌다.

키가 큰 사람은 마르고, 작은 사람은 살이 쪄서 아주 뚜렷한 대비를 이루고 있었다. 다만 머리카락에 기름을 발라 뒤로 깨끗이 넘긴 것만은 똑같았다.

"두 분이 무슨 얘기를 그렇게 재미나게 하고 계십니까?"

키가 작은 사람이 먼저 말을 꺼냈다. 바로 훈육 과장 서대목 선생이었다.

"이런저런 말을 나누는데 무슨 재미랄 게 있겠어요?"

옹수자가 입을 삐죽이며 퉁명스럽게 대답했다.

"별것도 아니라면서 좀 부드럽게 대답하면 안 됩니까?"

"그야 내 맘이죠! 내가 말하고 싶은 대로 말하는 것이지 무슨 잔소리? 그런 훈시라면 학생들한테나 하세요!"

"알, 알았습니다. 항복, 항복입니다."

서대목이 웃으며 뒷머리를 긁적거렸다.

"곽 선생님! 교실 안을 좀 살펴봐도 되겠습니까?"

이번에는 이금삼 지도 주임이 나섰다.

"물론입니다. 들어가시죠."

이금삼이 먼저 교실로 들어가자 서대목이 그 뒤를 따랐다. 무슨 생각인지 몰라도 옹수자도 그들 뒤를 따라 들어갔다.

옹수자의 키가 서대목보다 머리 반절이 큰 것을 바라보며 곽운천은 이 두 사람이야말로 정말 잘 어울리는 한 쌍이라는 생각을 했다. 같이 다니면 정말 재미있겠군. 하지만 곽운천은 곧 이런 생각을 접고 서너 걸음 뒤처져 그들 뒤를 쫓았다.

교실 안을 빙 둘러본 세 사람은 복도로 나갔다. 곽운천은 다시 밖에 나갈 생각이 없었지만 이금삼이 창 너머에서 잠시 나오라는 손짓을 해서 마지못해 걸음을 옮겼다.

"정말 많이 나아진 것 같습니다. 곽 선생님께서 진짜 애 많이 쓰셨습니다."

"별말씀을요."

"하긴, 곽 선생님은 전문가, 아니, 아니지, 화가 선생님이 아니십니까!"

"아직 학생인데……. 부족한 게 많습니다. 두 분 선생님께서 많이 가르쳐 주십시오."

"너무 겸손하신 것 아닙니까?"

서대목이 끼어들었다.

"정말이지 대단하십니다. 겨우 보름 정도밖에 안 되는 시간에 이런 성과를 거두다니 이번에는 우리 학교에서 금상이 나올 게 분명하지 않겠습니까?"

"글쎄요, 아직 부족한 게 많아서요."

"아니, 아닙니다! 솔직히 말해서 우리 학교에 곽 선생님 같은 능력 있는 미술 선생님이 계신 것은 학생들에게만 복이 아니라 같은 동료 교사에게도 많은 도움이 되는 일이지요. 다시 말해 우리들에게도 영광이고 학교로서도 영광이다 이 말씀입니다."

"과찬이십니다."

곽운천은 정말 어찌할 바를 몰랐다. 방금 전 옹수자가 한 말을 바탕으로 생각해 보면 지금 그 둘은 자신을 상대로 비아냥거리고 있는 것이 분명했다. 멋지게 한 방 응수해 주고 싶은 마음이 굴뚝같았지만 사실 이런 상황에서 저들과 첨예하게 맞설 수 있는 말을 꺼내는 것도 불가능했다.

서대목이 다시 입을 열었다.

"이 선생님, 제 생각인데 이미 금상 트로피는 우리 학교 것이나 마찬가지니 축하 잔치를 열 준비를 해 두는 것이 좋지 않을까요? 곽 선생님 덕분에 우리도 덕 좀 보는 것이지요!"

"당연히 준비를 해야지요!"

이금삼이 가슴을 치며 말을 막 꺼내려고 할 때 옹수자가 얼른 끼어들며 그의 말을 가로챘다.

"참, 내 기가 막혀서……. 떡 줄 사람은 생각도 않는데 김칫국부터 마신다고, 곽 선생님이나 그런 말 할 자격이 있지, 왜들 나서서 호들갑이세요? 참, 내 기가 막혀서……."

곽운천이 말문이 막혀 가만히 있는 사이 뭐가 재미있는지 다들 껄껄 웃기 시작했다. 물론 비웃음이 분명했다. 사실 곽운천은 말로 형용치 못할 정도로 불쾌했다. 이것을 참아야 하나? 임시 선생으로 온 상황이니 욕을 하든 비웃든 마음대로 하라지. 이 상황에 저들한테 뭘 따지겠는가? 곽운천이 말했다.

"참, 한 가지 선생님들께 죄송한 게 있습니다. 제가 선생님들과 상의도 없이 단독으로 미술 대회 대표 1차 후보를 선발한 것을 양해해 주십시오."

"아!"

서 선생과 이 선생이 동시에 눈이 휘둥그레지며 소리를 질렀다. 서 선생이 먼저 입을 열었다.

"아니, 죄송할 게 뭐가 있다고 이러십니까? 우리 같은 문외한이 그림에 대해 뭘 안다고 상의를 하겠습니까? 곽 선생님 혼자서 결정하시는 게 훨씬 낫지요."

"아닙니다. 제가 부족한 점이 많으니 앞으로 많이 도와주십시오. 마지막 결정을 할 때는 꼭 함께 상의해서 결정하겠습니다."

"어허, 꼭 그럴 필요까지 있을까요?"

서대목이 이금삼을 슬쩍 바라보았다.

"이 선생님 생각은 어떠십니까? 우리가 뭐 아는 게 있어야 돕지 않겠습니까?"

"그게……."

이금삼이 한참 고민스러워하던 표정을 거두며 말했다.

"이 일은 교장 선생님과 함께 상의를 해 보는 게 좋겠습니다. 곽 선생님도 학교를 위해 그러는 것이니 모든 것은 교장 선생님께서 결정하는 게 가장 좋겠습니다."

이금삼이 무슨 일을 처리할 때 교장의 의견을 대단히 중시하고 있다는 투로 말했다.

그 두 사람이 어깨를 나란히 하고 자리를 뜰 무렵, 몇 걸음 안 가서 서대목이 뒤를 돌아보며 외쳤다.

"옹 선생님은 안 가십니까?"

"저한테 신경 그만 쓰시고 할 일이나 하세요!"

"신경 쓰는 게 아니라 재미있게 대화 나누시라고 하는 겁니다."

"글쎄 상관 마시라니까요!"

그들이 떠난 뒤 서대목 흉을 한창 늘어놓던 옹수자가 자리를 뜨며 곽운천에게 말했다.

"곽 선생님, 어떻게든 좋은 성적을 거두어서 저 사람들 코를 납작하게 해 주세요!"

"고맙습니다."

곽운천은 복도에 멍하니 선 채 옹수자가 잰걸음으로 교무실 쪽으로 가는 뒷모습을 바라보았다.

곽운천은 마음이 말할 수 없이 복잡했다. 오늘 당한 일들은 모두 생각조차 하지 못한 것이었다. 처음에는 교장이 몇 차례에 걸쳐 임시 교사로 와 달라고 해서 권유에 못 이겨 이곳에 왔지만, 아이들과 함께 있으면 자신의 답답함과 우울함을 떨칠 수 있으리라는 기대도 있었다. 그렇지 않으면 이곳에 절대 오지 않았을 것이다.

아이들의 순수한 세계에 무궁무진한 동경과 기대를 걸고 이곳을 선택했고, 그의 예상대로 아이들의 세상은 참으로 기쁨과 따스함이 가득한 곳이었다. 하지만 아이들의 세계를 둘러싼 세계에는 마음을 어지럽히는 일들이 너무 많은 듯했다.

주변 사람 모두 아이들이라는 존재를 인정하기는 해도, 이 세상을 자신들이 살아남아야 할 사회의 한 부분으로 여겨, 그 안에서 경쟁과 암투를 일삼고 있었다. 심지어는 어린아이들을 자신을 보호하는 호신부나 방패로 삼고 있기까지 했다. 그는 오늘 자신도 어느새 그 세계에 발을 들여놓고 있다는 사실을 깨달았다.

밝음, 그 밝음의 뒤편에는 늘 어둠이 있음을 부인할 수 없었다. 밝음과 어둠은 동전의 앞뒷면과 같았다.

그는 갑자기 하늘 위로 치솟은 먹구름이 자신 위로 옮겨 오는 것을 느꼈다.

교실 밖에서 부는 바람

공장의 기계 소리가 무겁게 울려 퍼지고 있었다.

일 년 중 9개월은 쉴 새 없이 이어지는 소리였다. 더구나 차를 생산하는 시기가 되면 24시간 내내 쉬지 않고 가동되었다.

집은 공장에서 별로 떨어지지 않은 곳에 있었고, 그 사이에는 차 말리는 곳이 길고 좁게 늘어서 있었다. 공장 기계가 전속력으로 움직일 때에는 집의 유리창이 약하게 흔들릴 정도였다.

여기가 바로 임장수가 경영하는 '임유기 차 공장'이었다. 삼계수에 있는 이 공장은 천수 마을의 구릉과 바로 이웃해 있었다. 천수 마을에서 생산되는 찻잎의 거의 절반을 이 공장에서 사들여 차를 만들고 있었다. 아주 큰 공장은 아니었지만 수성향에서는 손꼽을 정도였다.

임설분은 어려서부터 공장에서 새어나오는 기계음에 익숙했지만 가끔은 이 소리가 참으로 시끄러울 때도 있었다. 하지만 보통 때에는 소음이라는 생각조차 들지 않았다. 그런데 오늘 밤은 웬일인지 윙윙하며 돌아가는 소리가 마치 머릿속에서 울려 나오듯 정신까지 혼미해지는 것 같았다.

임지홍은 형광등 아래에서 그림 그리기에 몰두하고 있었다. 며칠 동안 다른 공부를 뒤로 한 채 시간만 나면 그림을 그렸다.

임장수의 외아들인 임지홍은 어려서부터 부모의 끔찍한 사랑을 받으며 자랐다. 불면 날아갈세라 쥐면 꺼질세라, 날씨가 조금만 추워도 옷을 껴입혔고, 비타민을 비롯해 몸에 좋은 것이라면 억지로라도 먹일 정도였다. 하지만 임지홍은 창백한 얼굴에 몸이 쇠약한 아이로 자랐다.

환경이 비슷한 다른 아이들처럼 임지홍은 집에서는 고집 세고 자기 멋대로 하는 신경질쟁이 어린 폭군이었지만, 일단 밖에 나가면 매우 겁이 많고 유약한 아이였다. 임설분은 아버지 임장수가 권한 때문이기도 하지만 동생 성격에 뭔가 문제가 있었기에, 스스로 학교에 부탁해 동생의 담임을 맡았다. 하지만 임지홍은 정말 총명한 아이였다. 모든 과목에서 두각을 나타냈을 뿐만 아니라 반장으로서 자신의 역할을 충실히 해냈다.

1, 2학년 때 임지홍은 줄곧 학교를 대표하여 현에서 주관하는 미술 대회에 참가했다. 이번에도 순조롭게 대표로 뽑힐 것으로 기대했는데, 뜻하지 않게 고아명을 만나게 된 것이다. 이 일 때문에 임지홍만 초조해진 것이 아니라 누나인 임설분도 걱정스러웠다. 더구나 아버지인 임장수의 초조함은 더욱 극에 달했다.

임장수는 삼계수의 큰 부자로서 온 마을을 통틀어 손꼽히는 유지였으며, 차 공장 말고도 조상이 물려준 논밭과 차밭을 많이 가지고 있었다. 두 차례에 걸쳐 현의 의원직을 지냈고, 소문대로 이번에 당선이 가장 유력한 향장(鄕長) 후보임에 틀림없었다. 그는 체면을 중시하고 나서기를 좋아해 무슨 일이든 1등을 해야만 속이 시원한 사람이었다. 줄곧 1등을 해온 임지홍을 두고 그는 자랑하며 거만하게 굴었고, 딸인 임설분이 미인 마을 삼계수의 전형적인 미인으로 불리는 것 또한 그의 기쁨이자 자랑이었다.

임장수는 예전에 지홍의 미술 지도를 맡았던 서 선생뿐만 아니라 이 선생 그리고 교장 선생까지 한결같이 이구동성으로 "임지홍이야말로 보기 드문 미술 신동입니다."라고 해서 자신의 외아들이 정말로 신동이라고 철석같이 믿고 있었다. 임장수가 보기에도 지홍이 그린 그림은 정말 멋졌다. 무엇을 그리든 사물과 너무도 비슷하고 정교하게 그리는 것이다.

임지홍이 지금까지 참가했던 두 번의 미술 대회에서 우수한 성적을 거두기는커녕 입상조차 하지 못한 일이야말로 임장수에게는 단한 가지 옥에 티 같은 일이었다. 하지만 그것은 임지홍을 지도하는 선생이 무능한 탓이지 임지홍의 천재성과는 아무런 상관이 없다는 굳은 믿음을 갖고 있었다.

서 선생이 무능하다고 생각하면서도 그가 자식을 칭찬하는 말은 믿는 게 참으로 우스운 일이었지만, 나서기 좋아하고 체면치레를 좋아하는 여느 사람들처럼 임장수도 자기 중심적으로 해석하려는 사람이었기에 이 두 가지 사실이 모순이라는 것조차 느끼지 못했다.

이번에 임지홍에 맞설 만한 강적이 나타난 것과, 그 주인공이 자신의 차밭 가운데 아주 일부를 부치는 가난한 농부의 아들이라는 것을 안 뒤, 그는 끓어오르는 노여움을 감출 수 없었다. 임장수는 그런 빈농의 아들에게 자신의 아들이 밀려나는 것은 가문의 수치라고 생각했다. 이런 처음 안게 될지도 모를 불명예를 미리 막기 위해 임설분에게 임지홍의 미술 지도에 온 힘을 기울이라고 강요했다. 교내 선발에서 떨어지는 일은 절대 있을 수 없는 일이었다.

"지홍이가 무슨 화가가 되는 것은 바라지 않지만 너도 한번 생각해 봐라. 그런 가난뱅이 자식에게 밀려 지홍이가 떨어진다면 내 무슨 낯으로 사람들을 볼 수 있겠느냐?"

임지홍이 두 차례에 걸쳐 입상하지 못한 것에 자신만 생각하는 까닭을 수없이 들어 마음의 평화를 유지하던 그가, 이번에는 아예 별것도 아닌 교내 선발까지 신경을 쓰는 것이 앞뒤가 안 맞는 일이었다. 하지만 그는 이것 또한 깨닫지 못했고, 임설분도 감히 아버지에게 그런 그런 것을 똑바로 알릴 용기가 없었다.

그러면 임설분의 마음은 어떠한가? 그녀 또한 자신의 동생이 3학년 대표로 대회에 나갈 수 있기를 간절히 바랐다. 그러나 미술 특별 지도가 시작된 뒤로 계속해서 고아명의 그림을 살펴본 결과, 고아명이 동생보다 훨씬 뛰어나다는 사실을 인정하지 않을 수 없었다. 게다가 더 골치 아픈 일은 자신조차 아동 회화를 어떻게 가르치면 좋은지에 대해 확신이 없다는 점이었다. 곽운천이 하는 수많은 말들을 들으

며 아동 회화가 추구하는 목표를 어렴풋이 깨닫기도 했지만 그림이
야 원래 그때 그때 달라지는 것이 아니었던가? 한 가지 소재에 대한
기준을 가지고 번번이 소재가 달라지는 그림을 지도하고 평가한다는
점에서, 임설분은 자신이 지도하고 있는 내용들이 과연 현대 아동 회
화가 추구하는 것에 들어맞는지조차 확신할 수 없었다. 그렇다고 날
마다 교실을 찾아가 곽운천의 수업을 들을 수도 없는 노릇이었다.

임설분은 곽운천이 여느 학생들에게보다 열의를 갖고 지홍을 지도
한다는 사실을 조금이나마 감지했지만 그가 얼마나 고아명을 예뻐하
고 사랑스러워하는지도 잘 알고 있었다.

"누나, 이 그림 어때?"

현실로 돌아온 임설분이 지홍을 찬찬히 쳐다보았다. 얼굴빛이 더
욱 창백한 게 눈에도 피로가 가득 차 있었다.

"피곤하지? 졸리지 않니?"

말을 하며 괘종시계를 보니 10시가 넘어가고 있었다.

"아니, 피곤하지도 않고 졸리지도 않아. 그냥 그림이 잘 안 돼."

"그럼, 잠깐 쉬었다가 해."

임설분이 지홍이 방금 그린 그림을 들어 올렸다. 차 공장을 그린
사생화였다. 한창 기계가 바쁘게 돌아가며 사람들이 바쁘게 일을 하
고 있는 모습이 사진을 보는 듯했다. 형상이나 원근감, 명암 또한 아
주 정확했지만 곽운천의 눈에는 하나도 잘 그린 게 없는 그림일 것이
틀림없었다. 하지만 색감은 조금 나아지고 있었다. 땅 위의 녹색 찻
잎과 검은빛을 조금 떤 갈색 배경이 대체로 조화를 이루고 있긴 했지

만, 그곳에서 일하는 인물들과 크고 작은 기계들을 표현한 것은 무슨 기호들을 나열해 놓은 것처럼 답답했다. 전체적으로 어떤 생기나 개성을 찾아보기 힘든 그림이었다.

"어린이들에게 자아를 표현하도록 유도하는 것은 어떤 사물에 대한 감동을 자신만의 방식으로 자유롭고 솔직하게 표현하도록 하는 것으로서, 그런 순간에만 진실과 감동이 살아 숨쉬는 그림이 탄생할 수 있습니다."

곽운천이 자신에게 설명해 준 말이었다. 이 그림에 자기만의 표현 방식이 어디 숨어 있다는 말인가? 예전 방식 그대로 흉내내기에 지나지 않는 그림이었다. 임설분은 또다시 곽운천이 한 말을 떠올렸다.

"어린이들이 가장 감동받고 인상 깊었던 것을 느끼고 생각할 수 있는 자극과 동기를 주어서 자신들의 자아와 주장을 가질 수 있도록 해야 합니다. 이런 노력과 어린이들의 창조적 힘이 잘 어우러져 발전해 나갈 수만 있다면 성공적으로 아동 회화를 가르쳤다고 할 수 있을 것입니다."

말이야 쉽고 간단하지만 실행에 옮기려니 골치 아픈 일이 아닐 수 없었다. 임설분은 자신도 모르게 긴 한숨을 내쉬었다.

"지홍아, 넌 어떤 그림을 그리고 싶니?"

"나, 난 사실 아무것도 그리고 싶지 않아. 정말로 평생 아무 그림도 안 그렸으면 좋겠어."

"뭐? 왜 그런 생각을 했어? 이번 미술 대회에 나가고 싶지 않니?"

"고아명이 나보다 훨씬 잘 그리는데 내가 나갈 수 있겠어?"

"누가 그래? 아명이가 너보다 조금 더 잘 그리긴 하지만 네가 노력만 하면 금방 더 잘 그릴 수 있을 거야. 넌 지금도 뭐든지 1등만 하잖아."

임설분은 속이 탔다.

"아니야. 곽 선생님은 내가 잘한다고 칭찬해 준 적이 없어. 하지만 아명이가 그린 그림은 다 잘 그렸다고 칭찬한단 말이야."

지홍의 눈에 어느새 눈물이 흘러내렸다. 임설분이 얼른 지홍을 끌어안으며 달랬다.

"나중에는 너한테도 잘 그렸다고 칭찬하실 거야. 그러니까 열심히 연습해서 빨리 따라잡도록 하자."

"아냐! 선생님은 내 그림을 가지고 잘못 그린 그림이라고 하면서 이렇게 그리면 안 된다고 다른 아이들한테 얘기하셨단 말이야."

"그럴 리가 있겠어?"

"정말이야. 그것도 두 번이나 그랬단 말이야."

"그거야 고아명 말고는 네가 가장 잘 그렸기 때문에 널 예로 드신 걸 거야."

"그런 게 무슨 소용 있어? 어쨌든 고아명이 나보다 더 잘 그리는 게 분명하잖아."

"아이, 참! 누나가 금방 노력만 하면 언제라도 더 잘 그릴 수 있다고 했잖아. 안 되겠다. 오늘은 그만 들어가서 자고 내일 다시 그리자. 네가 열심히 연습만 한다면 고아명에게 절대 지지 않을 거야."

임설분은 동생 지홍이 점차 자신감을 잃어 가는 동시에 곽운천에게 반감까지 갖기 시작한 것을 느끼고 마음이 아팠다.

임설분은 지홍을 다독여 침실로 데려다 준 뒤, 다시 서재로 돌아와 소파에 몸을 기댔다. 설분은 자신이 가슴 아파하는 까닭이 지홍의 그림이 나아지는 속도가 느려서가 아니라, 지홍이가 무심결에 곽운천에 대한 반감을 드러냈기 때문이라는 사실에 스스로 놀라지 않을 수 없었다.

지홍이 곽 선생에게 뚜렷하게 반감을 가지고 있는 것은 아니었지만 누나인 설분은 확실하게 느낄 수 있었다. 어떻게 하지? 곽 선생님한테 지홍이를 좀 격려해 달라고 부탁해 볼까? 격려라는 말의 또 다른 뜻은 관심과 호감 아니던가? 만약 곽운천이 먼저 나서서 이런 감정들을 지홍에게 보여 준다면 지홍의 가슴 속에 싹트고 있는 반감이 금방 사라질 텐데…….

하지만 무슨 면목으로 나서서 자신의 동생을 격려해 달라고 부탁한다는 말인가? 게다기 지홍의 그림이 고아명의 그림보다 못한 것도 사실이었지만 그냥 이대로 방치하다간 지홍이 곽 선생을 미워할 것이 분명했다. 곽 선생을 미워하다니, 정말 끔찍한 일이었다. 설분은 그 누구도 곽 선생을 미워하는 것을 원치 않았다. 그런 상황에서 자신의 동생이 곽운천을 미워한다는 것은 견디기 힘든 일이었다. 설분은 주변 사람 모두 그를 좋아하고 존경하기를 바랐으며, 누구보다 동생인 지홍이가 그를 좋아하고 존경하기를 원했다.

"뭘 그리 생각하느냐? 지홍이는 어디 갔느냐?"

갑작스런 소리에 깊은 생각에 잠겨 있던 설분은 놀라 하마터면 소리를 지를 뻔했다.

고개를 드니 임장수의 툭 튀어나온 배가 먼저 눈에 들어왔다. 둥글 넓적한 얼굴에 크고 두터운 입술은 그 끝이 약간 올라가 콧수염이 팔 (八) 자를 이루고 있었다.

"금방 자러 들어갔어요. 많이 피곤한가 봐요."

"오늘은 뭘 그렸느냐? 이, 이것을 그렸느냐?"

임장수가 탁자에서 그림을 들어 올렸다.

"흠! 아주 잘 그렸는걸! 여기 기계나 사람이나 금방이라도 살아 움 직일 것 같구나. 이 정도면 6학년보다도 더 잘 그린 그림 같은데 넌 어떻게 생각하느냐?"

이리저리 살펴보던 그의 양미간이 활짝 펴지면서 입가에 가는 미 소가 흘러나왔다.

"별로 잘 그린 그림이 아니에요. 개성도 없고 창의력도 없는 생기 없는 그림일 뿐이에요."

"아니 그게 무슨 말이냐? 여기 이 기계들이 지금 막 움직이고 있는 것만 같은데 잘 그린 게 아니라니?"

"아버지가 잘 몰라서 하시는 말씀이에요."

"내가 잘 몰라? 이 두 눈으로 보고 있는데 뭘 몰라? 아마 내가 너 보다 보는 눈이 높은가 보구나!"

"저도 별로 아는 것은 없지만 곽 선생님이 피해야 한다고 한 결점 이 이 그림에 다 들어 있는 것은 분명해요."

"곽 선생이라면 새로 온 임시 선생 말이냐?"

"예, 맞아요. 대학에서 미술을 전공하고 있으니 틀림없을 거예요."

"그래?"

임장수가 잠시 침묵했다. 살짝 벌어진 크고 두터운 입술 사이로 무거운 입김이 흘러나왔다. 바로 임장수가 어떤 일을 심각하게 생각할 때 짓는 표정이었다.

임장수는 앞을 바라보며 천천히 그림을 내려놓더니 설분 맞은편 소파로 자리를 옮기며 말했다.

"설분아!"

놀라 쳐다보는 설분의 눈에 아버지의 날카로운 눈빛이 와 닿았다.

"네게 묻고 싶은 말이 있다. 들리는 말에……, 네가 그 곽 선생과 아주 친하게 지낸다던데 사실이냐?"

임설분은 깜짝 놀랐다. 한순간에 얼굴이 창백해지면서 가슴이 쿵쾅거리기 시작했다.

"아니에요. 누가 그런 헛소리를 하는 거예요?"

"그냥 누가 하는 말을 들은 것이다만 어찌 된 일이냐?"

"친하게 지내다니, 그런 일 없어요!"

설분은 단호하게 부인을 하며 머릿속에 비웃음 섞인 옹수자의 얼굴을 떠올렸다.

며칠 전 옹수자가 설분 자신과 곽운천의 관계가 수상하다면서 비아냥거린 것이 떠올랐다. 분명 말투는 농담에 가까웠지만 직감으로 옹수자의 웃음 뒤에 강한 악의가 숨겨져 있는 것을 느낄 수 있었다.

"지홍이 때문에 몇 번 교실로 찾아가 지홍이 그림을 돌아보는 김에 곽 선생님과 얘기를 좀 했을 뿐이에요."

"무슨 얘기를 했느냐?"

"그야, 물론 그림에 관한 얘기지요. 또 지홍이에 관해서도 얘기를 나눴고요."

"흐흠……."

임장수가 뭔가를 더 생각하는 듯 눈길을 바닥으로 내렸다.

"네 말이 사실이길 바란다. 아울러 사람들의 입방아에 오르내리지 않도록 각별히 몸가짐에 신경 쓰도록 해라."

말을 마친 임장수가 소파에서 일어나 한 걸음 옮기며 한마디 덧붙였다.

"앞으로는 자주 찾아가지 말도록 해라."

설분은 마음이 더욱 어지러워졌다. 정말 이상한 사람들 아냐? 내가 곽 선생과 뭘 어쨌다고 이러는 거야? 얘기 좀 나누는 것도 안 된다는 말이야? 정말 웃겨! 남의 일에 무슨 관심이 그토록 많은 거야? 같은 학교 동료 교사끼리 이야기 좀 주고받는 일이야 늘 있는 평범한 일 아닌가? 참 내……. 그녀는 이렇게 설득하듯 자신에게 속삭였다.

기계 소리가 더 시끄러워진 듯했다. 설분의 머릿속은 지진이라도 난 것처럼 조각조각 부서질 것 같았다.

학교에서 점심을 먹고 난 뒤의 쉬는 시간은 가장 소란스런 시간이었다. 오전 4교시 수업에서 해방되어 배불리 뱃속을 채운 학생들에게 주어진 한 시간 정도의 쉬는 시간은 그야말로 자유였다.

대운동장과 소운동장은 구석구석 서로 쫓아다니며 노는 아이들, 공놀이를 하는 아이들, 고무줄이나 줄넘기를 하는 아이들로 발 디딜 틈이 없었다. 심지어는 꽃밭 안의 빈 터에서도 적지 않은 학생들이 바닥에 줄을 그어 영역 표시를 하고는 삼삼오오 떼를 지어 노느라 바빴다. 아이들이 내지르는 와자지껄한 소리와 확성기에서 흘러나오는 어린이 행진곡이 서로 어우러져 학교를 뒤흔들었다.

무슨 영문인지는 몰라도 5, 6학년생들은 대운동장에서 3, 4학년생들은 소운동장에서 놀고 있었다. 1, 2학년생은 대부분 수업이 끝나 집으로 돌아가고 없었다.

이때 소운동장에서 저학년 아이들이 고학년 아이 하나를 빽빽이 에워싸고 피구를 하고 있었다. 사람의 숫자와 형세만 따진다면 저학년 아이들이 유리한 싸움이 분명했지만 자세히 들여다보면 그렇게만 말할 수 있는 상황이 전혀 아니었다. 저학년 아이들의 힘이 약해 공을 던져도 대개는 목표물을 맞히지 못한 채 고학년 아이에게 빼앗겼다. 공을 빼앗은 아이가 있는 힘껏 아이들을 향해 던지면 저학년 아이들은 사람이 많아 어떻게 던져도 그 가운데 하나가 맞을 수밖에 없었다. 등이나 배에 '펑' 하는 소리와 함께 아이들 입에서는 한꺼번에 환호가 터졌다. 그러다 가끔 저학년 아이가 급습에 성공하여 고학년을 맞히기라도 하는 날에는 열 배나 더 큰 함성이 터져 나왔다. 그중 개구쟁이들은 고학년 아이에게 다가가 약을 올리고 도망치고는 했다.

공을 잡지 못한 친구들이 있는 힘껏 쫓아가 공을 빼앗다 보면 모두

한 덩어리가 되어 쓰러지곤 했다. 한 발이라도 늦을라치면 아예 그 위로 힘껏 몸을 날려 밑의 사람을 짓눌렀으니, 이쯤 되면 바닥에 깔린 아이가 압사라도 당할까 걱정이 된 고학년 아이가 다가와 맨 위에서 누르는 아이를 일으켜 줘야만 했다.

이제 피구를 그만 하겠다는 듯 고학년 학생이 두 손을 들어 항복을 했다. 하지만 어린 학생들이 그를 그냥 놔두지 않고 이를 복수할 수 있는 절호의 기회로 삼아 공을 들어 마구 던지기 시작했다. '항복'이라는 소리가 연거푸 고학년 학생의 입에서 터져 나왔지만 새롭게 공을 잡은 학생들은 연이어서 인정사정 두지 않고 공을 던졌다. 머리를 감싸고 얼른 몸을 피하는 고학년생이 운동장 밖의 나무 아래로 도망을 간 뒤에야 어린 친구들은 포기하는 듯했다.

하지만 아직도 미련이 남은 듯한 아이들이 우르르 몰려가 다시 고학년 학생에게 공을 던졌고, 그 공을 받은 학생이 반대편으로 저 멀리 힘껏 공을 던지자 어린 친구들은 그 공을 따라 정신 없이 소리를 지르며 달려갔다.

나무 아래에 서서 이마에 흐르는 땀을 닦던 곽운천은 천지를 뒤흔들 듯 온 힘을 다해 노는 아이들이 자신의 시야에서 멀어져 가는 뒷모습을 웃음을 띤 채 바라보고 있었다. 그들 가운데 방금 전 가장 세차게 공을 던진 아이가 금세 눈에 들어왔다. 여기저기 기운 옷을 입고도 날쌘돌이처럼 운동장을 헤집고 다니는 그 아이는 3학년 고아명이 틀림없었다.

곽운천은 줄곧 운동장을 바쁘게 누비고 다니는 아명에게서 눈길을 떼지 못했다. 고아명의 모습이 친구들 틈바구니로 사라졌을 때가 돼서야 곽운천은 눈길을 거두었다. 그는 문득 어느 나무 아래에 무엇인가를 손에 쥔 채 웅크리고 앉아 있는 아이를 발견했다. 마르고 쇠약한 모습이 임지홍 같았다.

저 애가 왜 혼자 저러고 있지? 곽운천은 임지홍의 창백한 얼굴을 떠올렸다. 임지홍에게 나무 아래 앉아만 있지 말고 나가 뛰어놀라는 말을 해야만 할 것 같았다.

곽운천은 소년의 뒤로 돌아 그의 어깨 위에서 밑을 내려다보고는 놀라지 않을 수 없었다. 아니, 그림을 그리고 있잖아? 지홍은 몇 개의 선을 연결하여 집을 그리고 있었다.

"임지홍!"

소년이 화들짝 놀라 자리에서 일어나 곽운천을 쳐다본 뒤 얼른 발로 땅 위에 그린 그림을 휙휙 지웠다.

"선생님, 안녕하세요?"

"그래, 너도 잘 있니? 왜 나가서 놀지 않고 여기 앉아 그림을 그리고 있니?"

"저기……."

임지홍이 고개를 떨어뜨렸다.

"여기 앉아 이러지 말고 어서 가서 뛰어놀도록 해라."

"하지만……."

자신의 그림 실력이 고아명보다 못한 것을 걱정해서 이러는 모양이군. 하긴 이 년 동안 어느 부분에서나 1등이라는 자부심을 한껏 누

리면서 지내 온 데다 그림 또한 선생님과 전교생의 관심을 한 몸에 받다가, 내가 온 뒤로 칭찬 한 번 받지 못했으니 마음도 아프겠지. 그리는 그림마다 잘 그린 그림의 본보기로 벽에 걸리다가 번번이 잘못 그린 그림으로 설명되었으니 낙심이 컸을 거야.

물론 이것은 편애가 아니었다. 편애를 했다면 임지홍에게 칭찬을 하지 않을 리 없었다. 오히려 이런저런 핑계를 들어 임지홍에게 넘치는 평가를 했을 것이다. 사실 임지홍은 이미 전통 미술 교육의 포로가 되어 있었던 탓에 한순간의 노력으로는 지금까지의 습관을 버릴 수가 없었다. 아주 총명해서 모방 실력이 남달리 뛰어난 덕에 선생님들의 사랑과 관심을 한 몸에 받았으니, 지홍이 갖고 있는 결점들이 유달리 깊고 많을 수밖에 없었다.

곽운천은 어린이들의 심리를 잘 모르긴 했지만 임지홍의 그런 모습을 보며 뭔지 모를 연민을 느꼈다. 여기서 어떤 격려도 하지 않았다가는 그 결과가 훨씬 심각해질 것 같은 생각까지 들었다.

"지홍아, 지금 시간을 아껴 그림 연습을 하느라고 놀지도 못하는 거니?"

살짝 고개를 끄덕이는 임지홍은 부끄러운지 얼굴이 붉게 물들었다.

"네가 이렇게 열심히 그림 연습에 몰두하는 것을 보니 선생님 기분이 참 좋구나. 요 며칠 새에 아주 많이 좋아졌어. 정말 대단하다. 선생님은 앞으로 네가 그림을 더 잘 그릴 것이라고 믿는다."

"선생님!"

임지홍이 고개를 들더니 간절한 목소리로 물었다.

"제가 고아명보다 더 잘 그릴 수 있을까요?"

곽운천은 지홍의 갑작스런 물음에 잠시 당황했다. 일부러 고아명의 이름을 들먹이지 않은 것인데, 그 이름이 지홍의 입에서 먼저 튀어나올 줄은 전혀 예상치 못했다. 아하! 이 아이의 마음에는 오로지 고아명을 따라잡아 꼭 이겨야 한다는 생각밖에는 없나 보구나!

"물론이지!"

곽운천이 지홍의 어깨를 두드리며 밝은 말투로 대답했다.

"네가 노력만 한다면 고아명보다 꼭 더 잘 그리게 될 거야. 이렇게 열심히 연습하는 걸 보니 금세 아명보다 잘 그리겠는걸!"

"정말이세요?"

"선생님이 거짓말하는 거 봤니? 이제 그만 하고 어서 가서 마음껏 뛰어놀아라! 운동을 열심히 해야 몸이 건강하지!"

"하지만, 전 걱정이……."

"걱정할 게 뭐가 있어? 선생님 말을 믿고 어서 가!"

"예. 하지만 전 대회 전에 아명이보다 더 잘 그리지 못할까 봐 걱정이 돼요."

곽운천은 또다시 말문이 막혔다. 누구보다도 고아명이 3학년 대표로 나갈 것이 변하지 않으리라는 점을 잘 알고 있으면서도 지금 이 순간만큼은 머뭇거려서는 안 될 것 같았다.

"더 잘 그릴 수 있어! 그럼, 지금도 더 잘 그리고 있는걸 뭐."

"정말이세요?"

곽운천은 창백한 지홍의 얼굴에 핏기가 돌고 두 눈에 빛이 나는 것을 볼 수 있었다.

"그럼, 정말이고말고! 이제 그만 가서 친구들과 놀아라!"

곽운천이 대답하며 시계를 들여다보니 쉬는 시간이 10분 정도 남아 있었다.

"안녕히 계세요."

임지홍은 마치 다른 사람이라도 된 것처럼 손을 몇 차례 흔들고는 연기처럼 사라졌다.

지홍의 모습을 바라보던 곽운천은 생각에 잠겼다. 어쩌다 이런 거짓말을 하게 되었지? 물론 가끔은 좋은 뜻에서 한 거짓말이 좋은 결과를 낳을 수 있지만 이번만큼은 더 나쁜 결과를 낳을 것 같았다. 지금 당장이야 임지홍의 기를 살려 기쁘게 할 수 있겠지만 학년 대표를 정하는 마지막 결정이 끝나면 자신이 한 거짓말이 들통날 것은 뻔했다. 그럼 그때의 실망은 더 크지 않겠는가?

곽운전은 이미 예진에 고이명을 대표로 낙점했다. 그 결정은 그 누구를 위해서도, 학교의 명예를 드높인다는 우습지도 않은 이유에서 이루어진 것도 아니었다. 그는 그렇게 하는 것이 옳다는 생각만 했다. 아마도 예술을 사랑하는 사람으로서의 양심이자, 그 무엇에도 치우치지 않는 교육자로서의 양심에서 나온 결정이리라. 그럼 이후 임지홍에게는 어떤 말을 해 주어야 하나? 이미 한 말에 대해 후회해도 소용없었다.

그는 임설분을 떠올렸다.

그래! 동생의 담임 선생님이 아닌가? 그녀와 의논을 하면 이 문제를 해결할 좋은 답을 얻을 수 있을 거야.

그것 말고 다른 방법이 없는 듯했다. 얼른 그녀를 찾아가자. 빠르면 빠를수록 좋을 거야!

이런 생각에 곧장 발걸음을 임설분의 교실로 옮겼다. 마침 임설분이 창가에 앉아 책을 보고 있었다.

"임 선생님, 잠시 얘기 좀 해도 될까요?"

"물론이죠, 어서 오세요."

대답은 그렇게 했지만, 그녀의 얼굴에 순간 어두움이 드리웠다 금세 사라졌다.

"방금 전 지홍이와 얘기를 좀 나눴습니다."

"저도 봤어요. 그러잖아도 무슨 얘기를 하셨는지 막 물어볼 참이었어요."

"그랬습니까? 사실 큰일인데……. 제가 거짓말을 좀 했습니다."

곽운천은 방금 전 일을 설명하며 자신의 머릿속에 3학년 대표로 고아명을 결정한 지 오래라고 사실대로 말했다.

"그래서 어찌하면 좋을지 몰라 이렇게 선생님께 도움을 청하러 왔습니다. 선생님이라면 지홍이가 실망하지 않도록 잘 위로해 주실 것 같아서요."

곽운천이 고아명을 3학년 대표로 지목할 것이라는 것을 임설분은 누구보다 잘 알고 있었다. 하지만 임설분은 곽운천이 최소한의 예의를 아는 사람이라면 동료 교사인 자신의 체면을 봐서라도 임지홍을 선택해야 하지 않는가 하는 생각을 했다. 그런데 다른 아이를 선발해 놓고, 문제까지 만들어서 자신을 찾아와 의논을 하다니 정말 이해할 수 없었다. 정말 이렇게 예의가 없는 사람이었나? 어떻게 사람이 솔직해도 이렇게 둔감할 정도로 솔직할 수가 있지?

예전에 수많은 남자들이 자신의 환심을 사기 위해 목소리를 낮춘 채 양심을 파는 일까지 서슴지 않는 것을 보아 온 임설분의 눈에는 이 사람이 아예 자신에게는 일말의 관심도 없는 게 아닌가 하는 의심까지 들었다.

화를 내거나 항의를 해 볼까 하는 생각도 했지만 그렇게 하지 않았다. 임설분은 오히려 상대에게 뭔가 무시를 당할 때의 알 수 없는 흥분까지 느끼고 있었다.

그러나 여자의 자존심이 앞서 가슴 깊은 곳에서 꿈틀대는 그 흥분을 감추며 아무렇지도 않은 듯 대답했다.

"그 일이라면 제가 알아서 하겠어요."

"그렇게만 해 주신다면 정말 감사하겠습니다."

"감사할 것 없어요. 어차피 제 일인걸요, 뭐. 사실 저 또한 별다른 방법도 없어요. 하지만 모든 일을 천천히 해결하는 게 좋을 것 같다는 생각이 드네요."

이런 말을 하는 임설분에게 정말로 걱정되는 것은 동생이 아니라 아버지 임장수였다. 임설분은 아버지가 생각나자 이내 걱정에 파묻혔다.

"제가 걱정하는 것은 오히려 아버지예요. 어떻게 말씀을 드려야 할지 잘 모르겠어요."

"아버님요? 그분께서 이런 일에도 관심이 있으십니까?"

곽운천은 임설분의 아버지 임장수가 이 지역의 유지이며, 최고 부자인 데다가 교육에도 관심이 많다는 옹수자의 말이 떠올랐다.

"물론이죠. 그뿐만이 아닌걸요."

"아니, 그럼 또 뭐 다른 관심사가 있습니까?"

"……."

임설분은 자신과 아버지 사이에 있었던 대화까지 곽운천에게 말해야 할지 순간 망설였다.

"알고 싶으세요? 아버지는 제 일에 관심이 많으세요."

"선생님요?"

곽운천이 영문을 모르겠다는 목소리로 되물었다.

쓴웃음을 짓던 임설분은 말을 해야 할지 말아야 할지도 결정하지 못한 상태에서 어느새 말을 꺼내고 있었다.

"제가 곽 선생님과 가깝게 지내는 것에 대해 관심이 많으세요."

"네?"

당황한 곽운천의 입에서는 단 한 마디도 흘러나오지 않았다. 무슨 까닭인지 이금삼 지도 주임, 서대목 훈육 과장, 옹수자의 모습이 그의 머릿속에 떠돌았다. 자신을 비웃는 듯한 그 얼굴들이 마침내 하나로 겹쳐져 혼란스럽게 비쳤다.

"도대체 누가 무슨 말을 아버지한테 했는지……, 지금 저희가 얘기를 하고 있는 것도 어쩌면 소문이 날지도 모르겠네요. 이곳이 원래 이래요. 없던 것도 어느새 있는 것이 되고 말죠."

임설분이 말을 하며 눈길을 창밖에 두고 있었다. 임설분은 자신의 대담함에 스스로 놀랐다. 이런 말을 이렇게 쉽게 곽운천에게 털어놓을 줄은 생각도 못한 일이었다. 어서 말해! 뭘 망설이는 거야? 어서 말해! 누군가 곁에서 계속 그렇게 자신을 다그치는 것만 같았다.

"아버지는 독단적인 분이세요. 제 삶은 줄곧 그분의 손에 의해 좌지우지된 것만 같아요. 어려서부터 전 대학을 나온 돈 많은 집의 자식과 결혼을 해야 한다고 교육받았죠. 아버지는 물론 어머니도, 친척들까지도 늘 그런 말만 했죠."

임설분이 다시 한 번 쓴웃음을 지었다. 임설분은 이런 말을 하는 동안 갑자기 자신의 가슴이 텅 빈 듯한 허전한 느낌이 밀려오는 동시에 그 자리를 메워 줄 무엇인가가 필요하다는 생각이 갑작스레 들었다. 그게 뭘까? 그녀도 알 수 없었다. 어리둥절한 얼굴로 그녀 앞에 서 있는 젊은 남자는 더욱 알 수 없었다.

"요즘 서글프다는 생각이 참 많이 들어요. 부잣집 딸로 태어난 게 행복한 일만은 아닌 것 같아요."

"땡땡땡땡! 땡땡땡땡!"

종소리가 들려오자 임설분은 잠에서 깬 듯 얼른 말투를 고치며 큰 소리로 말했다.

"어서 그만 가세요. 계속 있다가는 또 무슨 소문이 퍼질지 모르겠네요."

곽운천이 빠르게 교실 문 쪽으로 걸어갔다. 이것은 결코 자신을 위한 행동이 아니었다. 그는 임설분과 정말 많은 이야기를 함께 나누고 싶었지만 자신의 한계를 느끼면서 잰걸음으로 자리를 떠났다. 머릿속에 혼란스러움이 가득했다.

곽운천은 또다시 자신이 뭉게뭉게 피어오르는 먹구름 속으로 발걸음을 옮기고 있다는 생각이 들었다.

교무회의

일 년에 한 번 현에서 열리는 초등학교 아동 미술 대회가 어느새 다음 주 월요일로 바짝 다가와 있었다. 오늘이 벌써 금요일이니까, 내일 미술 대회에 참가하기 위해 출발하려면 대표를 오늘 안에 선발해야만 했다.

교장 선생님은 7교시 수업이 끝난 뒤에 각 학년 주임과 과장들이 모이는 교무 회의를 열겠다고 공표했다. 물론 실제 책임자인 곽운천이 회의에 빠질 리 없었다. 그는 1차로 뽑은 대표 두 명 가운데 한 명을 뽑는 것쯤은 별로 대단할 것이 없는 간단한 일이라고 생각했다. 원래 이런 회의 자체가 아무런 의미도 없는 형식적인 절차일 뿐이라고 여겼다. 그는 이 회의가 단지 교장 선생님이 경륜 있는 다른 여러 선생님들의 체면을 생각해서 연 회의라고 생각했다. 참석한 선생님들에게도 별다른 의견이 없을 거라고 믿었다.

그는 각 학년에서 뽑힌 학생들의 작품을 가지고 교장실로 갔다.

교장실은 원래 학급 교실이었는데, 중간에 병풍을 놓아 두 개의 공간으로 사용하고 있었다. 책장들로 에워싸인 한쪽에는 교장의 책상이 있고, 그 옆에는 손님용 소파가 놓여 있었다. 다른 한쪽에는 회의용 탁자가 있었다. 벽에는 여러 가지 우승기와 도표들이 빼곡히 걸려 있었다.

회의에 참가할 선생님들이 하나 둘씩 모여들었다. 곽운천을 빼고 교장과 과장, 주임 등을 포함해 모두 열 명의 선생님들이 그 자리에 모였다.

교장 선생님이 짧게 개회사를 마친 뒤, 곽운천이 선생님들에게 각 학년별로 선발된 아이들의 그림을 보여 주었다. 그림을 한 장씩 넘기며 학생마다 어떤 장단점이 있는지 설명을 덧붙였다. 설명을 마치고 각 학년마다 한 사람씩 후보를 제안하고 선생님들의 결정을 유도하는 식으로 회의를 진행했다. 1, 2학년 후보 가운데는 눈에 띄게 재주가 뛰어난 학생이 없어서 그림을 그리는 태도나 속도, 그림에 결점이 적은 정도를 기준으로 대표를 뽑았다. 여기까지는 곽운천이 뜻한 대로 순조롭게 결정이 났다.

그러나 3학년의 경우는 달랐다. 예기치 못한 격론이 오갔다.

곽운천이 고아명을 대표로 선발하겠다는 말이 끝나기 무섭게 서대목이 이의를 제기했다. 서대목은 우선 자신이 미술에 대한 소견이 별로 없다고 겸손을 부리듯 말했지만, 자신이 십 년 넘게 미술을 가르치고 배우는 데 힘쓴 사실을 내세우는 것 또한 잊지 않았다. 그의 주요 논지는 이러했다.

"전, 여러 선생님들께서도 이쪽 그림과 저쪽 그림의 차이를 일목요연하게 구별해 낼 것이라고 믿습니다. 방금 곽 선생님께서는 고아명 학생이 마치 천재 미술가라도 되는 듯이 설명했지만, 그 설명에 동의하지 않을 선생님도 계실 것이라고 생각합니다. 제가 보기에 고아명의 그림이 부자연스러운 것은 물론 정확성도 모자라지만 도대체 뭘 그렸는지 알 수 없는 그림인 데 반해 임지홍 학생의 그림은 형태, 선, 색채, 크기, 원근, 명암을 포함한 모든 것이 명확하게 표현되어 있습니다. 그런 점에서 볼 때 전 임지홍을 6학년 대표로 내보내도 별 손색이 없을 것이라고 자신합니다. 이런 상황을 고려해 보면 3학년 대표로 임지홍 학생을 보내는 것이 당연하지 않겠습니까?"

전혀 예상하지 못했던 서대목의 말에 곽운천은 당황하지 않을 수 없었다. 며칠 전만 해도 겸손을 부리며 자신에게 혼자서 결정을 해도 좋다던 사람이 오늘 어떻게 저런 말들을 쏟아 낼 수 있는가? 더 생각할 여유도 없이 서대목 선생의 의견에 대답을 해야 했다.

"방금 전에도 임지홍의 그림은 자아가 표현되지 못한 판에 박힌 그림이라고 설명드렸지만, 다시 한 번 보충 설명을 드리겠습니다. 서 선생님께서 칭찬하시는 임지홍의 우수한 점은 모두 '비슷하다'라는 한마디로 추려지는 것 같습니다. 아이들에게는 아이들만이 볼 수 있는 눈이 있기에 느끼는 것을 그대로 그리면 그만입니다. 어떤 식으로 표현하든 그냥 하는 대로 내버려 두면 훌륭한 그림이 됩니다. 사물의 생긴 모양과 비슷하고 안 하고는 사실 별로 중요한 문제는 아닙니다.

솔직히 전 아이들에게 사물과 비슷한 것을 그리려면 사진기로 찍으면 그만일 뿐 그림을 그릴 필요가 없다고 가르치고 있습니다."

곽운천의 말이 채 끝나기도 전에 서대목이 벌떡 일어나 말했다.

"곽 선생님 말에 저 개인적으로는 동의할 수 없습니다. 사진의 비슷함과 그림의 비슷함이 어찌 같을 수 있겠습니까? 사진기로 찍은 사물이야 그저 닮은 것에 지나지 않지만 그림으로 그렸을 때는 비슷함 말고도 아름다움이라는 것이 포함되어 있습니다. 사물과 닮지도 않은 그림을 도대체 뭐에 쓴다는 말입니까? 자고로 미술(美術)이란 아름다움을 추구하는 예술이 아니겠습니까? 형상과 비슷한 그림일수록 보는 사람이 뭘 그렸는지를 잘 알 수 있고, 뭘 그렸는지를 알아야 아름다움도 느낄 수 있는 것이 아니겠습니까? 아름다움이야말로 미술의 생명과도 같은 것이지요. 사물을 보는 어린아이들의 눈이 어른과 다를 게 뭐가 있습니까? 빨간색은 빨간색이고, 파란색은 파란색이지 달리 보일 게 뭐가 있겠습니까? 고아명이 그린 이 그림들은 도대체 뭘 그렸는지도 모르겠고, 그걸 모르니 무슨 아름다움을 느낄 수가 있어야지요!"

이어 곽운천이 다시 일어서서 말했다.

"서 선생님의 말씀 가운데 아름다움이 예술의 생명이라는 말은 분명 옳은 말입니다. 하지만 아름다움이 도대체 무엇입니까? 이것은 대단히 추상적인 개념으로 저 자신조차 명확하게 말씀드리기가 어렵습니다. 하지만 예를 들어 어떤 한 여인을 두고 누군가는 매우 아름답다고 말하고, 또 다른 이는 못생겼다고 말합니다. 바로, 보는 이의 관점에 따라 그 결과 또한 완전히 달라지는 것을 말해 주는 것입니다. 저는 아동 회화에 대한 평가는, 보이는 것을 어떻게 표현했으며 자신의 주장이 얼마나 실려 있는지를 보고 이뤄져야 한다고 믿습니다. 어린이가 자신의 주장을 가진 후에, 그것을 자신만의 독특한 방식으로 표현해야만 좋은 작품이라 할 수 있는 것이지요. 단지 비슷하다는 그 자체만으로 평가하는 것은 적절한 기준이 아닐 뿐더러 매우 불합리하다고 생각합니다."

"그럼 그림 자체로만 따져 보죠. 저는 고아명의 그림들에 도대체 무슨 힘이나 주장 아니면 자아가 실려 있는지 알아볼 수 없습니다. 색깔도 너무 복잡해서 꼭 앞도 제대로 못 보는 아이가 아무렇게나 크레파스를 집어 들고 멋대로 칠해 놓은 것 같은 느낌입니다. 게다가 완성된 선들도 울퉁불퉁하고 들쑥날쑥한 게 균일감도 전혀 없으니 부자연스러움의 극치 아닐까요?"

"그것은 고아명이 느낀 그대로를 제대로 표현한 데서 온 것으로, 바로 그 점 때문에 고아명의 그림을 자신의 주장이나 자아를 표현해 낸 가치 있는 예술 작품이라고 할 수 있는 것입니다. 어린이들이 관심을 가진 대상물에 살을 붙여 생생하게 표현하고 세심하게 그리다 보면, 나머지 부분들에는 소홀해져 별 중요한 의미를 부여하지 못하게 되는 것이지요. 전 서 선생님이 부자연스럽다고 한 그 부분이 사실은 자연스러움의 정수이자 자신만의 표현 방식을 그대로 드러낸 창작 그 자체라고 생각합니다. 자신의 느낌을 표현하지 않고 형식에 얽매여 사물을 그대로 베끼는 그림은 창작이라 할 수 없습니다. 물론

예술이라 할 수도 없고요. 이런 점만 보아도 임지홍의 그림은 사물을
잘 베낀 작품이지만 창작이 아니라는 것을 잘 알 수 있습니다."

"저처럼 전문 미술 교육을 받지 못하고 그저 취미로 그림을 그린
사람이 곽 선생님의 이론을 이길 수야 있겠습니까만, 사실 우리 앞에
있는 고아명의 그림은 서너 살 먹은 어린아이가 그린 그림과 다르지
않은 것 같습니다. 여기 이 인물화만 해도 머리는 크고 손발이 상대
적으로 작은 데다 표정 없는 얼굴…… 모든 게 세 살짜리 아이가 그
린 그림처럼 유치하지 않습니까? 이런 아이를 3학년 대표로 내보낸
다는 게 말이 된다고 생각하십니까?"

"서너 살짜리의 눈으로 사물을 볼 수 있다는 것 자체가 고아명 학
생에게 특별한 관찰 능력이 있음을 보여 주는 것입니다. 서양의 유명
한 화가들도……"

"뭐, 서양의 유명 화가들까지 들먹일 필요가 있겠습니까? 서너 살
짜리의 눈이라면 그게 어디 유치원생 수준이지 3학년 수준입니까?
우리는 지금 3학년 대표를 뽑는 것이지 유치원 대표를 뽑는 게 아니
지 않습니까?"

이때 교장이 곽운천의 다음 말을 가로막으며 나섰다.

"이 두 학생 문제는 확실히 좀 까다로운 것 같군요. 두 분 선생님
께서 그렇게 말다툼을 계속하다가는 시간이 아무리 지나도 결말이
나지 않을 것 같습니다. 두 분의 의견은 지금껏 잘 들었고, 모두 일
리가 있는 말씀이라고 생각합니다. 이제 다른 선생님의 의견을 좀 들
어 보는 것이 어떻겠습니까? 혹시 좀 더 좋은 의견이 나올지 누가 알

겠습니까? 이게, 이 주임의 생각은 어떻습니까?"

이금삼이 여위고 길다란 몸을 소파 위에서 잠시 흔들다 마지못한 듯이 일어섰다.

"두 분 선생님의 말씀 모두 일리가 있는 데다 존경할 만한 고견이라고 생각합니다. 저 같은 문외한은 생각지도 못할 의견으로, 솔직히 전 이렇다 할 의견도 없을 뿐만 아니라 이런 상황에서는 그냥 잠자코 있는 것이 현명하다고 생각합니다. 하지만 굳이 제 의견을 내놓자면서 선생님의 말이 꽤 합리적이라고 생각합니다. 아무래도 보고 이해가 가는 그림이 낫지 고아명의 그림처럼 보고도 뭘 그린 건지 이해가 안 간다면 솔직히 정말 곽 선생님이 말한 그런 가치가 있는지조차 의심이 드는 것이 사실입니다. 그래서 임지홍 학생을 3학년 대표로 선발하는 것이 합당한 일이 아닐까 생각하는 바입니다. 다만 한 가지 말씀드리고 싶은 것은 곽 선생님과는 제가 별로 안 친하고 서 선생님과는 오래 동료로 지냈기에 서 선생님 편을 드는 것이 아니라는 점입니다. 특히 곽 선생님의 양해를 부탁드리겠습니다."

이금삼이 오랜 교사 경험을 지닌 선생임은 분명했다. 완곡한 그의 말투에 다른 선생님들 모두 자신도 모르게 고개를 끄덕이고 있었다.

교장이 다시 다른 선생들의 의견을 수렴해 보았지만 별다른 의견이 나오지 않았다. 하지만 세 명이 서 선생의 의견에 찬성한 반면 곽운천을 지지하는 선생은 아무도 없었다.

결정을 앞두고 교장의 얼굴에 곤혹감이 서렸다. 콧수염을 더듬으며 잠시 생각에 잠겨 있던 교장이 마침내 결정한 듯 입을 열었다.

"이게, 나야 누가 되어도 별로 상관없지만 서 선생님의 의견에 찬성하는 선생님이 더 많으니 아무래도 3학년 대표로 임지홍 학생이 나가는 게 좋겠습니다. 물론 임지홍 학생의 그림이 아직 부족한 게 많지만 곽 선생님이 지금까지 지도를 해 주셨으니 좋은 성적을 거두리라 믿습니다. 만약 좋은 성적을 거두게 되면 그게 모두 곽 선생님의 공이 아니겠습니까? 그러니……."

"교장 선생님! 무례하다고 욕을 하셔도 잠시 할 말을 해야 할 것 같습니다."

곽운천이 참지 못하고 자리에서 벌떡 일어서며 교장의 말을 막았다.

교장이 손을 뻗어 그만 하라는 손짓을 했지만 곽운천은 계속 자신의 말을 이어갔다.

"제가 무슨 공치사나 들으려고 이러는 게 아닙니다. 이번 대회에서 1등을 할 수 있는 학생이 있다면 오직 고아명밖에는 없습니다. 임지홍은 절대 1등을 하지 못할 것입니다. 그 점은 제가 장담할 수 있습니다. 제발 교장 선생님을 비롯해 여러 선생님들께서 다시 한 번 심사숙고해 주시기를 간절히 부탁드립니다."

"어허, 이게……."

교장이 선뜻 결정을 하지 못하고 다시 말했다.

"고아명이 대표로 나가면 분명히 1등을 할 수 있다 이 말입니까?"

곽운천이 자신 있게 대답했다.

"그렇습니다! 학교의 명예가 가장 앞서야 하는 만큼, 고아명 학생이 1등을 할 수 있다면 생각을 다시 해 봐야 하지 않겠습니까?"

말이 끝나자 교장은 다시 한 번 선생들을 훑어보았다.

"교장 선생님!"

서대목이 입가에 엷은 웃음을 지으며 말했다.

"해마다 전국 미술 대회에 참여해 본 경험에 비추어 미술 대회에 대한 일이라면 누구보다 자신 있게 말씀드릴 수 있습니다. 솔직히 우리 학교의 미술 교육이 제대로 이루어지지 못한 것이 사실이고 학생들 수준 또한 그렇고 그런 수준에 지나지 않습니다. 각 학급의 미술 수업 시간만 봐도 몇몇 선생님들은 아예 그 시간에 국어나 수학 등의 보충 수업을 실시하고 있는 형편이 아닙니까? 겨우 대회 날짜가 다가와서야 발등의 불을 끄는 식이었으니 다른 학생들과 겨룰 수 있는 제대로 된 그림을 그릴 수가 없었지요. 올해의 상황도 예외는 아닙니다. 비록 전문 교육을 받으신 능력 있는 곽 선생님을 모시고 학생들을 지도했다고는 해도 시간이 워낙 촉박해서 교육 성과를 크게 기대하기란 어려운 상황이 아니겠습니까? 우리 학생들의 실력을 얕봐서가 아니라 실제 상황이 이러한 이상 누가 대회에 나간다 해도 기대할 만한 성과를 거두기란 어렵다고 봅니다."

이 말에 교장을 비롯한 모든 교사들이 동감의 뜻으로 연방 고개를 끄덕였다. 오직 곽운천의 얼굴에만 초조함과 고통의 빛이 감돌 뿐이었다.

"하지만 지금 서 선생님은 천재 소년을 제대로 보지 못하고 계신 겁니다."

곽운천이 다시 입을 열었다.

"천재는 가르쳐서 되는 게 아닙니다. 그들에게는 유난히 민감한 감각이 있어 스스로 문을 찾아 자신을 표현하곤 합니다. 고아명이 바로 그런 천재입니다. 미술 지도를 시작한 첫날부터 설명을 하기도 전에 일식과 월식에 관한 훌륭한 그림을 그려 냈습니다. 만약 작년에 학교 대표로 나갔다면 1등을 했을 것이라고 자신합니다."

"그 말 참 듣기 거북합니다. 도대체 무슨 근거로 그런 말씀을 하시는 겁니까? 그럼 작년에 대표를 선발한 교장 선생님과 우리 교사 모두가 눈이 멀어 그 아이를 대표로 뽑지 않았다는 말씀입니까? 지금 일부러 저희를 모욕하는 겁니까, 뭡니까?"

키가 작고 뚱뚱한 서대목의 몸이 가늘게 떨리고 있는 것이, 흥분해서 폭발하려는 화를 억지로 참고 있는 듯했다.

곽운천이 다시 일어나 뭔가 말하려는 순간 교장이 손을 뻗어 그를 말리며 말했다.

"그만, 그만두십시오. 더 길게 논쟁을 하다가는 말만 거칠어지겠습니다. 이 문제는 여러 선생님들의 의견에 따라 임지홍 학생을 대표로 선발하는 것으로 매듭짓겠습니다. 곽 선생님은 이해하시고 시간이 많지 않으니 다음 학년을 순서대로 진행해 주시지요."

곽운천은 이미 대세가 기운 것을 보고 가슴 가득 차오르는 울분을 참으며 고학년 대표를 설명하고 순조롭게 대표를 선정했다.

회의를 마치자 이미 퇴근 시간이 훌쩍 넘어 있었다. 회의에 참석한 선생들이 모두 나간 뒤 그 자리에는 곽운천만이 홀로 남아 있었다.

침착하게 보이려 애쓰며 그림들을 챙긴 곽운천은 선생들이 사라지자 손길을 멈추고 풀썩 자리에 앉았다. 고아명의 웃는 얼굴과 작고 건강한 모습이 그의 뇌리를 스치고 지나갔다. 이어 임지홍의 창백한 얼굴이 떠올랐다.

옆방 교무실에서 이따금씩 사람 소리가 들려왔다. 하나 둘씩 선생들이 퇴근을 한 뒤, 사방이 적막한 고요 속에 묻히자 곽운천은 격분했던 마음을 가라앉히고 차츰 안정을 찾았다.

"곽 선생님!"

교장이 막 퇴근을 하려다 그를 불렀다.

"늦었으니 이제 그만 퇴근하시죠."

"예, 알겠습니다."

"오늘 일은 참 미안하고 유감입니다. 교장으로서 겪는 고충도 좀 이해해 주세요."

"별말씀을 다 하시네요. 전 다만 학교를 위해 그런 것인데 애석할 뿐입니다."

"그렇게 말씀해 주시니 고맙습니다. 이게, 짧은 기간 일을 해 주시고도 학교를 생각해 주시니 고마울 따름입니다. 그럼 갈 테니 내일 봅시다."

"안녕히 가십시오."

곽운천은 마음에 평정을 찾아가고 있었다. 마음속에 얽힌 부유물들이 모두 바닥에 가라앉은 듯 깨끗하고 맑게 변해 갔다.

그는 서 선생과 이 선생의 영향력이 얼마나 큰지를 이번 기회로 실감했다. 교장뿐만 아니라 선생들에게도 큰 영향력을 행사하는 게 분명했다. 이런 환경에서 교장 직분을 수행하기가 수월할 리 만무했다.

오래 전부터 교장이 곧 퇴임을 할 것이라는 소문이 떠돌았다. 소문에서 어떤 사람은 교장이 나이 들고 몸이 아파서 더는 교장 직분을 수행하기 어려울 것이라고 했다. 60세가 넘은 데다 건강하지도 못하니 퇴임을 하는 것이 당연한 것처럼 보였지만, 더욱 중요하게는 주변 사람들의 압력으로 인한 절망감 때문이라고 여겨졌다. 워낙 성품이 나약했기에 스스로 퇴임을 결정하는 것이 가장 현명한 선택이었을 것이다.

옹수자가 이 선생과 서 선생이 유력 인사를 찾아다니며 그들과의 관계 유지에 힘쓴다고 한 말이 근거 없는 말이 아니었다. 둘이 연합 전선을 구축하고 있는 것이 분명했다. 서대목이 고아명을 극구 반대하면서 임지홍을 밀고, 이금삼이 그 말을 은근슬쩍 지지한 것에는 모두 그만한 그들만의 뜻이 담겨 있으리라고 생각됐다. 다시 말해 사회라는 틀에 소속된 구성원 사이에 피할 수 없는 암투가 방금 전에 자신 앞에서 벌어졌던 것이 분명했다. 이런 생각이 들자 갑자기 머리가 더욱 맑아지는 느낌이었다.

하지만 이런 깨달음은 곽운천 개인에 관한 일에 지나지 않았다. 그가 걱정하고 관심을 두고 있는 문제는 아무런 해결도 보지 못했다. 도대체 고아명에게 무슨 말을 어떻게 해 주어야 할까? 지난 20여 일 동안 미술 지도를 받으며 고아명은 자신이 학교를 대표해 미술 대회에 나갈 거라는 데 어느 정도 확신이 있었다. 그런 고아명에게 이런 갑작스런 결과를 뭐라 설명하며 알려 준다는 말인가? 자신의 생각에서 너무나 벗어난 결정이었다.

이번 일로 고아명은 그야말로 참담한 충격을 받을 것이다. 그 여리고 단순한 어린 영혼은 누구보다 쉽게 충격을 받을 게 뻔했다. 설득한다 해도 만일 조금이라도 잘못 해결을 하는 날에는 돌이킬 수 없는 결과를 맞을지도 모른다.

한 걸음 물러나서 생각해 보자! 고아명이 이번 충격을 생각보다 쉽게 이겨낸다고 해도 아무것도 없는 황무지에 저런 천재를 꽃도 피워 보지 못한 채 그냥 말라 죽도록 내팽개쳐 둘 것인가? 이 문제를 두고 곽운천과 고아명 둘 다 내일, 내년이란 말로 미래를 약속할 수 있는 처지가 아니었다. 자신은 임시 선생으로 곧 떠날 몸이 아닌가? 그럼 내년은? 과연 누가 고아명을 지원해 줄 것인가?

곽운천의 눈에 고아명이 답답한 환경의 족쇄를 차고 싹을 틔워 보지도 못한 채 가난한 농부로 살아가는 모습이 보이는 듯했다. 고아명은 왜 임지홍 같은 가정에서 태어나지 못한 것일까? 하늘은 천재를 만들어 놓고 왜 그 능력을 발휘할 기회조차 주지 않는 것일까? 이런저런 생각에 곽운천은 자신도 모르게 가슴 깊은 곳에서 밀려오는 비애를 느꼈다. 한참을 잊고 지냈던 상심과 우울이 이때를 틈타 다시 고개를 디밀고 곽운천의 영혼을 송두리째 뒤흔들었다.

됐다, 그만두자. 곽운천이 긴 한숨을 토해 냈다. 임시 교사인 내게 무슨 방법이 있겠는가? 아직 학교도 채 마치지 못한 대학생이 무슨 힘이 있어 그 아이를 돕는다는 말인가?

서둘러 그림을 정리하는 그의 손에 공교롭게도 고아명의 그림이 맨 위에 놓여 있었다. 뿔이 유난히 큰 물소 그림으로, 물소가 도화지의 3분의 1이나 차지하고 있었다. 왼쪽 모서리의 소를 몰고 가는 목동은 한쪽 뿔의 크기보다도 훨씬 작은 모양으로 소뿔의 위력이 얼마나 무시무시한지를 잘 표현하고 있었다. 불균형을 이루고 있는 그림이었지만 그림을 통해 작가가 주장하는 바가 잘 나타나 있었으며, 사용된 원색들은 보는 이의 심금을 뒤흔들었다.

"이것은 분명 마티스의 작풍인데……."

곽운천이 나지막이 혼자 중얼거렸다. 그는 다시 생각에 잠겼다. 정말 이 천재 아이의 재능을 살려 줄 방법이 없을까? 이 년 후라……, 이 년 후에는 내가 졸업을 하고, 졸업을 하면 안정된 직업을 얻을 수 있겠지. 그때 나름대로 힘이 생기면 이곳으로 다시 돌아와 아직 6학년인 고아명을 일 년 동안 가르칠 수 있지 않을까?

그래, 맞아! 그 애의 자신감을 살려 두어야 한다! 임설분 선생은 분명 날 지지해 줄 것이다. 수많은 선생들 가운데 유일한 지음이자 지지자가 아니었던가? 게다가 지금 고아명의 담임을 맡고 있으니 앞으로 이 년 동안 고아명 곁에서 늘 격려와 애정을 아끼지 않고 돌봐 줄 수 있을 것이다. 그렇게만 된다면…….

곽운천은 온몸을 휘감으며 고개를 드는 우울을 애써 억누르고 있었다.

아주 맑고 여름의 기운마저 감도는 일요일.

농부에게 일요일이 무슨 의미가 있겠는가마는 몇몇 농부들에게 일요일은 나름대로 좋은 점이 있었다. 아이들이 학교에 가지 않고 집에서 일을 도와줄 수 있는 날이 일요일이었다. 고석송이 바로 그런 농부 가운데 한 명이었다. 고석송은 2, 3일 전부터 차밭에 벌레가 많이 생겨 초조하기 이를 데 없었다.

작은 푸른색 벌레들이 속수무책으로 그의 작은 차밭을 마구 짓밟고 있었다. 눈에 잘 띄지 않는 작은 벌레들이 마치 정교하게 만들어진 기계처럼 쉴새없이 자신보다 몸집이 훨씬 더 큰 찻잎을 먹어치우자, 찻잎은 삽시간에 중간의 앙상한 잎맥만 남아 있었다.

더욱 골치 아픈 것은 이 벌레들이 군집 생활을 안 하고 차나무 여기저기에 붙어 서너 마리씩만 번식하면서 자신들의 가장 큰 적인 농약을 피해 가고 있다는 사실이었다. 설상가상으로 거미줄 같은 실을 뿜어 내어 잎사귀를 돌돌 말아 원통형으로 만든 다음, 다른 실을 이용해 다른 잎을 사방에서 끌어 모아 사람들 눈에 띄지 않게 몸을 숨겼다. 수십 마리씩 떼를 지어 짙은 갈색 몸을 그대로 드러낸 채 찻잎을 갉아 먹던 다른 차 벌레보다 훨씬 더 교활한 벌레들이었다.

고석송은 사흘 내내 계속해서 벌레를 잡았지만 아직 반 정도밖에 잡지 못했다. 예전에는 볼 수 없던 벌레들이었다. 재작년에 처음 발견했을 때만 해도 몇 마리 되지 않는 데다 별 피해가 없어 달리 주의를 기울이지 않았는데, 올해 갑자기 많아지면서 아주 심한 해를 입히고 있었다. 고석송은 이런 벌레를 전문으로 없애는 신약이 나온 것을 알고 있었지만 워낙 비싼 약값도 약값이려니와 살포할 분무기를 살 돈도 없었기 때문에 그저 손으로 하루 종일 잡는 수밖에 없었다.

고석송은 학교에 가는 두 아이를 보며, 한 이틀 학교에 나가지 말고 벌레 잡는 일을 도우라고 말하고 싶었다. 아이들이야말로 자신을 도울 유일한 일손이었다. 얄밉고 원망스러운 벌레들이 자신의 수입을 하루에 도대체 얼마나 갉아먹는지 생각하면 생각할수록 속이 쓰리고 애간장이 녹았지만, 그는 그 마음을 참고 토요일이 되기만을 기다렸다.

토요일 저녁 고석송은 두 아이에게 자신을 도와 내일 하루 벌레를 잡으라고 했다. 벌레 잡는 데는 별다른 힘이 필요 없었다. 그저 돌돌 말린 원통형 잎을 엄지손가락과 집게손가락으로 지그시 짓눌러 벌레를 터트리면 그만이었다. 고석송은 셋이 하루 종일 벌레를 잡으면 일이 다 끝날 것이라고 생각했다.

아침을 먹은 뒤 고석송은 바로 차밭으로 갔다. 원래 아명을 먼저 데리고 가고, 차매에게는 엄마를 도와 집안일을 한 뒤에 오라고 할 생각이었다. 하지만 차밭에 나가 봐야 할 시간인데도 아명이 어디로 갔는지 보이지 않자, 고석송은 화장실에 갔으려니 생각하고 아내와 차매에게 아명이 돌아오는 대로 차밭으로 보내라고 신신당부를 한 뒤 먼저 집을 나섰다.

차매는 돼지 먹이를 주고 엄마가 시킨 일을 마쳤지만 당장 아명을 찾아 나서지 못했다. 차매는 아명의 심정이 지금 어떨지를 누구보다 잘 알고 있었다. 아명이 화장실에 간 게 아니라 어느 구석에선가 상처받은 마음과 실망을 삼키고 있다는 것을 잘 알고 있었다.

임설분 선생이 어제 수업을 마치고 집으로 가는 차매를 불러 아명이 이번 미술 대회에 참가할 수 없게 되었다는 말을 전하며 동생을 잘 위로해 주라고 당부했다. 그 소리를 듣고 차매는 마음이 너무 아파 그 자리에서 눈물을 터트릴 뻔했다. 마음을 가다듬고 동생을 여기 저기 찾아보다 한참 후에 운동장 구석 진달래 숲 뒤에서 동생을 찾았다. 한참 동안 그곳에 앉아 운 것을 금세 알 수 있었다. 보통 때 그 명랑하고 활달하던 개구쟁이의 붉게 충혈된 눈에는 어두운 그림자가 가득 차 있었다.

요즘 들어 차매는 동생 아명이 그림을 아주 잘 그린다는 말에 한참 신이 나 있었다. 들뜬 마음으로 미술 대회날이 빨리 다가오기만을 기다렸다. 차매는 곽운천이 한 말을 굳게 믿고 있었다. '고아명이 1등을 할 거야!' 1등! 현의 1등이었다. 정말 신나고 대단한 일이 아닌가? 학교에 입학하고 육 년 동안, 현에서 여는 많은 대회에서 자신의 학교 학생이 1등을 한 적은 단 한 번도 없었다.

희미하게나마 몇 년 전 흰 5학년 학생이 현에서 열린 웅변 대회에 나가 준우승을 한 게 기억났다. 그때 전교생은 물론 선생님들까지 만세를 부르며 기뻐하는 가운데 그 학생은 영웅 대접을 받았다. 국기가 게양되면서 학생들의 열렬한 박수까지 받지 않았던가!

차매는 기대가 컸던 만큼 임설분의 말을 듣고 나서 밀려오는 실망도 말할 수 없이 컸다. 차매는 동생 아명이 얼마나 실망했을지 상상조차 할 수 없었다. 불쌍한 동생의 모습을 보며 차매는 이내 눈물을 흘렸다.

임설분 선생은 차매에게, 비록 올해는 미술 대회에 참가하지 못하지만 내년에도 기회가 있는 데다, 이 년 후 곽 선생님이 사범 대학을 졸업하고 고향의 중학교에서 교편 생활을 시작하면 그때 다시 아명에게 미술을 가르쳐 줄 것이니, 절대 실망하지 말라는 말을 아명에게 전해 달라고 부탁했다. 눈물을 흘리며 몇 번이고 되풀이해서 동생에게 이 말을 전해 주었지만 아명은 정신이 나간 사람처럼 멍한 눈빛으로 한 마디도 하지 않았다. 한참 후에야 거의 억지로 끌다시피 해서 집으로 아명을 데려올 수 있었다.

하지만 아버지에게 이 일은 대수롭지 않은 일이었다. 그의 관심사는 오로지 벌레 잡는 일뿐이었다. 심지어 아명에게 아무리 봐도 뭘 그렸는지 도무지 알 수 없는 그림이 무슨 그림이냐며 그 실력에 대표가 되길 바란 게 더 이상하다고 핀잔까지 주었다.

차매가 나서서 곽 선생이 얼마나 아명의 그림을 칭찬해 주었는지, 임 선생이 어떤 약속을 했는지 열심히 아버지에게 설명했지만, 아버지는 믿기지 않는다는 듯한 웃음을 지으며 아명이 천재라는 사실을 인정하지 않았다. 저녁에 잠자리에 든 차매는 가슴이 너무 아파 내내 눈물을 흘렸다.

지금, 차매는 동생한테 차밭으로 나가 벌레를 잡아야 한다는 말을 차마 할 수 없었다. 이런 때라면 동생을 좀 더 위로해 주고, 어제 밤새도록 잠 못 이루며 울었을 동생이 혼자서 하루 정도는 푹 쉬며 마음을 달랠 수 있게 해 주고 싶었다. 하지만 그냥 그대로 아명을 혼자 있게 놔둘 수도 없는 노릇이었다. 아버지 말이 사실이라면 벌레들이 지금 자신들이 먹고 입을 거리를 다 먹어치우고 있는 상황인데 손놓

고 나 몰라라 할 수는 없었다. 게다가 아버지의 불같은 성미를 생각
하면 동생이 가서 일을 돕지 않는 날에는 무슨 일이 생길지 모를 판
이었다.

온 집안과 화장실까지 다 뒤지고 차매는 뒷문으로 나가 아명을 찾
았다. 마침 집 뒤편 대나무 숲에 아명이 고개를 떨어뜨린 채 앉아 있
는 것이 보였다. 차매는 감히 소리 내어 아명을 부르지 못하고 살금
살금 아명의 뒤쪽으로 다가갔다. 도대체 어디에 정신이 팔린 것인지,
아니면 자신의 생각에 너무 몰두한 탓인지 아명은 차매가 다가오며
내는 대나무 잎의 사각거리는 소리를 전혀 듣지 못한 듯했다.

차매가 어깨 너머로 아명을 내려다보니 아명은 크레파스를 통에서
꺼내 하나하나 부러뜨리고 있었다. 크레파스의 머리 부분부터 아래
까지 잘게 잘라 내고 있었다. 바닥에 수북이 쌓인 말라빠진 낙엽 위
에 잘게 부서진 크레파스 조각들이 작은 언덕을 이루었다.

차내가 놀라 소리를 질렀다.

"아명아! 도대체 이게 무슨 짓이야?"

아명에게서 얼른 크레파스 통을 빼앗아 들여다보니 겨우 네 개밖
에 남아 있지 않았다.

차매는 그 크레파스가 며칠 전 곽 선생이 아명에게 선물한 것임을
기억했다. 그것을 받아 온 아명이 얼마나 기뻐했는지는 이루 말할 수
없었다. 아명은 새 크레파스를 하나하나 꺼내 이리저리 살펴보며 아
까운 듯 종이 위에 살살 색칠을 하면서 크레파스의 색을 살펴봤다.
아명은 크레파스의 색깔 하나하나가 마음에 꼭 든다며 세상에 이보

다 예쁜 색깔은 없을 거라고 몇 번이고 신이 나서 떠들었다.

"돌려줘! 이리 내란 말이야!"

아명이 누나에게 신경질을 내며 소리쳤다.

"안 돼! 이게 누가 선물한 건데 이렇게 함부로 잘라 버리는 거야? 너 어떻게 이럴 수가 있니?"

"누나가 상관할 일 아니니까 이리 내, 이리 내란 말이야!"

아명이 손을 뻗어 빼앗으려고 했다.

"안 돼! 절대로 못 줘!"

차매가 크레파스를 등 뒤로 감추자 아명이 갑자기 차매에게 달려들었다. 크레파스를 빼앗지 못한 아명이 누나를 있는 힘껏 때렸지만 차매는 피하지도 같이 때리지도 않았다. 있는 힘을 다해 자신에게 주먹질을 하는 동생에게 몸을 맡긴 채 가슴 아픈 눈물을 흘렸다.

"누나 나빠! 나쁘단 말이야! 아앙!"

아명이 차매를 때리며 큰 소리로 울기 시작했다.

차매는 어떠한 고통도 느낄 수 없었다. 그냥 가슴이 찢어지는 것만 같았다. 크레파스를 배에 감춰 쥐고 그 자리에 털썩 주저앉아 아명의 주먹에 몸을 맡겼다. 그래, 때리고 싶으면 네 마음이 풀릴 때까지 때려! 네가 날 때린 뒤에 다시 이 크레파스로 그림을 그리기만 한다면 맞아 죽는대도 상관없어! 차매는 마음속으로 계속해서 이 말만 되풀이했다.

이때 엄마가 무슨 소리를 들었는지 부엌에서 달려 나왔다.

"아명, 너 그만두지 못해! 누나한테 이게 무슨 짓이야?"

아명은 아무 말도 들리지 않는 듯했다. 주먹으로 차매의 등을 계속해서 내리치자 엄마가 아명을 차매에게서 떼어 내었다. 그때까지도 울며불며 소리를 지르며 발버둥을 쳤다. 한쪽에 수북이 쌓인 크레파스 조각을 본 엄마가 놀라 외쳤다.

"아니, 이런……. 누가 이랬어? 도대체 누가 이렇게 조각을 냈어? 아명이, 네가 그랬지, 그렇지?"

화가 치솟은 엄마가 아명의 고개를 들어 올리며 물었다.

"너지? 네가 그랬지?"

아무런 대답이 없던 아명이 몸부림을 멈추자 엄마가 아명의 한쪽 손을 끌고 문 쪽으로 데려가더니 땅바닥에서 대나무 가지를 들어 때리기 시작했다.

그것을 본 차매가 쏜살같이 달려가 아명의 몸을 감싸며 외쳤다.

"엄마, 제가 그랬어요! 그러니까 때리지 마세요!"

"뭐, 니가? 흥! 나더러 지금 그 말을 믿으라는 거냐? 너 이 녀석, 잘 들어! 아버지가 돌아오시면 내 다 이를 테니 혼날 줄 알고 있어!"

말을 마친 엄마가 회초리를 땅바닥에 휙 내던지고는 화가 덜 풀린 모습으로 들어가자 차매가 아명을 끌어안으며 말했다.

"아명아, 울지 말고 누나 말을 잘 들어 봐."

차매가 아명의 얼굴을 들어 올리고는 자신의 옷소매로 정성스레 눈물을 닦아 주며 말했다.

"아명아, 울지 마. 누나 때린 것도 괜찮으니까 내가 하는 말 잘 들어 봐."

차매는 아명의 손을 잡고 아까 아명이 앉아 있던 대나무 숲으로 데리고 들어갔다. 아명은 울음은 그쳤지만 어깨를 들썩이며 흐느끼면서 더는 반항하지 않고 순순히 차매가 이끄는 대로 걸어갔다. 차매가 바닥에 쌓인 크레파스 조각을 주우며 말했다.

"아명아, 이러면 못써. 넌 누가 뭐래도 천재야. 나중에 틀림없이 아주 유명한 화가가 될 거야. 그런 사람이 이깟 대회에 한 번 못 나가는 게 뭐가 그렇게 대수야?"

이미 차매가 여러 차례에 걸쳐 아명에게 한 말이었다. 곽 선생님과 임 선생님도 분명 아명에게 이렇게 말했으리라. 차매는 다시 한 번 이야기했다. 지금 동생을 앞에 두고 자신의 온 마음과 정성을 다하는 차매의 심정은 신 앞에 정성스레 무릎 꿇고 간절히 기도하는 마음과 전혀 다를 바가 없었다.

크레파스 조각을 다 주웠을 때쯤 아명의 흐느낌도 어느새 사그라들었다. 차매가 다시 말했다.

"빨리 차밭으로 가자. 이 크레파스는 누나가 주워서 잘 가지고 있을게. 누나는 나중에 네가 이것들을 다시 찾을 거라는 걸 잘 알고 있어. 앞으로 시간 있을 때마다 같이 그림 그리러 가자. 넌 누나보다 아주 강한 아이잖니."

아명은 한마디 대꾸도 없이 차매의 손에 이끌려 차밭으로 갔다.

고석송과 두 아이는 오후가 되어서야 겨우 밥을 먹고 다시 차밭으로 걸음을 옮겼다.

뜨겁게 타오르는 햇볕이 머리 위에 쏟아지고, 차밭의 진흙이 뜨겁게 달아올랐다. 차나무는 숨이 막힐 정도로 뜨거운 열기를 내뿜고 있었다. 대만의 여름은 빨리 시작되었고, 산 위 차밭에는 한여름 더위가 성큼 다가와 있었다.

봄에 나는 차는 이미 다 수확을 한 뒤였고, 여름에 나는 차는 아직 수확 전이라 차밭은 적막했다. 비둘기가 '구구구구, 구구구구, 구구' 하고 우는 소리가 늘어지게 들려오고, 저 멀리서 매미 소리가 간간이 귓가를 때리곤 했다. 모든 것이 날씨가 덥다고 호소하는 듯 들렸다.

차매는 손이 빠르고 부지런한 꼬마 아가씨로 불렸다. 인근 마을 사람들이 모두 차매가 착한 아이라고 칭찬하면서 앞으로 훌륭한 아가씨가 될 것이라고들 했다. 많은 사람들이 차매가 이미 다 큰 아가씨 몫을 훌륭히 해내고 있다고 생각했다.

오늘 차매는 어느 때보다 더 열심히 일했다. 차매가 바쁘게 움직이는 눈빛과 두 손만 보고도 사람들이 왜 그렇게 말하는지 알 수 있었다. 하지만 차매는 잠시 손을 멈추고 동생의 동정을 살폈다.

차매가 벌레를 잡으며 간간이 아명을 볼 때마다 아명은 항상 고개를 푹 수그린 채 일에만 열중하고 있었다. 여기저기를 둘러보며 일에는 도통 관심 없던 보통 때 모습과는 영 딴판이었다. 게다가 입을 꾹 다문 채 차매가 무슨 말을 붙여도 한마디 대꾸도 하지 않았다. 차매는 동생이 도대체 무슨 생각을 하고 있는지 도무지 알 수가 없었다. 아무튼 보통 때와는 너무나도 다른 낯선 모습이었다.

점심밥을 먹으러 갔을 때도 아명은 입을 꾹 다문 채 한마디도 하지 않았다. 아침밥도 먹는 둥 마는 둥 하더니 점심밥에도 거의 손을 대지 않았다. 차매는 동생의 마음을 이해할 것 같으면서도 무슨 생각을 하고 있는지 가늠조차 할 수 없었다. 차매는 동생을 생각하면 그저 마음이 아프고 안타까울 뿐이었다. 아명이 점심에 거의 손을 대지 않는 것을 보고 차매 또한 밥을 먹지 못했다.

점심때 엄마가 아버지에게 아명이 차매를 때린 일과 크레파스를 부러뜨린 일을 다 말했는데도 아버지가 별다른 호통을 치지 않아 차매는 그나마 안심했다. 차매는 속으로 아버지가 동생을 호되게 때리는 것이 아닌가 하고 조마조마했던 것이다.

"부러뜨렸으면 할 수 없지, 뭐. 그림 나부랭이나 그린다고 밥이 생기는 것도 아니고……."

이것이 아버지가 보인 반응의 전부였다.

아버지는 차밭 끝에서 벌레를 잡고 있었다. 차밭 끝에서 조금만 벗어나면 마을로 가는 길이 있었다. 우마차와 간혹 자전거를 탄 사람들이 지나는 길이었다. 아버지와는 제법 떨어진 곳에서 벌레를 잡던 차매와 아명이 잡던 줄의 벌레를 다 잡고 막 다른 줄로 옮기려 할 때, 누군가 자전거를 타고 차밭 가까이 다가와 자전거에서 내리는 게 보였다. 거리가 멀어 누군지 확실히 알 수는 없었지만 이런 시간에 누가 아버지를 찾아오는 일은 드물었다. 차매가 얼른 일손을 멈추고 누구인지 살펴보았다.

차매는 갑자기 그 사람의 모습이 익숙하다고 느꼈다. 차밭에 자전거를 세운 사람은 흰 모자를 쓰고 흰색 와이셔츠에 카키색 바지를 입고 있었다. 그가 아버지에게 말을 건네자 아버지가 얼른 모자를 벗고 거푸 인사를 하는 모습이 눈에 들어왔다.

어? 곽 선생님이잖아? 그래! 분명 곽 선생님이야! 차매가 곽운천임을 확인하고는 얼른 아명을 불렀다.

"아명아, 저기 봐! 곽 선생님이 오셨어!"

아명은 아무 대꾸도 없이 그쪽을 한 번 바라보더니 다시 등을 돌린 채 고개를 숙이고 벌레를 잡기 시작했다.

"어, 왜 그래? 곽 선생님 아니니?"

"내가 어떻게 알아?"

아명은 고개조차 들지 않고 관심 없는 목소리로 대꾸했다.

아버지와 한참 동안 이야기를 나누던 곽 선생님이 이쪽을 향해 걸어오며 손수건을 꺼내 이마의 땀을 닦았다. 이 무더위에 땀을 많이 흘렸을 게 분명했다. 도대체 오늘같이 무더운 날 여기까지 무슨 일일까?

틀림없이 곽운천 선생님이었다. 겨드랑이 사이에 화판을 끼고 손에는 돌돌 만 도화지를 들고 있었다.

거리가 가까워지면서 얼굴이 확실하게 보이자 차매가 얼른 대나무로 만든 모자를 벗으며 인사했다.

"선생님, 안녕하세요?"

"너희도 잘 있었니? 이렇게 열심히 아버지를 도와 드리다니 정말 착하구나!"

"아명아!"

곽 선생에게 등을 돌린 채 입을 꾹 다물고 서 있는 아명 때문에 속이 탄 차매가 소리쳤다. 차매 앞으로 가깝게 다가선 곽운천이 다시 한 번 이마의 땀을 닦아 내며 물었다.

"아명아, 왜 무슨 일이야?"

"쟤가 오늘 좀 이상한 게 여태껏 한마디도 안 하고 있어요."

차매는 동생이 크레파스를 다 부러뜨린 사실을 말하려다가 말을 하면 안 될 것 같다는 생각이 들어 입을 다물었다.

"고아명!"

곽 선생이 다시 이름을 부르자 아명은 계면쩍은 듯 돌아서 고개도 제대로 들지 않은 채 인사만 꾸벅 하고는 다시 몸을 돌려 벌레 잡는 일에 열중했다.

다급해진 차매가 어쩔 줄을 몰라 당황해하는 사이 곽운천은 개의치 않는다는 듯한 모습으로 가벼운 웃음까지 띠고는 아명에게 걸어 갔다. 그러고는 두 손으로 아명의 어깨를 잡고서 고개를 숙여 아명의 얼굴을 들여다보며 말했다.

"아명이가 선생님한테 화가 많이 났구나? 그래, 다 선생님 잘못이니 네가 날 좀 용서해 주지 않을래?"

말을 하며 곽운천이 아명의 몸을 자신 쪽으로 돌려 세웠지만 아명은 여전히 고개를 푹 숙인 채 아무 대꾸도 하지 않았다.

"어, 너 울었니? 차매야, 아명이가 울었니?"

"예! 어젯밤 내내 울더니 오늘 아침에는 더 많이 울었어요."

"그래, 정말 미안하구나. 모든 게 다 이 선생님 잘못이구나. 용서해 주렴."

"……."

"오늘 선생님이 특별히 네게 전해 줄 좋은 소식을 가져왔는데 네가 들으면 아주 기뻐할 거야."

아명은 여전히 고개를 푹 떨어뜨리고 있었다. 사실 곽운천 선생에 대한 화도 다 풀어진 상태였다. 어젯밤 내내 곽운천을 거짓말쟁이라고 원망하며 다시는 곽 선생과는 말 한마디 안 하겠다고 다짐했다. 하지만 방금 곽운천이 차밭에 들어서는 것을 본 순간, 그 원망이 봄눈 녹듯 사라지며 당장이라도 달려가 여느 때처럼 그의 허리춤에 매달려 함께 장난을 치고 싶었다. 하지만 무슨 까닭인지 어색하고 쑥스러워 곽운천을 쳐다볼 수 없었다.

"오늘 선생님이 신문에서 본 것인데, 전 세계를 대상으로 열리는 어린이 미술 대전에 우리 나라도 참가를 한단다. 미술 대전 또한 미술 대회나 마찬가지 대회지만 직접 가서 그리는 게 아니라 여기서 그린 그림을 우편으로 접수하면 되는 거야. 너 꼭 참가할 거지?"

"……."

"선생님은 네가 꼭 참가해 줬으면 한단다. 그 대전에도 대상도 있고 우수상도 있어. 선생님은 네가 우리 학교 대표가 아닌 우리 나라 대표로 출전해 주었으면 하는데, 그럴 수 있지? 선생님은 네게 그럴 자격이 충분히 있다고 굳게 믿는단다."

아명이 무슨 말을 어떻게 해야 할지 몰라 우물쭈물하는 사이 차매가 숨이 넘어갈 듯한 얼굴로 얼른 물었다.

"선생님, 그게 정말이에요?"

"그럼, 정말이지! 선생님이 왜 너희들에게 거짓말을 하겠니? 아명아, 용기를 갖고 지금 당장 그림을 그려 내일 부치도록 하자."

"그런데……."

고아명이 이렇게 말문을 열다 결국 입을 다물었다.

"선생님! 지금 그리고 싶어도 크레파스를 다 부러뜨려서 그릴 수가 없어요!"

차매가 격앙된 목소리로 말을 하지 말아야 한다고 생각한 것도 잊고 외쳤다.

"그래……."

곽운천은 잠시 생각에 잠겼다가 말했다.

"그래, 모든 게 다 선생님 잘못이다. 하지만 괜찮아! 네가 필요한 것은 선생님이 다 가져왔으니. 이것 보렴!"

곽운천이 주머니에서 새 크레파스를 꺼내어 남매에게 보여 주었다.

"그리고 도화지랑 화판도 모두 여기 있어."

"하지만 선생님, 지금은 너무 바빠서 시간이 없어요. 여기 있는 벌레들이 우리의 밥과 옷을 다 먹어치우고 있어서 빨리 잡아야만 한다고 아버지가 말씀하셨거든요. 아명이 그림 그리는 것을 허락 안 해 주실지도 몰라요."

"그건 걱정 말아라! 방금 아버님도 허락하셨어. 그리고 나도 벌레 잡는 것을 도와줄게. 내가 잡으면 좀 더 빠르지 않겠니? 하하하하!"

"아, 안 돼요! 어떻게 선생님께서 그런 일을 다 하세요? 제가 더 열심히 해서 두 사람 몫을 하면 되니까 선생님은 그런 말씀 마세요!"

"글쎄 아무 걱정 말라니까! 아명이 선생님이랑 그림을 그린다고 약속하고 당장 시작만 하면 선생님은 더 바랄 게 없겠구나. 고아명! 선생님이랑 약속해 줄 거지?"

"선생님!"

아명이 눈물이 그렁그렁 맺힌 눈으로 곽운천을 바라보며 입을 열었다.

"약속할게요! 하지만 벌레 잡는 일은 하지 마세요! 얼마나 더러운데요!"

"더럽다고? 하하! 손이 더러워지면 씻으면 되지 뭐가 걱정이냐?"

"안 돼요! 선생님이 벌레를 잡는다고 하시면 전 안 그릴 거예요!"

"아, 알았다! 안 잡을 테니 어서 그리도록 해라! 그럼 우리 차매가 동생 몫까지 열심히 일해야 하겠네. 할 수 있지?"

"그럼요! 제가 다 알아서 할게요!"

차매는 목청껏 소리 높여 외치고 싶었지만 웬일인지 더욱 안으로 기어드는 목소리에 자신도 모르게 얼른 고개를 떨어뜨렸다. 갑자기 코끝이 시큰해졌기 때문이다. 정말 이상하네? 예전에는 이렇게 눈물을 흘리는 일 따위는 없었는데……. 걸핏하면 눈물이 나려고 하네.

차매는 얼른 딴생각을 뒤로 하고 정말로 혼자 두 몫을 해낼 사람처럼 벌레 잡는 일에 열중하기 시작했다.

무슨 영문인지 차매는 시야가 흐릿해지며 두 눈에 고인 눈물이 주르륵 흘러내리는 것을 느꼈다.

벌레 세상

교무실의 괘종시계가 오후 2시 50분을 가리키고 있었다.

6교시가 끝나서 저학년들은 모두 수업을 마친 상태였다. 몇몇 학생들만 교실에 남아 청소를 하거나 어깨에 가방을 메고 교문 쪽으로 걸어가고 있었다. 운동장에서 소란스럽게 뛰노는 학생들은 대부분 고학년 학생들이었다.

이때 갑자기 교무실에서 환호성이 터져 나왔다. 이금삼 지도 주임이 방금 선생님들에게 기쁜 소식을 전해서였다.

"방금 현 소재지에 있는 서대목 선생님에게서 연락이 왔는데 우리 아이들이 이번 미술 대회에서 정말 좋은 성적을 거두었다고 합니다! 우리 학교에서 은상 하나 동상 셋이 나왔고, 단체 성적은 4위를 했답니다. 교장 선생님께서 성대한 환영식을 준비하라고 말씀하시면서 3시 30분 차로 온다고 하니 선생님들은 서둘러 학생들을 운동장에 모이도록 해 주시기 바랍니다."

환호성이 이는 가운데 한 선생이 외쳤다.

"저학년 아이들은 이미 모두 하교했는데, 아직 학교에 있는 학생이라도 남으라고 할까요?"

"아직 하교를 안 한 학생들은 남아서 환영을 해도 좋겠지만 강제는 아니니 참고하십시오."

"은상을 받은 아이가 누구랍니까?"

"3학년에서 은상을 받았고, 1, 2, 5학년에서 각각 동상을 받았다고 합니다."

다시 한 번 박수와 환호성이 터졌다. 교사들의 눈길이 온통 임설분에게 쏠렸다. 그중 일부 선생들은 임설분을 향해 엄지를 들어 보였다. 교사들 모두 3학년 대표가 임설분의 반 아이고, 임설분의 동생이라는 사실을 알고 있었다.

방송반 선생님이 서둘러 확성기를 통해 전교 학생들에게 이 소식을 전했다.

이 기쁜 소식을 전하는 가운데 많은 교사들이 학교에서 대표를 뽑아 한 달을 고생한 곽운천이 이 자리에 없다는 사실을 깨달았다.

이때 곽운천은 혼자 자신의 교실에서 책을 보고 있었다. 자신이 맡고 있는 학생들은 모두 집으로 돌아간 상태였다. 청소를 하던 아이들도 다 돌아가 교실은 고요했다.

곽운천은 오늘 학교 학생들을 인솔하여 현에서 열리는 미술 대회에 참가하기로 되어 있었다. 교장 또한 그를 보내려 했지만 그는 완곡히 거절했다. 자신은 현에서 열리는 대회에 대한 경험이 부족하니 다른 경험 많은 선생님이 인솔해 주었으면 좋겠다며 끝내 교장의 지시를 거부했다. 교장도 하는 수 없었는지 서대목에게 아이들을 인솔해 달라고 부탁했다.

사실 곽운천은 마음이 이미 얼음처럼 굳어 있었다. 현 소재지에 가는 것은 물론 학교에 출근하는 것조차 썩 내키지 않았다. 그는 이미 아이들을 둘러싼 주변 세상이 자신이 처음 예상한 그런 모습이 아니라는 것을 충분히 경험하고 있었다. 게다가 학교에 자신을 거부하는 움직임이 있고, 시간이 갈수록 그 움직임이 커진다는 것도 느끼고 있었다. 누군가 자신이 이곳에 있는 것을 굉장히 못마땅해하고 있는 것이다.

한마디의 보탬도 없이 곽운천이 이곳을 떠나지 못하는 까닭은 하나, 고아명 때문이었다. 고아명은 그가 유일하게 관심과 애정을 두고 지켜보는 존재였다. 어제 차밭에서 고아명이 그린 작품은 실로 독특한 환상 세계였다. 도화지 가득 녹색 바탕에 여러 가지 작은 차 벌레들이 징그러운 모양으로 그려져 있었고, 사람도 셋이 있었다. 고아명은 누나와 동생 그리고 자기가 그 주인공이라고 설명했다. 쉴 새 없이 찻잎을 뜯어 먹는 차 벌레도 있고, 도화지 위에 그려진 사람이 들고 있는 밥을 먹고 있는 벌레도 있었으며, 다른 한 사람이 입고 있는 옷을 뜯어 먹고 있는 벌레도 있었다. 고아명이란 아이의 작은 영혼에 자리 잡고 있는 벌레에 대한 분노와 두려움이 그 아이만의 독특하고 대담한 필치로 남김없이 쏟아져 나오고 있었다.

곽운천은 숨을 죽인 채 그 곁에서 그림을 바라볼 뿐 자신의 의견을 내놓을 틈조차 찾지 못했다. 그림을 그리기 시작하자마자, 존경하는 선생님이 자신의 곁에 있다는 것은 물론 자신을 둘러싼 모든 것을 잊은 듯 일필휘지로 그림을 그려 나갔다. 그림을 완성한 뒤에야 곽운천 자신의 의견을 덧붙일 기회가 생겼다. 색이 좀 선명하지 못하다든가 이쪽의 선을 좀 더 강하게 그려 보라든가 하는 조언이었지 사실 의견이라고 할 것도 없었다. 그는 차마 이 순결한 영혼이 끌어올린 전류와 같은 느낌을 망칠 수 없었다. 그림에는 벌레가 알을 낳는 잘못된 부분이 있었는데도 그냥 내버려 두기로 작정한 것도 수정을 하는 것 자체가 그 나이의 동심을 훼손하는 것이라고 믿었기 때문이다.

곽운천은 이 그림의 제목을 '벌레 세상'이라고 붙인 뒤 아침 일찍 우편으로 교육부에 보냈다. 그는 이 그림이 교육부의 심의를 통과하여 저 멀리 외국으로 보내져 미술 대전에 나가게 될 것이라고 확신했다. 그는 이 그림이 자신의 자존심을 회복하는 것은 물론 이 나라의 명예까지 드높여 줄 것을 간절히 소망했다.

아명은 해낼 것이다! 시간이 지날수록 곽운천은 자신도 모르게 그런 자신감이 차 올랐다. 그는 학업을 포기하고 이곳에 남아 자신이 천재라고 생각하는 이 아이를 위해 최선을 다하는 게 좋을 것 같다는 생각도 했지만 이내 그건 현명하지 못한 생각이라는 판단을 내렸다. 학업을 중간에 포기하는 것만 해도 그랬다. 지금 이곳에서는 임시 선생일 뿐 사회적 지위도 보장받지 못한 상태가 아닌가? 설사 그런 이름 같은 것에 연연해하지 않는다 해도 기간의 제한을 받는 직업이라

학교에서 그만 나가라면 나갈 수밖에 없는 형편이었다. 시험을 보고 합격한다 해도 어차피 시간이 많이 걸리기는 학교를 졸업하는 것과 마찬가지였다. 차라리 이 년을 기다리자! 그래! 그날 결심한 대로 이곳에서 고아명이 계속 그림 연습을 하는 동안 학교를 졸업하고, 그 다음에 있는 힘껏 고아명을 도와줘도 늦지는 않으리라.

하지만 머지않아 이곳을 떠날 생각을 하자 고향을 그리워하는 것과 같은 애잔한 마음이 곽운천의 가슴을 꽉 메웠다. 그는 한참 동안 자신의 마음에 걸린 거울을 바라보았다. 거울을 바라보면서 고아명 말고 또 한 사람의 모습이 자신을 잡고 있는 것을 부인할 수 없었다. 그는 줄곧 그 모습을 외면하려 애썼지만, 외면하면 할수록 모든 생각들이 그녀를 향해 집중되었다.

곽운천은 그녀를 생각하는 것이 부질없다는 것을 잘 알고 있었다. 아직 학생 신분이고 더구나 아무런 자격도 갖추지 못한 형편이니 쓸데없는 생각이라고 스스로에게 경고를 했지만, 곽운천은 자신도 모르는 사이 그녀가 전에 자신에게 속내를 내비추었던 말에 집착하고 있었다.

그녀의 아버지는 나와 이야기를 나누는 것조차 싫어하고 있다. 사위를 고르는 조건 가운데 하나야 이 년 후면 가까스로 맞출 수 있다지만 다른 조건은 달리 할 말이 없었다. 자신의 집안이 비록 끼니 걱정을 할 정도는 아니어서 자신이 대학까지 마칠 여유는 있다 해도 그녀의 집에 비하면 너무 보잘것없는 살림살이였다. 그녀가 말하는 것을 잘 들어 보면 두 가지 모두 빠질 수 없는 조건임이 확실했다.

물론 이런 문제의 열쇠는 당사자에게 있다. 그녀 또한 현대 여성으로, 자신이 옳다고 판단한 길을 선택할 권리가 있다. 시골 사람들이 아직은 구시대의 사고 방식을 고집하고 있다 해도 그녀는 다르지 않은가! 그녀는 그런 구식 결혼의 제물이 될 아무런 이유가 없다.

하지만 곽운천의 눈에 그녀는 심성이 너무나도 연약했다. 자신이 선택한 길에 장애물이 나타났을 때 그 어려운 고비를 헤쳐 나갈 진정한 용기가 있을지 의문이었다. 실로 한 번 빠지면 헤어 나오기 힘든 미로와 같은 생각 속에서 해답의 길을 찾기는 점점 더 어려워져만 갔다. 한참 동안 이런저런 사념에 빠져 있을 때 교실 안의 확성기가 울렸다.

그리고 그 또한 미술 대회의 성적을 알게 되었다. 학교에서 이런 성적을 거둔 것이 전에 없던 일이라 학생 교사 할 것 없이 흥분했다. 그렇지만 곽운천에게는 자신의 예측과 별로 달라진 게 없는 결과라 별로 놀랄 만한 일도 아니었다. 오히려 확성기에서 흘러나오는 목소리가 어느 정도는 과장되고 흥분돼 있는 것만 같았다.

하지만 곽운천 또한 이번 결과를 보며, 자신의 책임을 다했으며 그동안의 고생이 헛되지 않았다고 나름대로 위로를 받았다. 그래, 그럼 됐지, 뭐.

그때 날카로운 목소리가 공중을 가르며 창밖에서 들려왔다. 고개를 들어 보니 옹수자가 문을 열고 들어서고 있었다.

"아니 여기서 뭘 하고 계시는 거예요? 방금 소식 못 들으셨어요?"

"무슨 소식 말입니까?"

"방송 말이에요! 정말 대단하지 않아요? 은상 한 명에 동상이 세 명이라니 정말 대단해요! 모두들 좋아서 어쩔 줄을 모르고 있어요!"

옹수자가 신나게 떠들어 대며 곽운천에게 다가오자 연지분 냄새가 숨이 막힐 정도로 강하게 코를 찔렀다.

"그게 뭐 그리 대단한 일이라고요!"

곽운천은 별로 대수롭지 않은 듯 대답한 뒤 눈길을 다시 책으로 돌렸다.

"어머, 정말 기쁘지 않으세요? 그럼 임설분 선생이 선생님을 막 찾고 있다는 소식은 어때요?"

"예에?"

곽운천이 고개를 들며 되물었다.

"아니 절 왜 찾는다는 말입니까?"

"호호! 임 선생 말이 나오니까 아예 정신이 없는 모양이시네!"

옹수자가 곽운천 앞에 놓인 의자에 자리를 잡고 앉았다.

"또 사람을 놀리시는 겁니까?"

"놀리긴 누가 놀려요? 동생이 은상을 탔으니 얼마나 기쁘겠어요? 당연히 선생님을 찾아와 감사를 해야지 안 그래요? 지금쯤 선생님을 못 찾아서 눈물이라도 흘리고 있을 줄 누가 알겠어요?"

"정말 쓸데없는 소리를 하시는군요! 겨우 한 달 정도 가르친 제게 감사해야 할 까닭이 뭐가 있겠습니까?"

"정말 제 말을 안 믿으시는 거예요? 누구는 좋은 마음으로 소식을 알려 드리는 건데 좀 너무하신 것 아닌가요? 또 한 가지 중요한 소식이 있는데 들어 보실래요? 정 듣기 싫으시다면 그냥 가고요."

"말씀을 하시려거든 빙 돌려 하지 말고 그냥 터놓고 편히 얘기하시지요."

"듣고 싶어하실 줄 알았어요. 제가 알려 드리죠. 미래의 장인어른께서 환영식에 참가하신대요."

"제발 쓸데없는 말씀 좀 그만 하세요!"

"내가 무슨 거짓말을 하는 줄 아세요? 방금 교장 선생님의 전화를 받은 이 선생님이 전화를 했더니 곧 학교로 오겠다고 했대요. 그래도 거짓말인 것 같으세요?"

"아니, 도대체 누가 온다는 말입니까?"

곽운천은 화도 나고 짜증도 밀려와 옹수자를 얼른 교실에서 내쫓고 싶은 마음이 간절했다. 물론 그는 옹수자가 누구를 말하는지 잘 알고 있었다. 하기는 마음 한편으로는 일부러 자신을 놀리는 옹수자의 농담이 마냥 싫은 것만은 아니었다.

"누구라뇨? 지금 시치미를 떼시는 거예요? 좋아요, 알려 드리죠. 임장수 씨, 임 의원, 임설분 선생의 부친 말이에요. 물론 곽 선생님의 장래 장인어른이기도 하시죠!"

"후유, 옹 선생님이 남자 분만 같았어도 한 대 때렸을 겁니다."

"호, 호, 호……. 무슨 겁을 그렇게 주시는 거예요? 사실 선생님도 기분 좋으시죠? 하지만 절 그렇게 미워하신다니 그만 가 보겠어요. 하지만 임 선생님께는 선생님이 여기 계시다는 것을 알려 드릴게요. 기분 좋으시죠? 아무튼 시간을 빼앗아서 미안하게 됐네요."

"전, 선생님이 제가 여기 있는 것을 누구에게 말하는 것도 싫고, 제 시간을 누구에게 빼앗기는 것도 싫습니다."

"네에……? 그럼 제가 정말 선생님의 시간을 빼앗고 귀찮게 했다는 말씀이세요? 알겠어요! 무슨 말인지 잘 알았으니 가 보겠어요."

옹수자가 신경질적으로 문을 열고 사라졌다. 그 순간 옹수자를 불러 사과를 해야 한다는 생각이 들었지만 부르지 않았다. 물론 옹수자에게 실례를 했다는 생각이 들었지만 고의가 아닌 것도 사실이었다. 하긴 이제 와서 옹수자에게 사과를 한들 용서할 옹수자도 아닌 것 같았다. 그의 마음에 알 수 없는 반감이 들고 마음의 비밀을 들켜 버린 것만 같은 불쾌함이 피어올랐다. 그는 자신도 모르게 옹수자의 예리한 관찰력에 놀라움을 금치 못했다.

한편으로 곽운천은 옹수자가 임설분에게 정말로 자신이 이곳에 있다고 알려 주길 바랐다. 임설분이 자신을 찾고 있다는 옹수자의 말이 거짓말인 것을 잘 알고 있었지만 무슨 영문인지 갑자기 그는 너무나도 임설분과 이야기를 나누고 싶었다.

그의 이런 바람은 시간이 흐를수록 그의 영혼을 휘감는 외로움으로 변해 갔다.

교문에서 학교 건물까지 30미터 정도 되는 길 중앙에는 둥그런 석가산(정원 등을 꾸미기 위해 돌을 모아 쌓아서 조그마하게 만든 산—옮긴이)이 있었다. 석가산 가운데에는 쭉쭉 뻗은 용백나무 몇 그루가 있었고 그 둘레에 진달래가 자라고 있었다. 그 밖에 많지는 않지만 해처럼 붉은 꽃들이 피어 있었으니 한눈에 보면 둥그런 석가산이 녹색 꽃처럼 보였다.

길 위에는 자갈이 깔려 있었고, 길 양옆에는 석가산, 소나무와 야자나무, 용백나무를 비롯해 이름을 알 수 없는 키큰나무들이 함께 뒤섞여 자라고 있었다. 봄이 아직 그 여운을 남기고 있는 듯했다. 하지만 무럭무럭 자라고 있는 푸른 잎들을 보면 어느새 여름이 성큼 다가와 있다는 걸 알 수 있었다.

지금 이 일대는 몹시 소란스러웠다. 양쪽으로 나뉘어 선 학생들이 떠들면서 서로 밀고 당기는 소란 속에 간혹 누군가 질러 대는 고함도 흘러나왔다.

군중이란 원래 단순한 생각을 가진 집단이 아니던가? 어린 학생들은 더욱 그러했다. 기쁜 소식으로 한껏 들떠 있는 그들에게 왼쪽 석가산 위에 세워진 국부(國父, 중국 국민당 지도자 쑨원을 대만에서는 국부로 삼고 있다―옮긴이)의 동상마저 환한 웃음을 보내는 듯했다.

이렇게 단체 행동을 하는 장소에서 떠드는 것은 가장 큰 금기 사항이었지만 오늘만큼은 예외였다. 학생들은 물론 선생님들까지도 삼삼오오 짝을 지어 담소를 즐기며 서로 기쁨을 나누고 있었다.

"주목!"

이금삼 선생이 갑자기 큰 목소리로 큰 주변의 소음을 잠재웠다.

"이제 곧 교장 선생님 일행이 도착할 테니 조용해 주기 바란다! 일행이 도착하면 보는 즉시 큰 박수로 환영해 주길 바란다!"

"예!"

수백 개의 입이 동시에 한목소리를 내며 학교 전체를 쩌렁쩌렁 울려 댔다. 이금삼의 지시하에 폭죽이 터지고 하늘을 찌를 듯한 박수갈채가 쏟아지는 가운데, 얼굴 한가득 웃음을 띤 교장 선생님을 선두로 땅딸보 서대목이 학생들을 이끌고 학교로 들어왔다. 날마다 험상궂은 얼굴로 학생들을 보며 훈시하기에 바빴던 서대목 또한 마치 다른 사람처럼 환한 얼굴로 들어섰다. 그 뒤로 여섯 명의 학생들이 두 줄로 서서 들어왔다. 손에 상품과 상장을 든 아이도 있었고, 상장이 든 액자를 힘겹게 손에 받치고 오는 아이도 있었다. 교문 앞에 서 있던 임장수가 큰 몸집을 흔들며 앞으로 나아가 교장과 악수를 나눈 뒤 서대목과도 인사를 나누었다. 비쩍 마른 이금삼이 거대한 임장수 뒤를 바짝 따르며 악수를 나누자 교문에 서 있던 다른 선생들도 그와 같은 순서로 악수를 나누었다.

커다란 폭죽 소리와 박수 소리 속에 그 누구도 말을 하지 않았다. 그저 입을 활짝 벌린 채 웃음 띤 얼굴로 서로 마주 보며 고개를 연방 끄덕였다.

교장이 천천히 걸음을 옮기며 양쪽으로 줄지어 서 있는 환영객들에게 미소를 보내며 손을 흔들었다. 교장 자신만이 지금 자신이 어떤 심정인지 알 수 있었다. 사십 년이 넘는 교편 생활 동안 누군가를 이렇게 열렬히 환영하는 일은 셀 수 없이 많았지만, 스스로가 환영을 받기는 처음이어서 그 감회가 남다를 수밖에 없었다.

입상한 학생들이 환영 대열을 지나 학교 안으로 들어오자 이금삼이 모두 운동장에 모이라고 지시했다. 교장의 기쁨에 가득 찬 말씀이 잠시 이어지자 말하는 사람이나 듣는 사람 모두 벅찬 환희를 느끼는 듯했다.

그 다음에는 액자를 받쳐 들고 있던 학생을 단상 위로 불렀다. 교장이 대견한 듯 아이의 머리를 쓰다듬었다.

"이 학생이 바로 이번 미술 대회에서 은상을 차지한 임지홍 학생입니다."

운동장을 꽉 채우는 박수갈채가 다시 이어졌다. 이어 입상한 학생들이 순서대로 단상 위로 올라오자 계속해서 우레와 같은 박수가 운동장을 가득 메웠다.

환영 행사가 끝나자 교장이 임장수 의원을 교장실로 안내했다.

해가 저물 무렵, 사람들의 얼굴과 마음속에는 산들바람에 실린 한기가 살짝 느껴졌다. 하지만 너무 흥분한 탓인지 아니면 아직 더위가 가시지 않은 탓인지 임장수는 넓은 이마와 큰 코 위에 맺힌 땀방울을 연거푸 닦아 내고 있었다.

교장실로 들어가자 임장수가 마치 중대한 일이라도 마친 몹시 피곤한 사람처럼 비대한 몸을 소파에 기댔다. 거구의 무게를 견디기 힘들다는 듯 소파에서 삐걱거리는 소리가 났다.

교장이 얼른 벨을 눌러 사환을 불렀다.

"여기 차 좀 내오지!"

교장이 다시 임장수의 맞은편에 자리를 잡고 앉자 임장수가 담뱃갑에서 얼른 담배를 꺼내어 권했다.

"교장 선생님, 이번 입상이야말로 수성 초등학교의 큰 영광이 아니겠습니까? 하하하하!"

"하하! 뭐 영광이랄 것까지 있겠습니까? 단체 성적이 58개 초등학교 중에서 4등밖에 못 했으니 겨우 체면치레나 한 것이지요. 하지만 예년보다 나아지긴 나아진 것 같습니다."

"좀 나아진 게 아니라 대단한 성적이지요. 이게 모두 교장 선생님의 훌륭하신 지도력 덕분이 아니고 무엇이겠습니까?"

"아, 별말씀을 다 하십니다."

"정말 훌륭하신 지도력입니다. 저 또한 이 학교의 교우로서 자부심과 긍지를 느끼는 바입니다."

"임 의원님의 과찬이십니다."

교장은 대답은 그렇게 했지만 득의양양한 빛을 감추지 못했다. 그가 담배 한 모금을 깊이 빨아들였다가 천천히 내뿜었다.

이때 이금삼과 서대목이 들어왔다. 이금삼이 얼른 입을 열었다.

"임 의원님께서 이렇게 학교 일에 열심이신 것을 보면 실로 감사할 뿐입니다."

"별말씀을요."

임장수가 자리에서 일어나며 정중하게 담배를 권하자 두 사람 모두 가볍게 사양하다 결국 각각 담배를 받고서야 자리에 앉았다.

"두 분 선생님 모두 고생 많이 하셨습니다. 이 모두가 두 분 선생님과 교장 선생님의 뛰어난 지도 덕분입니다."

"별말씀을요. 임지홍 학생이 잘해서 좋은 성적을 거둔 것이지요."

"하하하! 그럴 리가 있습니까? 모두 선생님들의 노고이십니다."

임장수가 계속 몸을 흔들며 웃음을 터뜨렸다.

서대목이 빈틈을 틈타 얼른 끼어들었다.

"임지홍 학생 같은 천재 소년이라면 이제 금상을 타는 것도 문제 없습니다. 정말 보기 드문 신동입니다."

임장수가 몸을 다시 한 번 흔들었다. 그의 유쾌한 웃음소리가 또다시 울려 퍼지는 사이 자신의 생각과 신념에 행여 부족함이 있어 보일 세라 서대목이 다시 입을 열었다.

"하지만 임 의원님, 교장 선생님과 이 주임님께서 제 의견을 지지해 주지 않으셨더라면 임지홍 학생이 이번 대회에 참가하지 못했을 것입니다."

흔들리던 임장수의 몸이 순간 멈추었다.

"예에? 아니, 그런 일이 있었습니까?"

서대목이 막 설명을 하려는 찰나 이금삼이 재빨리 말을 가로챘다.

"그게 사실 이렇게 된 일입니다. 그렇지 않아도 어제 직접 찾아뵙고 말씀을 드리려고 했는데, 너무 바빠서 찾아뵙지 못했습니다. 이번 미술 대회를 맡아 지도했던 곽 선생이 굳이 고아명이란 학생을 대표로 내보내야 한다고 주장을 하지 않았겠습니까? 임지홍 학생의 실력이 훨씬 우수하다고 생각하던 터에 마침 서 선생님께서 임지홍 학생을 강력하게 추천하기에 저 또한 찬성을 했습니다. 과연 서 선생님의 인재를 보는 안목은 대단하신 것 같습니다."

"그, 그런 일이 있었군요."

임장수가 연방 고개를 끄덕이는 사이, 서대목이 놓치면 안 될 절호의 기회라는 듯 말꼬리를 잡아챘다.

"이 선생님께서 과찬을 해 주시니 몸 둘 바를 모르겠습니다만 전 지금도 임지홍 학생 같은 천재가 아깝게 묻혀 버리는 것을 어떻게든 막은 것에 안도할 뿐입니다. 이런 천재들은 옆에서 알아 줘야만 한다니까요."

서대목이 잠시 말을 멈추더니 몸을 앞으로 쑥 내밀며 나지막한 목소리로 다시 말을 이었다.

"만약 이번 대표 선발을 곽 선생에게만 맡겼다면 그 뒤 책임을 과연 누가 질 수 있었겠습니까? 임지홍 학생의 그림이 형편없다며 시건방지게 구는 것을 교장 선생님과 이 선생님의 도움으로 겨우 막지 않았습니까!"

임장수의 얼굴에 불쾌한 기운이 언뜻 스쳤지만 그 동안의 연륜을 자랑하듯 아무도 모르게 속내를 감추며 말했다.

"저야, 그저 선생님들께 감사한 마음뿐입니다. 헌데, 그 곽 선생이란 분을 좀 만나 보고 싶군요."

"그게 좋겠군요."

어렵사리 말할 기회를 얻은 교장이 흥분을 감추지 못하며 말했다.

"저도 아직 곽 선생을 보지 못했습니다."

"저 또한 학교에 온 지 오래됐는데 새로운 얼굴은 못 본 것 같으니 아직은 곽 선생님을 못 뵌 게 확실합니다. 오늘 같은 성적을 거둔 주역에게 감사 말씀을 꼭 드리고 싶습니다."

임 의원의 말에 이금삼이 대답했다.

"오후 내내 저도 곽 선생을 보지 못한 것을 보면 또 교실에 틀어박혀 책이나 읽고 있는 게 확실합니다. 제가 오시라는 연락을 드리죠."

이금삼이 사환을 불러 곽운천을 불러오게 한 뒤 다시 제자리에 앉았다.

임장수가 또 담배에 불을 붙이며 말했다.

"조촐하지만 그간 수고하신 선생님들을 모시고 오늘 저녁 간단하게나마 저희 집에서 식사 대접을 하고 싶습니다."

"아니, 그런 폐를 끼쳐서야 되겠습니까?"

"아니, 아닙니다!"

"아이쿠, 그럴 수야 없지요."

세 사람 입에서 거의 동시에 거절하는 말이 흘러나왔지만 그들의 얼굴에는 어느새 미소가 흐르고 있었다.

"조촐한 자리이니 아무 부담 갖지 말고 그냥 오시면 됩니다. 교장 선생님께서 절 대신해서 선생님들을 모셔 주십시오."

세 사람이 어떻게 대답해야 좋을지 모르겠다는 듯 서로 얼굴을 바라보다 교장이 말했다.

"임 의원님, 다음에 그렇게 하시지요."

"아니, 아닙니다! 이미 집안 식솔들에게 준비하라는 말을 하고 왔으니 꼭 와 주십시오. 게다가 제가 여러 선생님들께 부탁드릴 일도 있고요."

"부탁이라니 무슨 일이십니까?"

"선거에 관한 일입니다. 좀 많이 도와주십시오."

"그야 물론이지요!"

이금삼이 또다시 말꼬리를 잡아챘다.

"우리들이야 모두 임 의원님의 열렬한 지지자가 아닙니까? 임 의원님이 아니면 누가 우리 수성향을 번영, 발전시킬 수 있겠습니까?"

"하하하! 이 선생님께서 제게 아주 과찬을 해 주셔서 몸 둘 바를 모르겠습니다. 전 아무것도 모르니 여러 선생님들처럼 학식 있는 분들이 좀 많이 도와주십시오. 여러분들의 도움 없이 제가 무슨 일을 도모할 수 있겠습니까?"

이때 곽운천이 들어와 손님에게 먼저 간단히 눈인사를 했다. 얼굴이 조금 상기되어 있는 듯했다.

"교장 선생님, 절 찾으셨습니까?"

"곽 선생, 어서 오세요."

교장이 몸을 일으키며 말했다.

"임 의원님께서 곽 선생을 한번 봤으면 하셔서요. 이리 오십시오. 이분이 이번 미술 지도를 맡았던 곽 선생님입니다. 이분은 임지홍 학생과 임설분 선생의 부친 되시는 임 의원님이십니다."

곽운천이 묵묵히 인사를 하는 모습에 긴장감이 감돌았다.

임 의원이 곽운천의 이모저모를 살피듯 온몸 구석구석을 자세히 뜯어보며 큰 손을 내밀었다. 무슨 영문에서인지 곽운천은 상대방을 제대로 쳐다보지도 못한 채 겨우 악수를 청하는 손을 붙잡았다. 크고 두꺼운 손에 땀이 촉촉이 배어 있었다.

"우리 아이가 이번 미술 대회에서 이처럼 좋은 성적을 거둔 것이 모두 곽 선생님의 공이 아니겠습니까? 정말 감사합니다."

"천만의 말씀이십니다. 제가 한 게 뭐가 있어서요."

"이쪽으로 편히 앉으시고, 담배나 한 대 피우시지요."

임장수가 담배를 권하자 곽운천이 한 대를 뽑아서는 한쪽 의자에 자리를 잡고 앉았다.

이런 자리에 익숙하지 않은 곽운천은 어떻게 처신해야 할지 몰라 여간 불편한 게 아니었다. 애써 평온함을 가장하고는 있었지만 자연스럽게 분위기에 적응하려고 하면 할수록 왠지 부자연스러워지는 것만 같았다. 하는 수 없이 담배를 입에 물며 불안한 마음을 감추었다.

"화가라고 하시니 그림은 아주 잘 그리시겠네요."

임장수가 말했다.

"아, 아닙니다. 아직 배우는 학생인걸요."

"제 아들 녀석이 선생님 같은 분의 지도를 받는 것은 제게 영광입니다!"

"아, 아닙니다."

"우리 지홍이가 그림을 잘 그리는 것 같습니까?"

"예에……, 잘, 아주 잘 그립니다."

곽운천은 정말이지 어떻게 대답해야 좋을지 몰라 마치 면접 시험을 치르는 어린 학생처럼 말을 더듬었다.

"그 애가 정말 그림에 소질이 있나요?"

"그게, 한마디로 단정 지을 수는 없는 것 같습니다. 제게 아동 회화는 낯선 분야라서 어떤 것이 소질이 있는 것인지 아직은 잘 모르겠습니다."

이때 서대목이 싸움도 마다하지 않을 듯한 태도로 끼어들었다.

"곽 선생님께서는 자신의 입으로 고아명이 천재라고 해 놓고 이제 와서는 뭐가 소질이 있는 것인지조차 모른다니 그게 말이 됩니까?"

누군가에게 크게 뒤통수를 맞은 느낌이었다. 한참 아무 대답도 못한 채 그저 얼굴만 붉히고 있자, 분위기가 다소 험악해진 것을 느낀 임장수가 오히려 분위기를 누그러뜨리려는 듯 말했다.

"하하! 이제 그런 말은 그만둡시다! 곽 선생님이 우리 아이가 소질 있는 천재가 아니라면 아닌 거지 뭐가 대수겠습니까? 저 또한 그 아이를 화가로 키울 생각은 추호도 없으니 아예 소질이 없다면 잘된 일인 것 같습니다. 하지만 화가는 아니더라도 그림 그리는 것이 정서 발달에 많은 도움을 준다니 앞으로도 우리 아이를 잘 좀 지도해 주십시오. 게다가 오늘처럼 모교의 명예를 빛내는 데 도움이 될 수 있다면 얼마나 좋겠습니까? 안 그렇습니까, 교장 선생님?"

"그렇고말고요. 항상 모교를 생각해 주시는 마음 참으로 고마울 뿐입니다."

"그래서 말인데, 곽 선생님께서도 오늘 저희 집에 오셔서 함께 저녁 식사라도 하시지요."

임장수가 다시 말을 이었다.

"예에……. 그게, 폐가 되지 않을까요?"

곽운천이 어찌할 바를 몰라 하며 마치 구원의 손길을 바라는 눈빛으로 교장을 바라보았다.

"폐라니요? 그런 말씀 마시고 마음 편하게 찾아 주시면 고맙겠습니다. 교장 선생님과 다른 선생님들도 이미 오시기로 약속을 하셨습니다."

"아닙니다. 전 그래도 가지 않는 것이……."

"어허, 정말 너무하시네요! 오늘의 진정한 주인공이자 저의 주빈께서 제 체면을 봐 주시지 않는다니 좀 서운한데요? 제 얼굴을 봐서라도 꼭 함께 와 주십시오."

"그, 그게……."

"그럼 그런 줄 알고 가겠습니다."

임장수가 시계를 바라보며 말했다.

"5시 30분 차를 타고 오시는 줄 알고 기다리겠습니다. 참, 제 여식을 좀 일찍 데려가 집안일을 거들라고 하고 싶은데 오늘 조퇴를 좀 해도 되겠습니까?"

"그럼요! 이 선생님! 어서 가서 임설분 선생님께 알려 드리세요."

이금삼이 자리를 떴다.

임장수가 자리에서 일어나는 것을 보고 교장이 불현듯 무슨 일이 생각난 사람처럼 얼른 회의 탁자 위에 놓여 있던 상장이 들어 있는 액자를 임장수에게 주며 가져가라고 했다. 학교에 걸어 두는 것이 바람직한 일이라며 극구 안 받겠다던 임장수가 결국 액자를 받아 들고 자리를 떠나자, 교장과 서대목이 그의 뒤를 따라 나가며 배웅했다. 곽운천은 겨우 몸만 자리에서 일으킨 채 자신에게 다가오는 그 큰 손과 다시 악수만 하고 배웅조차 나가지 않았다.

세 사람이 자리를 뜬 뒤 갑자기 머릿속에 아차 하는 생각이 들었다. 그는 자신이 너무 무례하게 행동한 게 아닌가 하는 생각을 했다. 사실 처음 만난 사람에 대해 좋다 나쁘다 할 이유도 없었지만, 좋건 싫건 간에 마을의 윗사람이자 연장자로서 자신에게 친절을 베푼 사람이 나가는데 이렇게 제 자리에서 배웅을 한 것은 예의에 맞지 않는다는 생각이 들었다.

이것 또한 사회에 나와 배운 교훈 가운데 하나였다. 사회에서는 대인 관계에 갖춰야 할 예의라는 것이 있으니 방금 교장과 서대목 선생이 임장수에게 한 행동이 올바른 행동인 것은 분명했다. 그래, 내가 잘못했구나! 사회의 한 구성원으로서 친구들 간에나 하는 식으로 갖추지 않는 그런 행동을 하는 것은 잘못된 것이 분명해!

이어 그는 자신이 그 순간에 왜 그토록 무례하게 행동했는지에 대해 생각했다. 임장수가 막 자리에서 일어나 떠나려고 할 때 자신의 가슴에 불이 일고 있던 것을 떠올렸다. 갑자기 자신의 뒤통수를 후려친 것과 같은 서대목의 한마디에 그는 분노에 휩싸였다. 사람 앞에서 큰 망신을 주었을 뿐만 아니라 일부러 사람을 궁지로 내몬 것이다. 그때 적절하게 대응하지 못한 자신이 원망스럽기만 했다. 그런 자리에서 자신의 입장을 똑바로 밝히면서 궁지에서 벗어날 좋은 말들이 수없이 많았을 텐데, 왜……? 상상 속에서나마 서대목과 신나게 열 띤 논쟁을 했지만 이미 엎질러진 물이었다.

교문까지 배웅을 하고 돌아온 듯한 교장이 혼자 멍하니 앉아 있는 곽운천을 보고 물었다.

"아니, 곽선생님. 아직도 안 가셨습니까? 무슨 생각을 그렇게 골똘히 하십니까?"

"아, 아무것도 아닙니다."

"이번 일은……."

교장이 곽운천의 맞은편에 앉으며 말했다.

"곽 선생님의 노고가 아주 컸습니다. 어찌 됐건 간에 올해 우리 학교가 이렇게 뛰어난 성적을 거둔 것은 모두 곽 선생님 덕분입니다."

"모두 제 덕이라니 별말씀을 다 하십니다."

마치 오랫동안 억울하게 푸대접을 받던 아이가 갑자기 자신을 알아주는 따뜻한 위로를 받은 듯, 마음속에 말로 형용하기 힘든 온기가 퍼지면서 곽운천은 고개를 숙인 채 아무 말도 하지 못했다.

"지금 말씀드리는 것은 제 진심입니다. 오늘 오후에 있었던 상장 수여식에서 성적을 발표하던 순간 전 곽 선생의 말대로 고아명 학생을 이번 대회에 내보냈다면 틀림없이 금상을 받았겠구나 하는 생각을 했습니다."

"……."

"정말이지 후회가 막심했습니다. 제 일생 최고의 기회를 놓친 셈이니까요. 내년에야 선생님이 계실 리 없으니 기대를 해야 무슨 소용이 있겠습니까? 게다가, 후유……. 이런 말을 한들 무슨 소용이 있겠습니까? 모든 게 다 제가 주관이 없어서 이렇게 된 것이지요. 하지만 그런 자리에서 제가 무슨 힘이 있었겠습니까? 이 점만은 꼭 양해해 주십시오."

"……."

세상에 살고 있는 선량한 사람들 모두 나약이라는 짐을 지고 있다. 나약함과 선량함은 참으로 분간하기 힘든 단어 같았다. 바로 선량함 뒤에 감추어진 나약함 때문에 수많은 일이 실패로 돌아가고, 예상치 못한 비극이 일어나고 있었다.

방금 전 크게 감동을 받았던 곽운천은 교장의 그런 선량함 앞에 다시 한 번 크게 감동했지만 여전히 입을 꾹 다문 채 한 마디도 하지 않았다.

"하지만 곽 선생, 곽 선생의 노고만은 영원히 내 가슴 속에 깊이 새겨 둘 것입니다. 왜 이렇게 곽 선생한테 미안한지 모르겠어요. 학교에도 큰 죄를 지은 것만 같으니 지금 느끼는 이 부끄러움은 살아있는 동안 내내 지우지 못할 것입니다."

"교장 선생님!"

곽운천이 갑자기 고개를 들어 교장의 피곤에 지친 얼굴을 똑바로 쳐다봤다.

"이제 그런 말은 그만 하십시오. 지금까지 하신 말씀만으로도 가슴이 찡하게 저려 옵니다. 사실 정말로 무슨 말을 해야 좋을지 모르겠지만 사람들의 이해를 받지 못했다고 해도 교장 선생님 같은 한 분이 제 마음을 알아주셨다면 그것으로 충분합니다."

"그렇게 말해 주니 내가 더 고맙습니다. 젊은 사람이 어찌 그리 마음이 넓은지 정말 훌륭한 젊은이십니다."

"아닙니다! 전, 그저……."

"됐습니다. 사회에서 조직 생활을 하는 것이 모두 그런 것이니 더는 아무 말씀 안 하셔도 제가 다 이해합니다. 이제 그만 선생님도 퇴근 준비를 하시고 함께 임 선생님 집에나 가십시다."

"임 선생님 댁이라면 가지 않는 게 좋을 것 같습니다."

"아니 왜요?"

"초대를 받을 만한 일을 한 게 없는 것 같습니다."

"아니죠! 그건 잘못된 생각입니다. 사회에서 일어나는 많은 일들 중에는 까닭 없이 해야 하는 일들도 많지요. 초대하신 분의 체면을 생각해서라도 함께 가십시다."

"제가 안 간다고 해서 무슨 체면 깎일 일이 있겠습니까?"

"그게, 이것 또한 까닭을 묻지 않고 해야 하는 일 가운데 하나라고 생각하십시오. 사회란 세 다 그런 것이라고 방금 말씀드리지 않았습니까? 게다가 오늘의 주인공이 초대에 빠진다면 자리가 좀 우습지 않겠습니까?"

"그게, 그럼 잠시 생각을 좀 해 보겠습니다."

"생각하고 말고 할 게 뭐가 있습니까? 임 의원과 안면을 트고 잘 지내 두는 것이 곽 선생한테도 좋지 않겠습니까?"

"예에? 그게 무슨……."

곽운천은 교장의 말을 어떻게 해석해야 할지 몰라 하다 곧 얼굴이 붉게 변했다. 그 순간 그는 마침내 절대 가지 않겠다는 마지막 결심을 했지만, 마음속으로는 단도직입으로 거절하기보다는 완곡히 거절할 핑계를 찾기 시작했다.

"곽 선생님, 정말 초대하기 한번 힘든 분이시네요. 여러 생각 말고 함께 가십시다!"

"그게 아니라, 저는……."

"아, 알았으니 잘 생각해 보고 알려 주십시오."

곽운천은 그제야 겨우 안도의 한숨을 내쉬면서 교장실을 나섰다.

실수

아명이 긴 줄을 하나 가지고 부엌에서 고양이를 데리고 열심히 놀고 있었다. 죽을 고비를 넘기고 겨우 살아난 고양이는 어느새 훌쩍 자라 있었다. 새끼줄을 바닥에 고정한 채 좌우로 흔들며 고양이가 뛰어넘기를 기다리다가, 숨어서 그것을 지켜보던 고양이가 새끼줄을 훌쩍 넘으려고 하면 줄을 휙 잡아당겨 허탕을 치게 하는 단순한 놀이를 반복하며 아명과 고양이는 시간 가는 줄을 몰랐다.

엄마가 아명을 불렀다.

"아명아! 밖에 나가 아버지 오시는지 좀 보렴."

호롱불이 내비치는 희미한 불빛 속에 집 안은 한 폭의 그림처럼 검은색 배경에 몇 가지 물체와 얼굴만이 그 모습을 드러내고 있었다. 적막과 고요함 속에 그들만의 기쁨이 있었고, 처량함과 고통 속에 따스한 온기가 느껴졌다. 하지만 온기와 기쁨이란 것은 호롱불에서 내비치는 희미한 불빛처럼 너무 미세하고 약한 것에 지나지 않았다.

밖은 완전히 어둠에 묻혔다. 식사 준비가 다 됐는데도 웬일인지 아버지가 집에 오지 않았다. 며칠 동안 차밭에 별로 할 일이 없던 터라 이웃에 일손을 보태고 있었지만 저녁 시간 전에는 항상 집에 돌아오곤 했다.

오늘은 풍년제가 열리는 날로, 마을에서는 연극을 공연했고 마을 사찰에서는 일 년에 한 차례 지내는 제사도 지냈다. 아버지는 오늘 정오까지만 일을 하고 일찍 돌아와 오후에는 사찰에 제를 올린 뒤 좀 쉬어야겠다는 말을 남기고 집을 나섰다.

오늘은 학교에서도 오전 수업만 해서 아명은 점심 때 집으로 돌아왔다. 점심을 먹은 뒤 아버지와 사찰에 가서 제를 올리고 돌아오는 길에 잠깐 연극 구경을 하고 집에 돌아왔다. 그 뒤 다시 차밭에 나간 아버지가 지금까지도 돌아오지 않은 것이다.

엄마가 쟁반에 수북이 쌓아 놓은 닭고기를 보기만 해도 아명은 입에서 침이 도는 것만 같았다. 배에서 천둥치듯 꼬르륵꼬르륵 소리가 난 것이 언제인지 몰랐다. 게다가 저녁밥을 먹은 뒤 아버지를 따라 마을로 나가 연극 공연을 보고 싶은 마음이 굴뚝같았다.

"누나, 같이 가자!"

엄마의 나가 보라는 말에 아명이 차매를 부르며 같이 가자고 귀찮게 했다. 차매는 이미 배불리 밥을 먹고 단잠을 자고 있는 아생을 업고 있었다. 아생이 이미 커다란 닭다리를 혼자 다 먹어 버렸기에 자기 몫은 없다는 것을 아명은 잘 알고 있었다. 예전에는 집에서 닭을 잡으면 아명이 꼭 닭다리를 먹었는데 아생이 고기를 먹을 수 있게 된 다음부터는 닭다리가 아생 몫이 되어 감히 자신도 달라는 말을 한 번도 꺼내 보지 못했다. 설날에 엄마를 따라 외갓집에 갔을 때 말고는 닭다리 먹는 것은 감히 생각조차 하지 못하는 일이 되었다.

"혼자서는 못 가니?"

"그래도 같이 가자, 누나!"

"너, 밖이 깜깜한 게 무서워서 그러지? 이런 겁쟁이!"

"아냐! 난, 외로워서 그래!"

"차매야! 아명이랑 같이 다녀오너라. 멀리 가지 말고 마당 앞까지만 나가서 둘러보고 오너라!"

엄마의 목소리가 들려왔다.

남매와 고양이 그리고 등에 업은 막내 아생까지 넷이서 손을 잡고 밖으로 나서자 달도 없는 밤에 별들만이 수없이 반짝였다. 아무것도 보이지 않는 칠흑 같은 어둠이 무섭기까지 했다.

싸리문을 나서 앞에 펼쳐진 작은 길을 뚫어져라 쳐다보았지만 저 멀리 흔들리는 나무 그림자 말고는 아무것도 보이지 않았다.

"누나, 우리 좀 걷자!"

"안 돼! 엄마한테 혼나."

사실 차매도 산책을 하고 싶었지만 아버지가 아직까지 돌아오지 않은 것이 걱정이 되어 차마 그럴 수가 없었다.

"저기 저 나무까지 조금만 걸으면 되잖아, 응?"

"그래 알았어!"

"누나, 아빠가 연극 공연에 우리를 데려가실까?"

"그럼, 데려가실 거야. 아까 약속하셨으니까 틀림없어."

"그래도 만약 안 된다면 어떡하지?"

"아랫집 사람들 따라가면 돼."

"그런데……, 이렇게 늦었는데 혹시 먼저 가진 않았을까?"

"걱정 마, 이렇게 일찍 가는 사람은 없을 거야."

"그랬으면 정말 좋겠다. 야옹아, 너도 연극 보고 싶지? 내가 꼭 데려갈 테니 아무 걱정 마!"

"이런 바보! 고양이가 무슨 연극을 본다고 데려가니?"

"이것 봐, 야옹 야옹거리면서 자기도 볼 줄 안다고 대답하잖아!"

차매가 가볍게 웃었다. 그때 앞에서 누군가의 목소리가 들려왔다.

"차매랑 아명이냐?"

"예! 아버지세요?"

아명이 신이 나서 펄쩍 뛰어오르자 품에 안겨 있던 고양이가 어느새 품에서 도망쳤다.

"아버지! 빨리 밥 먹고 연극 구경 가요!"

아명이 더는 고양이에게 관심이 없다는 듯 신이 나서 외쳤다.

"시끄럽다!"

아버지가 버럭 소리를 질렀다. 에이, 아버지가 또 화가 나신 모양이네. 무슨 일 때문에 그러시지? 아명과 차매 모두 같은 생각을 했지만 감히 입 밖으로 소리 내지는 못하고 성큼성큼 걸어가는 아버지를 따라 들어갔다.

집에 돌아온 뒤 아버지는 말 한마디 없이 그저 식탁 의자에 앉아 한숨만 내리 쉬었다. 서둘러 반찬을 담던 엄마가 아버지의 한숨 소리를 듣고 물었다.

"무슨 일인데 그러세요?"

"큰일났어! 벌레가 또 극성을 부리고 있어."

"벌레요? 벌레라면 며칠 전에 모두 잡았잖아요?"

"그런데도 얼마나 많은지 몰라. 지난번보다 훨씬 더 많이 늘어난 것이 잡아도 끝이 없는 것만 같아."

"그런 일이……. 곧 여름 차를 따야 할 시기인데……."

"올해도 잘 지내기는 그른 모양이야."

온 집안 식구가 아무 말 없이 밥을 먹었다. 그 맛있게 보이던 닭고기도 도무지 무슨 맛인지 알 수가 없었다. 오로지 단 한 명 아명만이 신이 난 듯 맛있게 닭고기를 먹었다. 게다가 관심은 온통 연극 구경에만 쏠려 있었다. 아명의 마음은 진작 사찰 앞의 연극 무대에 가 있었다.

"여보!"

엄마가 갑자기 무엇인가 떠오른 듯 고석송을 불렀다.

"임장수 선생을 좀 찾아가 보면 어떻겠어요?"

"그 사람? 그 사람을 찾아가느니 차라리 내 목을 매달겠네!"

"하지만……."

엄마가 말을 계속 잇지 못했다.

고석송의 말이 틀린 말이 아니었다. 예전에도 집에 무슨 변고라도 생기면 임장수에게 달려가 애원했지만 임장수가 그들을 도와준 적은 거의 없었다. 다만 상황이 너무나도 심각해서 더는 어떻게 손쓸 수 없을 때나 되면 겨우 아까워 어쩔 줄 모르면서 몇 푼 빌려 주곤 했다. 그러나 그것도 자신의 차밭이 심한 손해를 입을 때뿐이었다. 지주로서 자신의 차밭을 나 몰라라 할 수 없을 때에만 겨우 몇 푼이라도 내놓았지 그런 경우 말고는 단 한 푼도 섣불리 내놓지 않았다. 고석송이 언젠가 어머니 병때문에 고리대금을 빌리려 했지만 무안만 잔뜩 당하고 빈손으로 돌아온 적이 있다. 그 뒤 고석송은 부자들이란 돈밖에 모르는 냉혈한들이라고 생각을 굳혔다.

"그래도 내일 다시 그분을 찾아가 상의 좀 해 보세요. 혹시 융통이 될지 누가 알아요?"

"아니야! 괜히 헛걸음만 하지 말고 스스로 해결할 방법을 찾는 것이 나아."

"우리에게 무슨 방법이 있다고 그러세요?"

엄마가 한숨을 길게 내쉬었다.

아무 대꾸도 없던 고석송의 눈길이 차매와 아명에게 쏠렸다. 두 손으로 아귀아귀 소리를 내며 정신 없이 먹고 있는 아명과는 달리 차매는 부모 사이에 오가는 대화를 주의 깊게 듣고 있다가 말했다.

"아버지, 저 내일 학교에 안 가고 대신 아버지랑 벌레를 잡을게요. 아명아, 너도 누나랑 같이 아버지를 도와 드리자."

"뭘 도와 드리는데?"

영문을 모르겠다는 눈으로 누나를 쳐다보는 아명의 입가에 번들기리는 기름기가 호롱불 빛을 받아 더욱 반짝였다.

"어휴, 이런 먹보 같으니! 넌 어째 사람이 먹는 것밖에 모르니? 아버지를 도와 벌레를 잡아야 한다는 말이야."

"벌레? 무슨 벌레? 며칠 전에 다 잡았잖아."

"벌써 열흘도 넘게 지났잖아. 선생님께 결석하겠다고 말씀드리고 며칠 아버지를 도와 벌레를 잡자."

"결석을 하라고?"

"응! 한 사흘이면 되겠지, 뭐."

"여보!"

엄마가 얼른 남매의 말을 끊으며 또 고석송을 불렀다.

"여보, 그러지 말고 내일 아침 일찍 임 선생님한테 좀 가 보세요. 혹시 누가 알아요? 이번에는 너그럽게 빌려 줄 수도 있잖아요."

고석송은 아무 대꾸도 하지 않고 조용히 밥만 입에 가져다 넣었다.

"만약 싫다고 하면 오는 길에 학교에 들러 애들이 결석해야 한다는 말을 담임 선생님들께 전하고 오세요."

잠시 생각에 잠겨 있던 아버지가 대답했다.

"알겠소. 내 말이나 한번 해 보리다."

잠시 뒤 문 밖에서 그들을 부르는 소리가 들렸다.

"이봐! 같이 안 갈 거야?"

"어서 나오라고!"

아명과 차매를 부르는 소리와 함께 어린아이들이 재잘거리는 소리가 섞여 있었다. 주변 사람들 모두 연극을 보러 마을로 내려갈 참이었다. 향(鄕)에서 일 년에 한 번 치르는 시끌벅적한 잔칫날 밤이 되면 모두들 삼삼오오 어울려 마을로 내려가 한껏 잔치를 즐기곤 했다.

"잠깐만 기다려요!"

아명이 한 손에 고기를 들고 창문으로 뛰어가 소리를 지른 뒤 다급한 목소리로 외쳤다.

"아버지, 빨리, 빨리요!"

"난 그런 데 안 간다!"

근심이 가득한 고석송의 마음이 그런 것에 쏠릴 리 만무했다.

"그럼 애들 둘이라도 보내 주세요."

엄마가 구원의 손길을 내밀었다.

"좋아, 그럼 함부로 행동하지 말고 잘 놀다 오너라."

마침내 허락이 떨어지자 아명이 손에 들고 있던 닭고기를 휙 던지고는 덩실덩실 춤까지 추며 기뻐했다.

"누나, 서둘러. 나 먼저 나간다!"

별로 가고 싶지 않은 듯 숟가락을 내려놓은 차매는 등에 업고 있던 아생을 엄마에게 넘겼다. 하지만 사실 차매도 속으론 얼마나 구경을 가고 싶었는지 모른다.

아명이 야옹거리며 상 밑에서 고양이를 찾아 끌어안자 고석송이 아명에게 버럭 소리를 질렀다.

"아명이, 너!"

"그냥 데리고 가게 내버려 두세요."

이번에도 엄마가 아명의 구원병이 되었다.

아명이 고양이를 품에 안은 채 누나를 재촉하더니 바람처럼 문 밖으로 사라졌다.

삼삼오오 떼를 지어 내려가는 사람들은 기쁨에 한껏 도취되어 있었다. 일고여덟 명 되는 어른에 그보다 많은 수의 마을 아이들이 길을 함께 걸어갔다. 맨 앞에서 횃불을 든 사람의 인솔을 따르며 끊임없이 유쾌한 웃음을 터뜨렸다. 모두가 천수 마을의 가난한 농부들이었지만 지금만큼은 세상 여느 부자와 마찬가지로 이날을 마음껏 즐겼다. 그 순간 그들을 괴롭혀 온 온갖 고통과 고민들은 머릿속에서 완전히 사라진 채 자취를 감추고 없었다.

마을로 들어서는 입구에는 큰 돌다리가 있었고, 돌다리를 지나면 곧 마을로 들어가는 셈이었다.

다리 위에 켜 놓은 몇 개의 전등은 한참 동안 어두운 밤길을 지나온 사람들로서는 탄성이 나올 만큼 요란한 불빛을 냈다. 그 불빛 아래로 마을에서 열리는 연극 구경을 하기 위한 사람들의 행렬이 끊임없이 이어졌다.

천수 마을에서 온 사람들이 막 다리에 들어섰을 때 맨 뒤에서 따라가던 아명과 차매는 다리 건너편에서 어깨를 나란히 하고 걸어오는 곽운천과 임설분을 보고 깜짝 놀랐다. 차매와 아명이 얼른 앞으로 다가가 인사를 했다.

"어머, 너희들도 연극을 보러 왔니?"

임설분이 놀란 목소리로 물었다. 게다가 사람이 하도 많은 탓에 임설분의 목소리는 여느 때보다 높았다.

"고아명!"

곽운천이 사람들 사이로 나오며 손을 뻗어 아명의 고양이를 어루만졌다.

"하하, 야옹이도 연극 구경 왔나 보구나!"

"예! 야옹이가 얼마나 연극 구경을 좋아하는데요!"

곽운천과 임설분이 서로를 바라보며 큰 소리로 웃었다.

"선생님!"

차매가 뭔가 생각난 듯 임설분을 불렀다.

"저랑 아명이랑 내일부터 사흘 동안 학교에 못 갈 것 같아요."

"학교에 못 온다고? 왜?"

"차밭에 벌레가 너무 많이 생겨서 아버지를 도와 벌레를 잡아야 하거든요."

"왜? 저번에 잡았는데 왜 또 잡는 거지?"

곽운천이 이상하다는 듯 물었다.

"벌레가 또 생겼대요. 게다가 이번에는 저번보다 훨씬 더 많이 생겼대요."

"왜 분사기로 약을 뿌리지 않니?"

임설분이 물었다.

"아버지가 약이랑 분사기가 너무 비싸서 사지 못하신다면서 우리가 직접 손으로 잡아야 한다고 하셨어요."

"그랬구나. 참, 내일 아침 일찍 아버지께 우리 집으로 잠깐 오시라고 전해 줄래?"

"저희 엄마도 아버지께 내일 일찍 선생님 댁에 찾아가 보시라고 했어요."

"그래서 오신다고 하셨니?"

차매가 고개를 끄덕였다.

"이따 집에 가서 다시 아버지께 내일 꼭 선생님 집에 잠시 들르시라고 말씀드리렴. 선생님도 꼭 도와줄게."

"예. 감사합니다, 선생님."

"그래, 이제 그만 가 봐라."

"예, 안녕히 계세요."

"잘 가!"

사람들이 점점 더 많이 몰려들어 사람 물결을 이루면서 천천히 앞으로 옮겨 갔다. 이들을 거슬러 올라가는 사람은 곽운천과 임설분 단 두 사람뿐이었다.

두 사람은 아무 말 없이 한쪽 길가로 천천히 걸음을 옮겼다. 자칫 잘못하면 금방이라도 사람들 물결에 휩쓸려 갈 판이었다. 마침내 두 사람은 다리에서 30미터 정도 떨어진 갈래 길에 이르렀다. Y자로 갈라진 길의 북쪽은 현 소재지로 향하는 길이었고, 서쪽은 이웃 마을로 가는 길이었다. 서쪽으로 4킬로미터 정도 더 걸으면 곽운천의 집이었다.

길에는 마을로 가는 입구처럼 사람들이 많지 않았지만 마을로 향하는 발길은 계속 이어졌다. 불빛에서 이미 멀리 떨어진 터라 서로 얼굴이 잘 보이지 않았다.

"고모님 댁은 어느 쪽으로 가야 하지요?"

곽운천이 걸음을 멈추고 서서 물었다.

"오래 전에 이미 지나쳤어요. 다리 옆 골목으로 들어가면 바로 옆이었거든요."

"예에? 아까 고모님 댁에서 묵으실 거라고 하셨잖아요?"

"그랬는데, 그냥 집에 돌아가려고요."

"집에 돌아가신다고요? 이미 차도 다 끊겼는데 어떻게 돌아가신다

는 말씀이세요?"

"두 발로 걸으면 되죠!"

"너무 먼 것 아닙니까? 한 40분은 족히 걸어야 할 텐데……."

"설마 거기까지 못 걷기야 하겠어요?"

"정말 용기가 대단하시네요."

"그런가요?"

"제가 바래다 드릴게요."

"그럼 곽 선생님이 족히 세 시간은 걸으셔야 할 텐데요."

"괜찮습니다."

"안 무서우세요?"

"뭐가 무섭습니까?"

두 사람은 북쪽으로 걷기 시작했다.

풍년제를 위해 수성향에서 돼지를 잡았다. 옹수자네 집에서 기른 950킬로그램이 넘는 돼지가 특상을 받아 손님상에 올라갈 희생물이 되었다. 학교 선생 가운데 대여섯 사람이 이곳 수성향 출신으로, 다른 선생들을 초대하여 대접했다.

곽운천은 원래 수업을 마치자마자 집에 돌아갈 생각으로 다른 몇몇 선생님들의 초대를 완곡히 거절했다. 하지만 퇴근 시간이 다 되어 학교에서 선생님들을 초대할 작정으로 나와 있는 옹수자와 정면으로 부딪히게 된 곽운천은 옹수자의 끈질긴 권유를 더는 사양하지 못하고 끌려오다시피 잔치가 벌어진 곳으로 오게 되었다.

옹수자 집의 돼지가 가장 큰 것은 이날 수성향 전체 마을에서 가장 크게 잔치를 베풀어야 하는 잔치의 주최가 된다는 것을 뜻했다. 옹수자의 끈질긴 손길에 손님들이 하나 둘씩 계속해서 모여들었다. 그곳에 모인 손님이 가장 많은 것 같았다. 동료 가운데 열 명 남짓한 선생들은 옹수자가 직접 데리고 왔으며, 나머지 서른 명 정도는 다른 선생들의 초대로 여기저기 흩어져 융숭한 대접을 받고 있었다. 임설분 또한 옹수자에게 초대받은 손님이었다. 교장, 이금삼, 서대목 들도 모두 옹수자 집의 귀빈으로 대접을 받았다.

곽운천은 식사가 그리 즐겁지 않았다. 술도 못 마시는데다 사람들과 잘 어울리는 성격도 아니어서 이런 시끌벅적한 곳에서 할 수 있는 일이라고는 그저 자리를 지키고 앉아 먹는 것뿐이었다. 게다가 한자리에 앉은 서대목과 이금삼이 일부러 또는 무의식적으로 자신의 신경을 거스르고 있었기에 그저 이 시간이 빨리 흘러 자유로워지고 싶을 뿐이었다.

잔치가 끝나 가면서 가장 먼저 자리에서 일어난 사람은 역시 곽운천이었다. 이어 임설분이 마을 옆에 있는 고모 집에 가겠다며 함께 인사를 나누는 바람에 두 사람이 나란히 자리를 뜨게 되었다.

이것은 곽운천이 처음으로 임설분과 단둘이 함께 있게 된 자리였다.

곽운천은 임설분의 갑작스런 행동에 상당히 놀랐다. 도대체 무슨 일일까? 무슨 특별한 뜻이라도 있는 것일까? 처음에는 자기 말대로 고모 집에서 자고 가려고 했을 수도 있다. 갑자기 생각을 바꾼 까닭이 혹시 내가 데려다 줄 것을 알았기 때문은 아닐까? 나와 단둘이 있는 시간을 가지려고 일부러 이런 기회를 만든 것일까?

혼자 집에 가겠다는데 내가 어떻게 혼자 보낸다는 말인가? 그 누구도 아가씨가 한밤에 혼자 한참을 걸어가야 한다는데 혼자 보내지는 않을 것이다. 그래! 분명 그것을 알고 일부러 그렇게 한 것이다. 임설분이 무슨 생각을 했든 뭐가 대수냐? 적어도 고모 집에서 자지 않고 집으로 돌아가겠다고 결심했을 때 내가 자신을 집까지 바래다 줄 것은 분명 짐작했으리라.

만일 나의 추론이 맞다면 이것은 임설분이 내게 기회를 준 것이 틀림없다. 이런저런 생각을 하던 곽운천의 심장이 급격히 빨리 뛰기 시작했다. 온몸의 피가 거꾸로 치솟아 오르는지 숨조차 제대로 쉬기 버거웠다.

하지만 곽운천은 곧 자신이 예전에 수없이 했던 생각들이 떠올랐다. 임설분은 어려서부터 아버지가 그녀에게 주입시킨 관념들에 반항할 수 있는 개성이 강한 여성이 아닌 듯했다. 확고한 의지로 자신의 운명에 도전할 수 있는 용기도 없는 것 같았다.

모든 생각이 자신만의 지나친 생각에 지나지 않을 수도 있었다. 임설분에게 자신의 존재 따위는 아예 없을 수도 있다. 이번의 동행은 그저 우연인지도 모른다. 원래 집에 돌아갈 생각이었고, 고모 집에서 자고 갈 것이라는 말은 그저 옹수자의 집을 나오기 위한 핑계였을 수도 있다. 내가 뭘 믿고 임설분이 내게 호감을 갖고 있다고 장담할 수 있겠는가? 그럴 만한 까닭은 하나도 없었다.

생각이 꼬리를 물고 이어지면서 곽운천은 기계적으로 걸음을 옮겼다. 가끔 고개를 들어 하늘에 반짝이는 별을 보며 자신도 모르게 길고 긴 한숨을 내쉬었다. 길거리에는 이미 인적이 드물었지만 간혹 마을에서 열리는 연극 구경을 놓칠세라 마지막 발걸음을 바쁘게 옮기는 사람도 있었다.

"무슨 한숨을 그리 쉬세요?"

"아, 아닙니다. 그냥 못 먹는 술을 억지로 마셨더니 속이 좀 불편해서요."

"훗."

임설분이 짧게 웃었다. 비아냥스런 그 짧고 낮은 웃음소리에 곽운천은 소스라치게 놀랐다. 사실 곽운천은 술 때문에 가슴이 답답해서 깊은 숨을 토해 내고 있던 순간이었다.

잠시 뒤 임설분이 말했다.

"저는 즐거운 시간을 보내고 계신 줄 알았는데 아니었나요? 그런 자리에서 술을 좀 하는 것도 아주 의미 있는 일 아니겠어요?"

"예에? 무슨……?"

곽운천은 정말이지 무슨 말을 어떻게 해야 할지 몰랐다. 나보고 즐거웠냐고? 사실 그 시간은 마치 벌을 받는 것처럼 가시 방석에 앉은 것만 같은 시간이었다. 옹수자가 임설분의 친구이기 때문에 무례하게 대할 수 없었던 것뿐이다. 하지만 지금 자신 앞에 있는 임설분은 다른 때와 조금 달라 보였다. 도대체 무슨 생각으로 저런 말을 하는 것일까? 참 알 수가 없네!

곽운천이 잠깐 동안의 침묵을 깨고 입을 열었다.

"제가 술을 처음 마셔 보는 거라서요. 쓰고 취하는 술을 무슨 맛으로 먹는지, 제겐 약을 먹는 것보다 더 고통스럽던데요."

"후훗……."

또다시 임설분이 비웃음인지 웃음인지 모를 소리를 내더니 잠시 뒤 말을 이었다.

"옹 선생 참 괜찮은 사람이죠. 예쁘고 상냥하고……. 듣자 하니 혼수품도 상당하다고 하더군요. 준비해 놓은 옷만 해도 열 상자가 넘는

다죠. 게다가 저축해 놓은 돈도 상당하고……. 그만하면 정말 훌륭한 신붓감 아닌가요?"

"예에?"

도대체 무슨 말을 하는 것인지 알 수 없었다. 그저 말문이 막힐 뿐이었다. 하지만 임설분의 말투가 얼마나 냉담한지는 느낄 수 있었다. 그 말투며 비웃음은 누구에게나 차가운 기운을 느끼게 하기에 충분했다.

임설분에게 이런 면이 있었는지 믿기조차 힘들었다. 곽운천이 다시 대꾸했다.

"임 선생님께서 왜 그런 말씀을 하시는지 정말 모르겠습니다."

"왜요? 곽 선생님이 늘 궁금해하던 것들 아닌가요?"

"제가요? 하느님 맙소사……. 제가 왜 그런 것들을 궁금해할 것이라고 생각하시는 거죠?"

"좋은 소식인데 뭘 그러세요?"

"후유, 뭐가 좋은 소식이라는 겁니까?"

"관심 없으시다면 그냥 됐어요."

두 사람 사이에 또다시 침묵이 흘렀다.

곽운천은 임설분이 자신에게 한 말을 한마디 한마디 곱씹으며 왜 그런 말을 했는지에 대한 단서를 찾기 위해 골몰했다. 하지만 생각을 하면 할수록 모호해지는 것이 그야말로 오리무중이었다.

길 위의 불빛이 거의 사라진 시각, 별빛 아래 바닥에 굴러다니는 돌멩이들이 반짝였다. 길가에는 높게 자란 나무가 늘어서 있었고, 그

옆 논에서는 개구리 울음소리가 시시때때로 들려왔다. 간혹 논밭 수로에서 나는 소리인지 가까이에 정말 작은 시내가 있는지 알 수 없는 희미한 물소리도 들려왔다.

"아명의 그림은 무슨 좋은 소식이라도 있나요?"

임설분이 갑자기 침묵을 깼다.

"아직 없습니다."

임지홍을 세계 어린이 미술 대전에 참가하게 하지 않았다고 날 질책하는 것인가?

"그날, 원래 지홍이에게도 그림을 그리게 할 셈이었는데 아명이네 집에 서둘러 가느라고 임 선생님 댁에 갈 시간이 없었습니다. 정말 죄송하게 됐습니다."

"지홍이가 무슨 희망이 있겠어요."

"꼭 그런 것만은 아닙니다."

"현에서 열리는 대회에 나가서도 은상밖에 못 탔는데 국제 대회에 나간들 입선이나 하겠어요?"

"그야 다르죠. 이번 미술 대회 때는 옆에서 지도하는 선생님이 안 계셨지 않습니까?"

"다를 것 없어요. 선생님이 지홍이를 가르치신다면 다른 아이들도 지도하는 선생님을 모시고 그리지 않겠어요? 하긴 곽 선생님이 지홍이를 가르치신다는 보장도 없지만 말이에요."

"그게……"

"솔직히 지홍이에게 그런 재능이 없다는 것은 잘 알고 있습니다."

임설분은 더는 깊은 속내를 털어놓지 않고 입을 다물었다. 곽운천 또한 이 화제에 대해서는 별로 할 말이 없었다. 그는 얼마 전 교장실에서 있었던 임장수와의 어색했던 만남을 떠올렸다. 그저 스쳐 가는 생각일 뿐인데도 그의 두 뺨이 어느새 붉어졌다. 두 사람은 다시 침묵에 빠져 들었다.

다시 얼마를 걷다가 임설분이 차분한 목소리로 물었다.

"그날 우리 집에는 왜 안 오셨어요?"

질책이 담긴 질문이었지만 말투는 아까와는 달리 아주 부드럽고 상냥했다. 곽운천이 다시 한 번 놀라며 임설분의 물음에 대답했다.

"선생님들을 초대한 날 말입니까? 저야 뭐 별로 초대받아야 할 까닭이 없는 것 같아 행여 폐나 끼치지 않을까 해서 안 갔습니다."

"초대받을 까닭이 없다고요? 옹 선생이었으면 까닭을 묻지 않고 가셨을 텐데……. 안 그래요?"

"네에? 그건, 무슨 말을 어떻게 해야 할지 모르겠지만 오늘은 옹 선생한테 끌려온 것입니다."

"끌려왔다……, 그랬군요."

담담한 말투로 그렇게 말했지만 그 말에는 '하지만 전 사람을 어떻게 끄는지 잘 모르는걸요.'라는 뜻이 실려 있었다.

곽운천은 입장이 아주 곤란해진 것을 느꼈다. 한쪽은 초대를 받고도 안 가고, 한쪽은 어찌 되었든 초대에 응했으니, 모든 게 어떤 계획하에서 이루어진 것은 아니었지만 사건이 지닌 의미는 그리 단순하지 않은 것처럼 느껴졌다.

곽운천은 임설분의 이런 추궁이 단순한 추궁인지 아니면 그 이상의 뜻을 담고 있는 질책인지를 아무리 생각해도 알 수 없었다. 그는 어떻게 해야 자신의 입장을 상대에게 잘 이해하도록 설명할 수 있을지에 온 정신을 쏟았지만 별다른 뾰족한 말이 생각나지 않았다. 사실 임장수의 초대가 부담스럽기는 했지만 굳이 절대 가지 않겠다는 것은 아니었다. 그가 끝내 가지 않겠다고 결심한 것은 됴대년 교장이 무심코 내뱉은 "임 의원과 안면을 트고 잘 지내 두는 것이 곽 선생한테도 좋지 않겠습니까?"라는 말 때문이었다.

그 당시는 대단히 미묘한 심정이었고, 왜 별 뜻도 없는 교장의 그 말 한마디 때문에 그 자리에서 가지 않겠다고 결정했는지 곽운천 자신도 설명하기 어려웠다.

곽운천은 복잡한 심경으로 침묵을 지키다가 결국 입을 열었다.

"사실 오늘 전 다른 선생님들의 초대를 모두 거절했습니다. 막 집에 돌아가려는데 옹 선생님을 교무실에서 맞닥뜨렸기에 피할 수 없는 처지가 되어 끌려오다시피 참석한 겁니다. 사실 그런 자리를 왜 갔는지조차 전 이해하기 힘듭니다. 진수성찬이 앞에 있어도 돌을 씹는 듯한 기분이었는걸요. 꼭 벌을 받고 있는 느낌이었습니다."

임설분은 아무 대꾸도 하지 않았다. 임설분도 그의 한마디 한마디가 거짓 없는 사실임을 너무나 잘 알고 있었다. 곽운천이 어떤 술수나 꾀를 부릴 줄 모르는 사람이라는 것을 이미 예전부터 알고 있었다. 옹수자의 집에서 좌불안석하는 모습과 상대가 권한 술을 마시며 찡그리는 얼굴에서도 그 당시 그의 심정이 어떠한지 충분히 느꼈다.

잠시 뒤 그녀가 다시 입을 열었다.

"그날 밤, 아버지께서 선생님보고 아버지를 무시한 건방진 녀석이라고 하셨을 때……, 전 밤새 속이 상해서……."

임설분의 목소리는 어느새 봄날 햇살처럼 부드러워져 있었다. 얼음처럼 차가운 말투 대신 따스함과 은근한 기대가 실려 있는 원망이 그녀 입에서 흘러나왔다.

"정말 그렇게까지 생각하실 줄은 몰랐습니다. 죄송합니다. 임 선생님께서 대신 양해해 주십시오."

"지금 제가 선생님을 탓하고 있는 것은 아니에요."

"인간 세상에서 일어나는 많은 일에 전 아직 잘 적응하지 못하고 있는 것 같습니다. 학교에 온 지도 어느새 한 달이 넘었는데 모든 일이 놀랍고 또 당황스럽기만 합니다. 어떤 상황에 어떻게 대처해야 하는지 알 때쯤이면 사건은 이미 과거가 되어 버리곤 했으니까요."

곽운천의 말투가 점차 격앙되기 시작했다. 설분의 눈빛도 간절한 기대로 반짝이기 시작했지만 어두운 밤의 기운 속에 서로의 표정을 읽을 수 없어 그저 안타까울 뿐이었다.

"사회라는 것이 제 생각보다 훨씬 더 복잡한 조직 같습니다. 제가 보기에는 제 자신이 너무 둔감한 게 아닌가 싶습니다."

'네, 당신은 둔감해도 참 많이 둔감한 사람이에요.'

임설분의 이런 생각이 입 밖으로 새어 나오지는 않았다.

"학교에 머문 시간이 별로 길지도 않지만 그 사이 전 아주 많은 것을 배운 것 같습니다. 아주 실제적인 경험을 한 것이지요. 앞으로도 세상 물정을 몰라 실수를 많이 할 것 같으니 선생님께서 많이 이해도 해 주시고 많이 고쳐도 주십시오."

설분의 눈가에 서려 있던 기대감이 사라져 가며 크게 실망한 빛이 얼굴에 뚜렷하게 떠올랐다.

"사람들이 사회란 어떤 조직이라고 말하던 일들이 이제야 어느 정도 하나하나 제대로 실감이 나는 것 같습니다. 사회에서는 책에서 볼 수 없는 배워야 할 일들이 참 많은 것 같아요. 그런 점에서 저는 유치원생과 다를 바가 없습니다. 그렇게 생각하지 않으십니까?"

"그런 얘기는 이제 그만 하죠."

설분의 말투가 갑자기 다시 차가워졌다.

성심성의껏 자신의 속내를 털어놓던 곽운천은 상대의 알 수 없는 이런 냉랭함에 은근히 부아가 났다.

학교에서 여러 여학생들과 자연스럽게 만나고, 허심탄회한 이야기를 한 것이 어디 한두 번이었겠는가? 다만 설분과 같이 자신의 숨을 막히게 한 여학생도, 이렇듯 도대체 무슨 생각으로 시시각각 말투와 태도가 돌변하는지 모를 상대도 없었을 뿐이다. 사회에서 만난 여성과 대화를 하려면 많이 참아야 하나 보다. 이것도 공부겠지.

곽운천이 부아를 누르며 다시 물었다.

"그럼 무슨 얘기를 할까요?"

"꼭 무슨 말을 안 해도 상관없어요."

잠시 뒤 그녀가 다시 입을 열었다.

"아무 얘기나 하시죠. 아무 말도 없이 길을 함께 걷는 것도 좀 어색한 것 같네요."

"제가 워낙 말주변이 없어서⋯⋯. 무슨 말을 해야 할지⋯⋯."

"연애하신 이야기라도 해 보세요."

"연애라고요? 전 그런 것 해 본 적 없습니다. 하늘에 맹세할 수 있어요."

"정말이세요? 그 말은 정말 못 믿겠는걸요."

"사실 전 임 선생님의 연애 이야기가 더 듣고 싶은데요. 사귀는 분도 있다고 들었습니다."

"누가 그런 말을 해요?"

"글쎄요? 누군지 잊어버렸습니다."

"시치미 떼실 필요 없어요. 분명 옹 선생이 또 쓸데없는 말을 늘어놓았을 테니까요."

"어이쿠, 이거 제가 또 말 실수를 한 것 같습니다."

"연애하신 적이 없다면 노래나 한 곡 해 보세요. 그것도 괜찮을 것 같네요."

"이걸 어떡하죠? 노래라면 그런 음치가 없는데⋯⋯."

"그럼 학교에서 함께 지내던 여학생들 이야기나 대학 생활 이야기라도 해 보세요."

저 끝을 알 수 없는 곳에서 시작되어 정점에 이를 때면 두 개의 곡선이 가장 가까운 곳에서 잠시 함께 할 수는 있지만 끝내 만날 수 없는 쌍곡선이었다. 그 정점을 지나면 또다시 끝을 알 수 없는 곳을 향해 질주해야 하는 것이 쌍곡선의 숙명이자 쌍곡선이 지닌 슬픔이었다.

곽운천과 임설분 둘 다 서로에게 강하게 끌리면서도, 그것을 표현하면 당장이라도 불이 붙을 것이라는 것을 너무나 잘 알고 있는 동시에 함께하고 싶을수록 멀어진다는 것도 잘 알고 있었다. 쇠사슬 끝에 매달린 자석 두 개가 아무리 서로 마주치고 싶다 해도 사슬의 길이가 너무 짧으면 결국 붙을 수가 없는 이치와 같았다.

곽운천은 이런 상황에서 이런저런 잡다한 지난 얘기들을 늘어놓기 시작했다. 말하는 사람도 어색함을 덜기 위한 한 수단으로 이야기를 하고 있었으며, 듣는 사람은 더욱 아무런 감동 없이 목석 같이 듣고 있었다. 조금밖에 남지 않았던 그 길도 그 형상 없는 쇠사슬의 억눌림 아래에서 끝이 나고 있었다.

임설분의 집 앞에 이르자 곽운천은 차나 한잔 하고 가라는 임설분의 강한 권유를 뿌리치며 곧바로 집에 돌아가겠다는 뜻을 내비쳤고 둘은 그렇게 헤어졌다.

고백

　고석송은 해가 뜨기도 전에 이른 아침밥을 먹고 7시도 못 되어 차 공장으로 갔다.

　이때 임장수는 한창 단잠에 빠져 있었고, 임설분과 임지홍은 아침을 먹고 있었다. 임설분은 손님이 온 것을 알고 곧 자리에서 일어나 임장수를 깨우러 갔다.

　어젯밤 일 년에 한 번 열리는 풍년제에서 길거리 유세를 벌이며 술에 잔뜩 취한 임장수는 자정이 넘어서야 집에 들어와 잠자리에 들었다. 한창 단잠에 취했을 때 누군가 잠을 깨우자 임장수는 불쾌했다. 게다가 이런 이른 아침에 찾아와 단잠을 깨우는 장본인이 소작농이라는 사실에 알 수 없는 분노까지 느끼며 딸에게까지 욕을 하고 싶은 심정이었지만 꾹 참았다. 이런 중요한 시기에는 자신의 눈에 한낱 보잘것없는 소작인 또한 함부로 홀대할 수 없는 투표자라는 사실을 잘 알고 있었다. 게다가 한참 강조되고 있는 민주적인 태도를 보이는 동시에 자비심을 갖춘 인물로 비춰져야만 선거에 도움이 된다는 것 또한 본능으로 알고 있었다.

임장수는 침대에서 내려오기 무섭게 탁자 위에 놓인 담뱃갑을 주위 잠옷 주머니에 밀어 넣으며 양치질까지 하고서는 그것이 마치 찾아온 손님을 기다리게 하는 대단히 미안한 일이라는 듯 서둘러 거실로 나갔다.

"아니, 이른 아침에 고 서방 자네가 웬일인가? 이리 와서 앉게!"

임장수가 자리에서 막 일어서려는 고석송의 어깨에 손을 대고 자리에 앉히며 관심이 가득한 얼굴로 말했다.

"이렇게 이른 아침부터 소란을 피워 죄송합니다."

성품이 강직한 고석송이었지만 사람이 가난하고 배운 게 없다 보니 지금의 그 한마디가 자신의 형편을 정확히 드러냈다.

마을 지주의 집에 찾아와서, 더구니 자신이 아쉬워서 뭔가를 부탁하러 온 자리에서 고석송은 자신이 너무 한심하고 비참하다는 생각은 물론 심지어는 너무 부끄러워 얼굴을 들고 서 있을 수가 없다는 생각까지 했다. 하지만 상대방의 예상치 못한 친절함은 낯설기만 했다. 고석송의 기억에 임장수는 혼자 저 높은 곳에 올라서서 거만하게 상대방을 발 아래 놓고 짓밟는 그런 인물이었다. 그런 사람이 지금 보여 주는 관심과 친절은 자신이 기억하고 있는 임장수라는 인물과는 완전히 반대되는 것이었다.

"죄송하긴 뭐가 죄송하다고 그러시는가? 나도 이제 막 일어날 참

이었네. 자, 우선 우리 담배나 한 대 태우도록 하지! 넌 가서 차 좀
내오너라."

임장수가 곁에 서 있던 설분에게 차를 내오라고 하는 동안 고석송
이 당혹감을 감추지 못하고 어쩔 줄 몰라 주저주저하며 임장수가 내
민 담배를 받아 들었다.

"어서 한 대 태우시게."

임장수가 말을 하며 자신도 한 대를 피워 물었다.

"헌데, 무슨 일인가?"

"저, 차밭에 요 며칠 사이 갑자기 벌레가 들끓어서요."

"아니, 자네 차밭에도 벌레가 생겼는가? 거 참, 큰일이로구만!"

"지난번, 한 열흘에서 스무날 전쯤 며칠 동안 벌레를 잡는다고 잡
았습니다. 그때만 해도 벌레가 그렇게 많지는 않았는데 이번에는 닷
새 정도를 잡아도 다 잡을 수 있을 것 같지가 않습니다. 게다가 여름
차도 이제 시작을 해야 하는데 말입니다."

"흐흠, 정말 큰일이로구만. 올해 천수 마을이 정말 운이 없구만, 운
이 없어!"

"그래서 좀 도와주십사 하고……. 만약 이대로 두었다가는……."

"알겠네!"

이상하리만큼 시원시원하게, 말을 채 마치기도 전에 상대가 하고
싶은 말을 대신했다.

"그런 일이라면 내 책임지고 도와줘야지! 모두가 내 책임 아닌가
말이야! 손으로 못 잡으면 약을 뿌려서라도 그 못된 벌레 녀석들을

몽땅 잡아 죽여야 하지 않겠는가 말이야!"

"그야……."

"설분아! 아화에게 가서 당장 분무기를 가져오라고 일러라. 고 서방 자네는 잠깐 여기 앉아 기다리게."

임장수는 설분에게 지시를 하고 얼른 몸을 일으켜 안으로 들어갔다. 잠시 뒤 그가 손에 돈다발을 들고 나와 고석송 앞에 있는 탁자에 놓으며 말했다.

"100원이네. 오늘 꼭 약을 사서 치도록 하게. 부족하거든 내일 아침 다시 오고."

"저, 정말 감사합니다!"

고석송은 믿기지 않는 눈빛으로 눈앞의 돈을 멍하니 바라보았다.

"아화!"

임장수가 창밖을 향해 소리를 지르자 밖에 있던 일꾼이 대답했다. 분무기는 이미 문 앞에 준비가 되어 있었고, 설분도 다시 거실 안으로 들어서고 있었다.

임장수가 손목시계를 들여다보며 고석송에게 말했다.

"금방 버스가 올 테니 저 애들과 함께 차를 타고 가도록 하게."

옆에 있던 설분이 말했다.

"그렇게 하세요. 저희랑 같이 가요."

"아니, 아닙니다. 걸어가도 금방인걸요."

"아명과 차매가 결석을 한다고 했으니 어서 가서 결석할 필요가 없다고 알려 주서야죠. 지각을 해도 좋으니 학교에 꼭 오라고 전해 주세요."

"그래도 전 걸어서……."

"제가 금방 준비하고 나올 테니 잠시만 기다리세요."

"그렇게 하도록 하게. 앞으로는 아이들이 공부에 전념할 수 있게 결석 같은 것은 되도록 시키지 말게나. 공부는 어쨌든 해야 하는 게 아니겠나?"

"그, 그럼요!"

"앞으로 무슨 어려운 일 있으면 괜히 미안해하지 말고 곧장 날 찾아오도록 하게."

"고, 고맙습니다."

잠시 뒤 고석송은 설분 남매와 함께 버스를 타고 집으로 갔다.

오늘 밤은 곽운천이 당직을 설 차례였다.

한낮의 소란스러움이 사라진 한밤의 학교는 마치 새로운 옷으로 갈아입은 듯 쥐새끼 한 마리가 기어다니는 소리까지 텅 빈 교실에 울려 퍼질 정도로 고요했다.

곽운천은 혼자 교무실에 앉아 숙제를 검사하고 있었다. 초등학교 교사들이 할 일이 뭐가 이리 많은지 한 달 전만 해도 짐작조차 할 수 없었다. 하루 종일 거의 쉬지 않고 수업을 하고 또 다른 일을 하느라 어떤 날은 숙제 검사조차 제대로 할 수 없었다. 집이 먼 탓에 산더미처럼 쌓여 있는 숙제들을 집으로 가져가기도 여간 불편한 게 아니었다. 내용을 꼼꼼히 살펴보지 못한 채 그저 대충 훑어보고 되돌려 줄 때도 간혹 있었다.

곽운천은 당직을 설 때가 이런 시간을 보충할 수 있는 좋은 시간임을 알았다. 이번이 두 번째로 당직을 서는 밤이었다. 첫 당직을 서는 날 밤 그는 그 동안 아이들이 제출한 숙제들을 꼼꼼히 살펴본 뒤에 돌려줄 수 있었다. 하지만 오늘 밤은 무슨 일인지 제대로 정신을 집중할 수가 없었다. 눈길은 그 깨알 같은 글씨들이 춤을 추는 숙제 위에 붙박여 있었지만 삐뚤삐뚤 적힌 수많은 글자들은 마치 개미들처럼 계속해서 움직이고 있는 것 같았다.

"내가 왜 또 이런 생각들을 하고 있지? 이미 지나간 일은 그냥 내버려 두자."

곽운천은 혼자 중얼거렸다. 그의 마음은 어젯밤 일로 가득 차 있었다. 왜 용기를 내어 그런 좋은 기회를 잡지 못했을까? 임설분의 집까지 가서 감히 들어가지도 못한 꼴은 또 무엇인가?

임설분과 헤어진 뒤 거의 두 시간 동인 혼자 적막한 밤길을 걸어서 집으로 돌아왔다. 돌아오는 내내 그는 생각하고 또 생각했다. 임설분의 말 한마디 한마디를 돌이켜 생각하면서 곱씹어 보았다. 그는 예전과 마찬가지로 임설분으로서는 영원히 풀 수 없는 문제라는 결론을 내렸다. 다시 말하면 그녀가 과연 그런 용기가 있을까? 그녀가 과연 아버지의 뜻을 거역할 수 있는 그런 여인일까? 아직 학생으로서 이런 생각이나 하는 게 옳은가? 하는 해답 없는 물음만을 나열하며 돌아갔다.

열등감과 유약함을 지닌 사람은 평생 모든 실패의 원인을 주변 환경이나 팔자 등 운명에 돌리게 마련이다. 그런 사람에게는 이런 생각들이 자신을 위로하는 유일한 방법일 것이다. 만약 곽운천이 자신의 내면 깊은 곳을 똑바로 보고자 했다면 그 깊은 곳에 자리를 틀고 앉아 있는 유약하기 이를 데 없는 사내가 곧 자신임을 쉽게 알아챌 수 있었을 것이다. 아울러 이런 유약한 사내만이 사건과 상황이 벌어진 뒤에야 후회와 자책을 가슴에 안고 전전긍긍한다는 것도 깨달았을 것이다.

연애를 할 때 상대방의 마음을 잘 파악하는 게 밥 먹기보다 쉬운 사람이 있는 반면 그와 정반대인 사람도 있다. 현실적으로 전자는 연애라는 사건에서 승리하기 쉽고, 후자는 기껏해야 상대방이 자신을 안중에도 없어 할지 모른다는 변명으로 고뇌에서 해탈하고자 노력할 뿐이다.

곽운천은 자리에서 일어나 담배를 한 대 물고는 라디오 옆으로 걸어갔다. 그는 곧 라디오 음향을 최대한 높였다. 이렇게 해야 자신의 머릿속을 꽉 채운 잡념을 쫓아낼 수 있을 것 같았다.

얼마나 되었을까? 갑자기 진한 연지분 냄새가 전해졌다. 그와 거의 동시에 누군가 곽운천의 등을 쳤다. 놀라서 돌아 보니 붉은 입술에 가지런하고 하얀 이를 드러낸 채 환히 웃고 있는 얼굴이 보였다.

"아, 선생님이셨군요."

"또 실망을 드린 것 같아 미안하네요! 아휴, 너무 시끄러운데 음악 소리 좀 줄이면 안 돼요?"

곽운천이 몸을 다시 돌려 라디오 소리를 줄이자 옹수자가 말했다.

"음악을 아주 좋아하시나 봐요."

"음악을 잘 알지도 못하는데 좋아하고 말고 할 게 있나요?"

"그럴 리가 있나요? 예술가들은 모두 음악을 좋아하잖아요."

"음악에 대해서는 정말이지 아는 것도 별로 없고, 예술가라는 말도 당치 않습니다. 그냥 음악을 들으며 답답함을 좀 풀어 보려고 한 것뿐입니다."

곽운천이 말을 하며 천천히 몸을 돌려 옹수자를 바로 보았다. 그의 눈 속에 비친 여인은 참으로 매혹적이었다. 분홍색 꽃무늬 투피스를 입고 희고 고운 목선이 그대로 드러나도록 단추를 풀어 놓은 모습은 확실히 고혹적이었다. 유난히 진하게 바른 립스틱은 불빛 아래에서 사람의 마음을 유혹하듯 반짝거리고 있었다. 하지만 곽운천은 이 여인과 무슨 말을 어떻게 할 것인가에 대해서만 골몰하고 있었다.

"답답하다고요? 선생님 같은 분도 답답한 게 있으세요? 좋은 시간을 보낸 게 언제라고 또 답답하고 그러세요? 좀 이상하네요."

"아니 그게 무슨 말씀이십니까? 우리 모두 하루 종일 분필 가루 맡으며 산더미 같은 숙제에 깔려 지내는 것은 똑같지 않습니까?"

"전 어젯밤 일을 말씀드리는 거예요."

"아하!"

곽운천이 생각난 듯 얼른 말을 이었다.

"참! 어젯밤에 초대해 주신 것은 참 감사합니다. 덕분에 아주 즐거운 시간을 보냈습니다."

"억지로 그런 말씀 하실 필요는 없어요. 별로 가고 싶지 않은 사람을 억지로 끌고 간 것을 제가 모를까 봐 그러세요?"

"……"

"사실 제가 말하는 즐거운 시간은 그 나중의 일이거든요."

"나중에야 밤길을 걸은 것뿐인데 괜히 엉뚱한 상상으로 사람 놀리지 마십시오."

"호호! 저한테까지 거짓말을 하실 필요가 뭐가 있어요? 둘이서 미리 약속하고 나간 거 맞죠?"

"농담하지 마십시오. 집에 간다기에 모셔다 드린 것뿐입니다. 그 덕분에 두 시간이나 혼자 걸어서 집에 가는 바람에 임 선생님 원망까지 했는걸요."

"시치미 떼지 마세요. 이제 마을 사람 모두 두 사람의 일을 알고 있으니 솔직히 털어놓아 보세요."

"어휴, 정말 할 일도 없는 사람들이군요. 하지만 전 사람들이 뭐라고 말하든 신경 안 씁니다."

"그래요? 누구는 신경을 대단히 많이 쓰던데……. 아마 지금쯤 아버지한테 들들 볶이고 있을지도 모르겠네요! 호호, 거 보세요! 얼굴색이 다 변했잖아요!"

"변하긴 뭐가 변했다고 그러십니까?"

곽운천이 얼른 마음을 정리하며 대꾸했다.

"그것도 저랑은 상관없는 일입니다. 임 선생님께서 집까지 바래다 달라는데 어떻게 거절할 수 있었겠습니까? 혹시 옹 선생님이 임장수 선생께 말씀드린 것 아닙니까?"

"제가 그렇게 할 일이 없어 보이세요? 선생님이야말로 상관없다더니 무척이나 걱정되시나 보네요. 그날 길거리에 있던 사람들이 보고 다 알아 버린 일을 임 선생 아버지가 모를 리 있겠어요? 하지만 들들 볶느니 마느니 한 것은 제 추측이니 너무 걱정하지 마세요."

"제가 왜 무슨 걱정을 한다는 말입니까?"

"진심이세요? 그럼 우리 이제 앉아서 얘기 좀 해요."

옹수자가 말을 하며 의자를 당겨 앉았다. 이어 손에 들고 온 사탕 봉지를 책상 위에 펼쳐 놓았다.

곽운천은 정말 귀찮다는 생각이 들었다. 정말 대책이 없는 사람이군. 왜 이렇게 나를 귀찮게 하지? 이런 생각을 하며 마지못해 멀찌감치 떨어져 있는 의자를 당겨 적당한 거리를 두고 앉았다.

옹수자가 사탕을 먹는 사이 곽운천은 가만히 의자에 기대어 앉아 라디오에서 흘러나오는 음악에 정신을 쏟고 있는 척했다.

"선생님도 드세요."

옹수자가 몸을 일으켜 사탕을 권하는 동시에 의자를 당겨 두 사람 사이의 거리를 좁혀 앉았다.

곽운천이 책상 위의 사탕을 들어 입에 넣었다.

"어젯밤에도 그 사람 때문에 귀찮아 죽는 줄 알았어요."

"그 사람? 서 선생님 말씀입니까? 옹 선생님이 좀 받아 주시면 되지 않겠습니까? 장차 교장 선생님이 될 능력 있는 분인데 얼마나 좋습니까?"

"그까짓 게 뭐가 대단해서요. 정말 주제도 모르고 덤빈다니까요."

"옹 선생님 눈이 너무 높으신 것 아닙니까? 서 선생님은 진심으로 좋아하시는 것 같은데……. 그만하면 조건도 좋지 않습니까?"

"곽 선생님은 마음도 넓으시네요. 누구는 곽 선생님을 못 잡아먹어 안달이던데……. 그 사실은 알고 계세요?"

"대충은 알고 있습니다. 지난번 미술 대회 때 강력하게 제 의견에 반대하셨거든요."

"제 말은 그 일을 말하는 게 아니에요. 곽 선생님을 완전히 원수 취급을 하고 있다니까요. 그런 사람을 그렇게 두둔해 줄 필요가 있겠 어요?"

"원수요? 뭐 그렇게까지 심하게 생각할 것 있겠습니까?"

"물론 있죠. 서 선생님은 제가 곽 선생님을 좋아한다고 여기는 것 같아요. 선생님 때문에 제가 자기를 거절한다고 느끼는 거지요."

"하하! 제게는 정말 더할 수 없는 영광이군요! 하지만 감히 제가 그럴 꿈이나 꿀 수 있겠습니까?"

곽운천은 오늘밤 자신이 유난히 말주변이 좋다는 생각을 했다. 어 젯밤에도 오늘처럼 이랬으면 상황은 또 어떻게 달라졌을까?

"저를 좋아하지 않는다는 것쯤은 알고 있으니 그런 아첨은 하지 마세요."

옹수자가 갑자기 심각한 말투로 대답했다.

"정말입니다! 선생님처럼 능력 있고 아름다운 분에게 제가 감히 어떻게 딴 생각을 가질 수 있겠습니까?"

"제발 그런 말씀은 그만 하세요. 저는 지금 심각하게 얘기하는 거예요. 다만, 무슨 말을 어떻게 하면 좋을지 모르겠어요."

옹수자의 말과 태도가 여느 때와는 많이 다른 것을 보고 곽운천 또한 내심 조심해서 말을 해야겠구나 하는 마음을 먹었다. 잠시 뒤 옹수자가 말했다.

"그래도 할 말은 해야겠네요. 하지만 제 말을 듣고 기분이 상하실까 봐 그게 걱정이 되네요. 예술을 하는 사람들은 대개 한동안 아주 어려운 생활을 한다고 하던데 제가 선생님 곁에서 선생님을 돕고 싶어요."

곽운천은 농담할 때가 아니라는 것을 느끼고 잠시 생각에 잠겼다가 대답했다.

"정말이지 말씀이라도 감사합니다. 하지만 제가 배우는 것이 예술의 한 분야이긴 해도 전 앞으로 교사로서 살아갈 것입니다. 전 언젠가 위대한 예술가 가운데 한 사람이 되겠다는 야망 같은 것은 갖고 있지 않습니다."

"아니, 선생님은 꼭 훌륭한 예술가가 되실 거예요. 제가 도와 드릴게요. 제가 별다른 능력이 없다는 것은 잘 알고 있지만 정말이지 최선을 다해서 돕고 싶어요."

"말씀만으로도 정말 고맙습니다. 제가 잘 생각을 해 보겠습니다."

곽운천은 교무실 안에 흐르는 어색한 분위기를 바꿔 보려고 자리에서 일어나 라디오 옆으로 걸어가 채널을 돌렸다. 그는 더는 옹수자의 말을 듣고 있을 수 없었다. 그는 상대가 무슨 말을 더 하는 것이 두려웠다.

옹수자가 멍하니 책상 위를 바라보았다. 한참 동안 둘은 아무 말도 꺼내지 않았다.

흘러나오던 음악이 끝나고 라디오 광고 방송이 시끄럽게 이어지자 곽운천이 다시 채널을 돌렸다.

옹수자가 잠시 동안의 적막을 틈타 자리에서 일어나며 큰 결심이라도 한 듯 말했다.

"잠깐 나가서 저랑 좀 걸으시겠어요?"

곽운천은 학교 교정과 교실이 저녁 시간에 자주 밀회의 장소로 이용되고 있다는 소문을 떠올리며 진지하게 대꾸했다.

"제게 생각할 시간을 좀 주십시오."

옹수자의 눈길이 잠시 그의 얼굴에 머물렀다.

"좋아요. 그럼 전 이만 가 보겠어요."

곽운천은 빠른 걸음으로 사라지는 옹수자를 보면서 배웅도 하지 않았고 잘 가라는 말조차 하지 못했다.

떠나는 선생님

온 마을을 떠들썩하게 한 향장 선거가 끝나면서 선거원들의 설전도 함께 끝이 났다. 마치 돌풍이 한차례 이 마을을 스치고 지나간 것처럼 수성향은 평정을 되찾고 있었다.

어떤 사람은 선거전을 '민중을 힘들게 하고 재산을 탕진하는 싸움'이라고 비난한다. 몇몇 민중들을 동원하고 한두 사람이 재산을 탕진한다는 점에서는 어느 정도 일리 있는 말이겠지만, 그들 모두 자신들이 원해 선거에 참여하고 기꺼운 마음으로 자신들의 재산을 쓸 뿐이지 절대 다수의 사람들은 별로 심각하게 관여하지 않는 게 또 '선거'였다.

뿐만 아니라 동원되는 사람들 대부분이 보통 때 별로 하릴없이 노는 사람들로 힘들여 일할 기회가 주어진다는 점에서는 오히려 긍정적인 작용을 했고, 누군가가 기꺼이 탕진한 재산이 절대 다수의 민중을 위해 쓰이는 것 또한 나름대로 자신들의 공덕을 쌓기에 좋은 기회임이 틀림없었다.

예를 들어 고석송만 해도 그렇다. 그야말로 선거의 혜택을 마음껏 누린 사람 가운데 하나가 고석송이었다. 지긋지긋한 벌레들을 새로 뽑힌 향장의 도움으로 깨끗하게 처리했으니 말이다. 사실 고석송은 선거일에도 선거조차 잊은 채 자신의 차밭에서 한시라도 아끼며 하루 종일 일만 했다.

임장수가 고석송을 크게 도와주고도 그의 신성한 한 표, 아니 그의 아내까지 합쳐 신성한 두 표를 얻지 못한 것 자체가 민주 정치의 모순이라고 꼬집는 이도 있을 것이다. 하지만 사실 선거의 당락에만 모든 정신이 팔려 있는 임장수에게 고석송의 한 표가 그리 큰 몫을 차지하지는 않았다. 다행히 임장수는 자신의 정적을 완전히 누르고 새로운 향장이라는 자리에 등극했으니, 승리자의 머릿속에 그런 자질구레한 일들이 남아 있을 리 만무했다.

학교는 선거의 여파가 거의 없는 곳이었지만 수성 초등학교의 학생들은 선거가 주는 달콤한 혜택을 제대로 누렸다. 선거 날, 전체 교사의 3분의 2가 넘는 대부분의 남자 교사들이 선거원으로 발탁되어 나가기 때문에 그 이튿날은 하루 쉬는 것이 학교의 관례였다. 게다가 이번에는 아예 월요일까지 쉬는 날로 정해 학생들은 이틀이나 쉬게 되었다.

아명과 차매는 이틀 동안 힘들게 집안일을 도왔지만 나머지 학생들은 이틀을 신나게 놀 수 있었다.

그러나 학교가 선거의 영향을 전혀 받지 않는다는 말이 무색한 일이 일어났다. 선거가 끝나고 새로 시작된 한 주의 마지막 날 이른 아침 교무실은 교직원 회의 때 교장 선생이 갑작스런 발표로 술렁였다.

료대년 교장은 그 누구도 예상치 못한 소식을 발표했다. 그 내용은 대강 이러했다.

곽운천 선생이 집안에 급한 일이 생겨 지금까지 맡았던 임시 교사 직을 수행할 수 없게 되었습니다. 이것은 어제 퇴근 뒤에 결정된 사항으로 오늘부터 출근하지 않으실 것입니다. 선생님들께 인사조차 드리지 못하고 떠났습니다. 짧은 기간이나마 학교에 큰 명예를 안겨 준 곽선생님께서 안타깝게도 나머지 기간을 모두 채우지 못하고 떠나게 된 것을 애석하게 생각했습니다. 학교로서도 매우 아쉬워하는 바입니다. 아울러 떠나면서 제게 각 선생님께 안부의 인사를 전해 달라고 했습니다. 다음 주부터는 고등학교를 졸업하신 임시 선생님께서 오셔서…….

이날 동료 교사들 사이에는 곽운천에 관한 수많은 소문들이 떠돌았다. 그 소문들을 정리하면 대충 내용이 이러했다.

　－학교 내 고위층에 있는 선생님들이 싫어해서 임기를 채울 수가
　　없었나 봐요.
　－임설분 선생에게 사랑을 고백했다가 거절당한 뒤 스스로 민망해

서 떠난 게 아닐까요?

– 임설분 선생과 크게 다툰 뒤 곧 취임하게 될 새 향장이 그 사실
　을 알고 사직하라고 압력을 행사한 것 같아요.

– 입설분 선생에게 거절당한 뒤 옹수자 선생에게 접근했다가 역시
　거절을 당하니까 더는 얼굴을 들고 이 학교에 다닐 수가 없었던
　거래요.

– 옹수자 선생이 곽 선생에게 사랑 고백을 했는데, 옹 선생에게 아
　무 관심도 없는 곽 선생이 옹 선생 때문에 억지로 그만둔 거래요.

– 서대목 선생이 연적을 제거하기 위해 이금삼 선생과 함께 힘을
　모아 새 향장의 힘을 빌려 쫓아낸 거래요.

– 곽 선생 부모님 중 한 분이 병환을 얻어 사직할 수밖에 없었다나
　봐요.

– 초등학교 교사 일이 너무 힘들어서 옛날 병이 다시 도진 거라고
　하던데요.

　하지만 곽운천이 갑자기 학교를 그만둔 이유는 이런 소문 가운데
어느 하나 때문이 아니었다. 여러 소문 가운데 몇몇은 틀림없는 사실
이기도 했지만 사정이 어찌 됐든 간에 소문 하나하나마다 듣는 사람
들이 편한 대로 맘대로 해석해 그에 관한 이야기를 주고받았다. 하지
만 어느 소문 하나 딱히 '그것이다'라고 할 수 있는 유력한 소문이
아니었기에 교사들은 여전히 곽운천의 사직에 의혹을 품은 채 "도대
체 어떻게 된 거야?" 하는 말로 자신들이 주고받는 소문의 결론을

맺었다.

하지만 학교에서 한낱 임시 교사가 차지하는 비중이 얼마나 되겠는가? 학력이 탁월한 곽운천도 역시 예외는 아니었다. 게다가 재직 기간이 너무 짧았던 탓에 그의 사직이 동료 교사들 간에 열띤 화제가 되지는 못했다.

하지만 서른 명이 넘는 교사들 가운데 그의 사직으로 심한 충격을 받은 이도 있었으니 그 중 하나가 옹수자였고, 다른 하나가 임설분이었다.

이 소식을 들은 옹수자는 무척이나 분개했다. 옹수자는 아직까지 그의 대답을 기다리고 있었다. 그날 밤 용기를 내어 학교로 곽운천을 찾아갔지만 그의 이도 저도 아닌 미지근한 태도에 그녀는 잠시 실망에 빠졌다. 그런 행동은 여성에게는 자존심을 모두 버린 것이나 마찬가지였다. 그 점은 누구보다 옹수자 자신이 잘 알고 있었다. 누군가 자신에게 접근을 하려고 애를 태우면서 자신의 비위를 맞추기 위해 모든 자존심을 버릴 때도 자신은 상대가 자신을 좋아한다는 것을 빌미로 함부로 대하지 않았던가? 하지만 이번만큼은 자신이 스스로 자기를 낮추고 곽운천을 찾아가 그런 말을 했다. 그 대가가 무엇이었는가? 고작 생각해 보겠다는 말이 전부였다. 그런 지금 어떻게 그녀가 곽운천을 원망하거나 미워하지 않을 수가 있겠는가?

하지만 옹수자는 이미 그를 사랑하고 있었다. 사랑은 참으로 우습게도 사람을 강하게도 만들고 약하게도 만든다. 그녀가 사람들의 구설수에 오르는 것을 무릅쓰고 한밤중에 그를 찾아갈 수 있었던 것은 사랑이 주는 용기였으나 그 반대로 여자로서 자존심까지 내팽개치고 그를 찾아가 매달리듯 애원한 것은 사랑이 주는 연약함이라고도 할 수 있었다.

그날 밤 옹수자는 그에게 어떤 환대도 받지 못했지만 자신의 모습이나 다른 여러 조건에 대해서만큼은 자신이 있었다. 게다가 임설분의 집에서 곽운천을 절대 받아들이지 않으리라는 것을 알게 된 뒤에는 반드시 옹수자 자신을 찾아올 것이라고 믿었다. 자신에게 무관심한 곽운천에게 일말의 희망을 갖고 기다린 것도 바로 이때문이었다.

하지만 지금 이게 뭔가? 곽운천은 자신에게 아무런 대답도 해 주지 않고 학교를 떠난 데다 다시 만날 어떤 약속도 없었으니 자신의 예상과는 너무나도 빗나간 결과가 그녀를 기다리고 있지 않았는가 말이다!

곽운천을 둘러싼 수많은 소문 가운데 옹수자가 곽운천을 따라다니며 귀찮게 했다는 소문 말고는 모두 다 들어 알고 있었다. 그녀 생각으로는 서대목이 무슨 짓을 꾸며 곽운천을 내쫓았다는 소문이 가장 유력했지만 확실한 증거가 없으니 함부로 넘겨짚을 수도 없었다. 이런 상황에서도 옹수자는 자신에게는 아무 책임이 없다고 생각했다. 자신이 곽운천과 임설분에 관한 일을 틈만 나면 이런저런 사건을 꾸며 사람들에게 소문내고, 심지어는 임장수를 찾아가 직접 자신의 입으로 그 둘에 대한 이야기를 한 것에 대해서도 아무런 자책감을 느끼지 않았다. 그 모든 것은 곽운천을 사랑하는 마음에서 비롯된 것이며, 자신이 사랑하는 사람을 예술가로 성공시키기 위해서는 그렇게 해야만 한다고 생각했다. 아무튼 지금 이런 상황에서 동료 교사들 가운데 곽운천이 이렇게 학교를 훌쩍 떠나 버린 것에 혹시 불만이 있는 교사가 있다면 바로 옹수자 자신으로, 단연코 가장 많은 불만과 불쾌함을 느꼈다. 그녀는 곽운천이 자신의 호의를 무시하고 자신의 진심을 외면한 것에 증오심이 일었다.

그렇다면 임설분의 심경은 지금 어떠한가? 그녀가 받은 충격은 옹수자보다도 훨씬 더 크고 깊었다. 교장의 말을 들었을 때 임설분은 마치 누군가 자신을 끝없는 심연 속으로 밀어 넣는 듯한 느낌을 받았다. 그녀는 최근 곽운천과 마주칠 때마다 일부러 차갑게 대한 것을 떠올렸다. 특히 그날 밤 서로가 서로를 이해할 수 있는 좋은 기회를 결국 서먹하게 만들어 이도 저도 아닌 상태로 헤어진 것을 떠올리니 후회가 컸다. 이제 와서 생각하면 할수록 그에게 야유와 질책으로 상처를 주기보다는 적극적으로 격려와 암시를 보냈어야 했다는 후회가 밀려왔다.

이제 그는 떠났다. 너무나도 갑작스런 이별이었다. 이제야 임설분은 그가 없는 학교를 상상조차 할 수 없다는 것을 깨달았다. 도대체 무엇을 하며 그 길고 지루한 시간들을 보낸다는 말인가? 임설분은 그 동안 학교에서 그를 볼 수 있다는 것 때문에 얼마나 들뜨고 흥분했는지에 대한 기억을 더듬었다.

곽운천이 이렇게 떠난 뒤 임설분은 다시 만날 기약조차 없다는 생각을 했다. 마치 어디인지 모를 저 끝에서 흘러왔다 사라져 영영 다시 볼 수 없는 구름 같은 사람이라는 생각을 하며 그녀는 토요일을 망연자실한 마음으로 보냈다. 그리고 공허감에 그저 집 안에 앉아서 일요일을 보냈다.

월요일 오후 학생들이 모두 집에 돌아간 때, 임설분은 곽운천이 임설분의 눈앞에서 갑자기 사라진 것처럼 갑작스레 날아든 두꺼운 편지를 받았다. 눈에 익은 글씨를 보는 것만으로도 임설분은 숨이 막히는 듯했다. 그 편지는 곽운천이 일요일 오후에 부친 것이었다. 임설분은 교실로 달려가 서둘러 편지를 뜯었다.

설분 씨!

당신에게 이렇게 편지를 쓰는 것이 경솔한 행동이 아닌가 하는 생각도 들었지만 저도 알 수 없는 힘에 이끌려 이렇게 펜을 듭니다. 저의 경솔한 행동을 당신이 용서할지 자신도 없을 뿐더러 심지어 이 편지를 읽어 주길 바라는 것조차 감히 바랄 수 없는 일이라 생각합니다. 하지만 사람이라는 게 참으로 우스운 동물이라, 가끔 자신도 알 수 없는 일을 하면서 해서는 안 된다는 마음과 자신도 어쩌지 못하는 마음이 공존한다는 것이 우습기도 하고 슬프기도 할 따름입니다.

토요일과 일요일 저녁을 밤새 잠 한숨 못 이룬 채 새벽을 맞이했습니다. 잠을 청하면 청할수록 잠들 길이 없어 책을 보거나 그림을 그려 보려고도 했지만 한 글자도 눈에 들어오지 않았고, 한 획도 그릴 수가 없었습니다. 그래서 다시 잠자리에 누워 천장을 멍하니 바라보고 있노라니 머릿속에 지난 일들이 어제 일처럼(사실 어제 일이지만) 스치고 지나갔습니다. 잠 못 이루는 괴로움은 지난 투병 생활 중 친구처럼 익숙한 일이었지만 이번 이틀 동안 느낀 괴로움은 그보다 백 배 천 배 더 큰 것이었습니다. 참으로 그 까닭을 알 수 없었습니다.

그 와중에 지난 50일 남짓 수성 초등학교에서 지낸 시간이 참으로 귀하고 많은 의지가 되었다는 사실을 깨달았습니다. 심지어 가능하다면 아예 학업을 포기하고 초등학교 교사로 남아 평생 그곳에서 살까 하는 생각도 여러 차례 하였습니다. 보잘것없는 임시 교사로서 지낸 그곳에서의 생활에 그토록 연연해하는 까닭이 무엇일까? 천진한 학생들 때문인가? 평안하고 안락한 학교 환경 때문일까? 정신 없이 바쁜 하루 일과 때문일까? 숱한 물음들을 자신에게 던져 보았지만 모두가 제가 원하는 답이 아니었습니다. 참으로 저조차도 갈피를 잡을 수가 없는 일이었습니다.

본래 7월 중순인 여름 방학 때까지 임시 교사로 재직하려던 제가 별다른 특별한 이유도 밝히지 못한 채 그 자리를 떠난 것에 의문을 갖는 사람들이 많겠지만, 사실 저조차도 무슨 까닭으로 사직을 해야 했는지는 잘 모릅니다. 그때의 상황을 간단하게 설명하자면 이렇습니다. 지난 금요일 오후 막 퇴근을 하려는데 교장 선생님께서 저를 교장실로 부르셨습니다.

"정말 말씀드리기 곤란하지만 말씀을 안 드릴 수가 없군요. 내일부터 출근을 하지 않아도 됩니다. 저로서는 어쩔 수 없는 일입니다. 정말 죄송할 따름입니다. 하지만 제가 견디기 힘든 압력이 들어오고 있어 어쩔 수가 없습니다. 자세한 상황은 설명하기 곤란하니 이해해 주십시오. 하지만 곽 선생님의 노고는 평생 잊지 않을 것입니다. 짧은 기간이었지만 40년 넘게 교편 생활을 하며 절대 잊을 수 없는 선생님 이셨습니다. 그저 미안하다는 말밖에 달리 할 말이 없습니다. 절 좀 양해해 주십시오."

교장 선생님께서 하신 말씀은 대강 이러했고 사실 나머지 말들도 격려와 위로가 섞인 몇 마디뿐이었으니 더는 써 내려갈 필요조차 없는 것 같습니다.

저 또한 뛰어난 교사였다고 생각하지는 않았기에 자세하게 설명해 달라고 하지는 않았습니다. 저를 싫다고 하는 이상 그곳에 머무를 까닭이 없으니까요. 하긴 그때 왜 그런지 알 수 없지만 저는 나름대로 안도감도 느꼈답니다.

하지만 제게도 아쉬움은 남아 있습니다. 사실 그곳에서 일하게 된 지 얼마 안 되어 가슴 속에 전에는 느낄 수 없던 강한 욕구가 생겼습니다. 그것은 바로 당신을 그리고 싶다는 욕구였습니다. 화가가 마음에 어떤 인물의 영상을 새겨 두었을 때는 자신의 모든 정열을 다 바쳐 그 사람을 그리고자 하는 마음이 들어서라고 하는 사람들이 있습니다. 저 자신도 그 욕망이 이토록 강한 것인지는 미처 알지 못했습니다. 하지만 당신에게 제 모델이 되어 달라고 감히 말하지 못한 채로 그저 하루하루가 지나가는 것을 보며 초조하고 안타깝기만 했습니다. 그것이 얼마나 고통스럽고 괴로운 일이었는지 당신은 아마 모르실 겁니다.

하지만 지금 제 눈앞에 모델이 없다 해도, 제 망막 속에 뚜렷하게 새겨져 있는 당신의 모습을 떠올리며 그릴 수 있을 것 같습니다. 눈을 감지 않고서도 당신의 그 감동적인 모습을 허공에 그릴 수 있습니다. 당신의 일거수일투족, 섬세한 표정과 움직임 등이 모두 제 머릿속에 뚜렷하게 기억하고 있습니다. 사실 중학교 때 그림을 시작하여 지금까지 적지 않은 세월 동안 그림을 그리고 미대에 입학도 했지만, 이렇듯 마음을 가다듬고 그림에 몰두한 적은 없었던 것 같습니다.

아니면 이렇게 말할 수도 있을 것 같습니다. 전에는 단 한 번도 강렬한 창작욕으로 제 영혼을 불사른 적이 없습니다. 하지만 지금 이 순간만큼은 어떤 것을 강렬한 창작욕이라고 말하는지 알 것만 같습니다. 멈추려고 해도 멈춰지지 않고, 그만두려 해도 그만둘 수 없는 그런 욕망을 말하는 게 아닐까요? 이 순간만큼은 제가 그런 욕구의 노예가 되어 버린 듯합니다. 전 이미 제 인생에서 가장 큰 결정을 내렸습니다. 지금 한가한 시간을 이용하여 만약 처녀작이란 말을 써도 괜찮다면 나의 처녀작을 그리려 합니다.

이미 구상을 하기 시작했습니다. 전 이 그림을 아주 훌륭하게 그려 낼 것이며, 반드시 그릴 수 있을 것이라고 믿습니다. 설사 작품 자체는 실패하거나 남들이 보고 유치하다고 비웃는 작품이 될지 몰라도 제 마음속에서만큼은 영원히 살아 숨쉬는 작품이 되리라 믿습니다.

또 한 가지 마음에 걸리면서 걱정되는 일이 있어 부탁드리는 것이니 꼭 들어주십시오. 고아명 학생에 관한 일입니다. 전 그 아이가 보기 드문 천재라고 확신하고 있습니다. 이제 막 새싹이 자라는 시기이니 옆에서 물을 잘 뿌려 주고 세심하게 돌봐 줘야 할 사람이 필요하다고 생각합니다. 제가 걱정하는 것은 성장하기에 아주 열악한 곳에 그 뿌리를 내리지 않을까 하는 것입니다.

우리가 이 어린 새싹을 알지 못했다면 어쩔 수 없는 일이겠지만 발견한 이상 새싹을 돌보고 키울 책임이 있다고 생각합니다. 당신도 그렇게 생각하고 있겠지요? 하지만 지금 제게는 아무 힘도 없습니다. 예전에 제가 당신께 말한 것처럼 이 년 후 대학을 졸업하고 이곳에 다시 돌아와 일을 하게 되면 그때 다시 방법을 찾아보겠습니다. 하지만 지금으로서는 이 년 뒤 제가 지금 장담한 이 소망을 실현시킬 용기가 있을지는 잘 모르겠습니다. 그래서 지금 당신에게 무리한 요구인 것을 알면서도 그 아이에게 관심을 가져 주고, 격려해 주고, 나아가 도와줄 것을 부탁하는 것입니다. 당신에게 그럴 능력이 없다고 말하지는 마십시오. 당신 말고 그 누가 그런 일을 나서서 할 수 있겠습니까?

아명에게 자신감을 갖게 하고, 척박한 환경 속에서도 자신을 알아주는 사람이 있다는 것을 알게만 한다면 그게 단 한 명이라 하더라도 만족해할 것입니다. 전 그런 열악한 환경이 오래 계속되지 않을 것이라는 것을 확신합니다. 무지몽매함은 결국 계몽될 것이며, 이것이 우리 세대가 해야 할 일 아닙니까? 당신이 제 마지막이자 하나밖에 없는 부탁을 들어줄 것이라고 믿어 의심치 않습니다.

끝으로 저도 세상 다른 사람들처럼 축복으로 편지를 끝마쳐야겠습니다.

항상 행복하고 즐겁게 생활하시기를 바랍니다.

이 편지를 감히 다시 읽어 보지는 못할 것 같습니다. 두서없이 쓴 편지를 이대로 그냥 부칩니다.

당신이 이 편지를 읽지 않고 그냥 불에 던져 버릴 것을 바라는 마음도 있는 것만 같습니다. 그럼 안녕히 계십시오.

편지를 다 읽은 설분의 가슴에 감동이 밀려왔다. 끊임없이 흘러내리는 눈물은 기대한 것에 대한 만족한 대가가 왔을 때 흘리는 감격의 눈물이자 진실한 마음을 접하고 흘리는 결심의 눈물이기도 했다. 세 번을 되풀이해 읽어도 그때마다 새로운 느낌이 가슴에서 꿈틀거렸다.

텅 빈 교실에서 설분은 아무 거리낌 없이 펑펑 눈물을 쏟아 냈다.

풍년제가 있던 그날 밤 설분이 고모 집에서 자려다가 집으로 돌아가자고 결심한 것은 곽운천에게 기회를 주기 위해서였다. 설분은 자신의 그런 행동이 매우 대담한 것임을 잘 알고 있었다. 아니, 이런 작은 마을에서는 지나치게 내담힌 행동이었다. 그녀는 자신의 이런 행동이 몰고 올 결과를 잘 알고 있었다. 마을 사람들도, 자신의 아버지도 자신을 그냥 내버려 두지 않을 것임을 너무나도 잘 알았다.

아니나 다를까 이튿날 저녁 아버지가 설분을 불러 호되게 야단을 쳤다. 곽운천의 행동에 실망해서 낙심해 있지만 않았다면 그렇게 한마디 대꾸도 하지 않은 채 꾸중을 듣고 있지만은 않았을 것이다.

지금 설분은 마음 놓고 시원하게 울음을 터뜨리고 있었다. 우는 동안 자신의 결심이 새롭게 다져지는 것도 느꼈다. 그녀는 무조건 복종하는 딸은 되지 않겠다고 다짐했다. 자신을 둘러싼 환경과 싸울 준비

를 했다. 이런 중대한 결심을 하는 자신의 마음이 오히려 평온해지는
것이 이상하게만 느껴졌다. 게다가 알 수 없는 강한 힘이 마음속에서
번져 나오며 온몸 구석구석으로 퍼져 가는 것을 느꼈다.

그날 밤, 임설분은 곽운천에게 답장을 쓰지 않을 수 없었다.

운천 씨 보세요.

오늘 저는 당신의 편지를 받고 무척이나 감동했답니다. 계속해서
흘러내리는 눈물을 닦으며 몇 번이나 거듭 당신 편지를 읽었는지 몰
라요. 주소를 남기지 않아 이 편지를 어떻게 당신에게 보낼지 막막하
지만 그렇다고 그냥 있을 수도 없어요. 만약 이 편지를 쓰지 않는다면
미쳐 버릴 것만 같아서 이렇게 펜을 들고 당신과 직접 마주 앉아 이
야기를 하듯 당신의 말에 대답을 하고자 합니다.

이 편지를 당장 당신에게 부칠 수는 없지만 늦어도 10월이 되면 개
학해서 복학한 당신에게 편지를 보낼 수 있지 않겠어요? 그때까지 기
다리자면 아직도 5개월은 더 기다려야 하겠네요.

사실 어떻게 내 마음을 이야기해야 할지 저도 잘 모르겠어요. 당신
과 마찬가지로 요 며칠 전 너무나도 큰 충격과 실망 그리고 공허와
고통을 느꼈답니다. 3일이 3년처럼 느껴지다 오늘 오후 4시가 되어서
야 당신의 편지를 받았어요. 우습게도 당신의 편지를 받고 실컷 울고
났더니 그 많던 시름과 고통이 눈물과 함께 모두 사라져 버리지 않았
겠어요?

아명에 관한 일은 아무 걱정 마세요. 그 아이는 이미 제가 가장 관

심을 갖고 살펴보는 아이가 되었답니다. 당신이 그토록 관심을 갖고 보살피는데 제가 어떻게 수수방관할 수 있겠어요. 당신이 부탁한 말을 잘 수행하기 위해서 미술 교수법에 대한 수업을 듣기로 결정했답니다. 물론 저 또한 그림을 그릴 거예요. 사범 학교 다닐 때의 선생님께 부탁해서 다시 처음부터 배울 겁니다. 그때 왜 그렇게 그림에 관심이 없었는지 많이 후회했어요. 하지만 그런 부족함을 메우기 위해 많이 노력할 거예요. 당신과 아명, 그리고 나 자신을 위한 노력이니 힘들 게 뭐가 있겠어요.

전 지금 내년 현에서 주최하는 미술 대회 때 선생님들과 끝까지 싸울 준비까지 하고 있어요. 지난번 당신이 혼자 고군분투하며 안타까워하던 일을 기억하면 저도 모르게 코끝이 시큰해지는 것 같아요. 전 어떻게 하면 여러 선생님들을 이길지 잘 알고 있으니 걱정 마세요. 제 말이 무슨 뜻인지는 잘 알고 있죠?

또 한 가지, 제가 당신의 모델이 되어 당신이 마음껏 절 그릴 수 있다면 그건 제게 영광이 될 거예요. 당신의 편지를 받은 다음부터 점점 제 자신을 찾아가는 듯한 야릇한 느낌을 갖게 되었어요. 제가 아버지의 딸인 것처럼 전 제 자신인 것을 발견했다는 것만으로도 누구도 상상하지 못할 대견함을 스스로에게 느끼고 있답니다. 예전에 전 그저 아버지의 딸에 지나지 않았으니까요. 참 바보 같죠? 그래요, 정말 바보 같았어요. 하지만 그 모든 게 제 탓만은 아닌 것 같아요. 눈이 가려진 채 자아를 찾아 살펴볼 수가 없었으니까요. 자아라는 것이 무엇인지조차 몰랐던 것 같아요.

누구든 평생 눈을 가린 채 살 수는 없겠죠. 당신이 편지에서 말한 것처럼 무지몽매함은 결국 계몽된다는 말이 맞는 것 같아요. 지금이라도 알게 된 것이 너무 늦은 것은 아니라는 생각이 들어요. 전 너무 늦게 그 사실을 알게 된 불행한 사람들을 많이 봐 왔거든요.

아버지의 딸이라는 신분을 유지하는 동시에 제 자신의 존재에 대해서도 확인하려고 해요. 만약 둘 다 가질 수 없다면 전자를 포기하고 후자를 대신 선택하겠어요. 많은 용기가 필요하고 어려움이 닥칠 싸움이 시작되고 있다는 것을 어렴풋이나마 느끼고 있어요. 하지만 전 두렵지 않아요. 저는 제가 이 싸움을 끝까지 벌여 꼭 이길 힘이 있다는 확신이 들어요. 만약 도중에 제 힘이 모자라게 되면 당신이 손을 내밀어 날 일으켜 줄 거죠, 그렇죠?

마지막으로 스스로 이런 결심을 한 것이 무척 기쁘다는 사실을 당신에게 말하고 싶어요. 제게 행복하라고 하셨죠? 행복은 자신의 노력을 통해 쟁취해야 하는 것이라고 생각해요. 당신도 그렇게 생각하죠?

저도 당신처럼 마음속에 하고 싶은 수많은 말을 모두 글에 담아 긴 편지를 쓰고 싶지만 어떻게 써야 할지 몰라 오늘은 그만 펜을 놓겠습니다. 하지만 앞으로 이 편지들을 우체통에 넣을 그날까지 천천히 계속해서 편지를 쓸 것이니까 아무 상관없어요. 잘 있어요.

어린 천재의 죽음

곽 선생님이 떠났다는 소식은 청천벽력과도 같았다. 차매와 아명 모두 그 소식을 믿을 수가 없었지만 실제로 학교 어느 곳에서도 곽 선생님의 크고 마른 모습을 볼 수 없었다. 학생들 가운데에는 곽 선생님의 존재를 잘 모르는 학생도 있었지만 차매와 아명 남매는 감당하기 힘든 슬픔을 느꼈다.

특히 고아명은 더욱 그러했다. 날마다 하루 가운데 얼마 동안 자신과 놀아 주던 선생님이 아니던가? 맑은 날이면 밖에서 함께 공차기를 했고, 비가 오는 날이면 함께 웃으며 이야기를 나누었다. 이것은 한참 동안 고아명이 즐겁게 했던 일과 가운데 하나였다. 하지만 이제 선생님이 떠나셨다. 담임 선생님께 묻자 임 선생님은, 집안일 때문에 더는 학교에 나오실 수가 없다는 짧은 대답만 해 주셨다. 고아명은 오랫동안 아주 외롭고 우울한 시간들을 보냈다.

다행히 임 선생이 항상 아명을 격려하고 위로해 주었다. 그리고 이 년 후에 곽 선생이 졸업하면 다시 만나 함께 놀고, 그림도 그릴 수 있을 것이라고 다독였다. 게다가 서른여섯 가지 색이 들어 있는 크레 파스까지 사 주었다. 크레파스 상자 위에는 예쁜 나비 몇 마리가 날 아다녔고, 양쪽 끝에는 크레파스를 어깨에 멜 수 있는 붉은색 끈이 매달려 있었다. 정말 말로 하지 못할 즐거움이었다. 이걸 메면 자신 이 갑자기 훌쩍 커 버린 것만 같은 느낌을 받았다.

그뿐만이 아니었다. 며칠이 지난 뒤 임 선생은 아명에게 그림물감, 팔레트, 붓이 들어 있는 수채화 도구도 사 주었다. 우아! 신난다! 5, 6학년들이나 사용하는 물건들로 모든 학생이 가지고 다니는 물건 들도 아니었다. 차매도 이런 것들을 가져 본 적이 없었다. 두 아이의 가정 형편으로는 이런 것들을 살 수 없었다. 뛸 듯이 기뻐하는 아명 에게 임 선생은 틈나는 대로 그림을 많이 그려야 한다면서 두꺼운 도 화지까지 선물했다. 아명은 입이 귀에 걸릴 정도로 즐거워하며 임 선 생의 말대로 할 것이라고 약속했다.

6월의 절반이 지난 어느 토요일 오후, 날씨가 유독 찌는 듯이 더웠 다. 어른들은 이런 날 오후에는 한바탕 비가 몰아칠 것이라는 것을 알고 있었다.

3교시 수업을 마친 고아명은 4교시 환경 미화 대회를 대비해 교실 을 깨끗이 청소한 뒤 학교를 나섰다. 요즘은 차밭에 별로 할 일이 없 어 아버지는 남의 집 벼 베는 일을 도와주고 있었다. 그래서 아명은 자유를 실컷 누리고 있었다. 물론 아버지가 그림을 못 그리게 하는 것은 아니었지만 사실 아버지가 안 계시면 뭘 해도 좀 더 자유롭고 아무런 구속도 느껴지지 않았다.

고아명은 며칠 동안 이번 주말을 손꼽아 기다려 왔다. 아명은 벼 베는 풍경을 수채화로 그리려고 작정하고 있었다. 오랫동안 머릿속에 황금색이 찬란하게 물결치는 '풍년 수확도'를 구상하고 있었다. 논밭을 뒤덮은 벼, 석양, 누렇게 익은 벼 이삭과 볏단 그리고 대나무 모자를 쓰고 옷에는 진흙이 잔뜩 묻은 채 건강한 피부색으로 벼를 베고 있는 사람들이 머릿속을 온통 채우고 있었다. 정말 풍요로운 황금 물결이었다. 아명은 날아갈 듯한 걸음으로 집으로 갔다.

그런데 집에 돌아와 아무리 불러도 고양이가 보이지 않았다. 야옹아! 야옹이가 또 어딜 간 거지? 아명은 책가방을 내려놓고 서둘러 고양이를 찾기 시작했다.

아명의 눈에나 아직도 여리고 작은 새끼고양이였지, 사실 야옹이는 이미 다 큰 고양이였다. 큰 몸집에 자주 쥐를 잡아먹었고, 아명이 불러도 모른 체하기 일쑤였다. 물론 아명과 놀기도 했지만 지난날 함께 줄 놀이를 하며 놀던 모습은 이제 어디서도 찾아볼 수 없었다. 그래도 아명은 밖에 나갔다 돌아와 야옹이를 꼭 한 번은 품에 안았다. 그렇지 않고서는 아무 일도 하지 못할 정도로 끔찍하게 야옹이를 사랑했다.

아명은 야옹이가 집 안에 없는 것을 확인한 뒤 밖으로 나갔다. 집 주위를 돌아보며 아무리 불러도 그림자조차 보이지 않았다. 갑자기 아명의 머릿속에 쥐약을 먹고 죽을 뻔한 지난 일이 생각났다. 흰 거품을 토하며 얼굴이 온통 땀에 젖은 야옹이의 안타까운 모습이 또렷하게 아명의 머리를 스쳤다.

이런, 야옹이가 또 쥐약을 먹은 것은 아닐까? 아명은 두려움에 싸여 한숨을 내쉬었다. 갑자기 초조해지기 시작했다. 재빨리 외양간으로 뛰어가 여기저기 살펴보았다. 지난번처럼 기둥 위에 숨어 있기를 기대했지만 외양간 어디에도 야옹이는 보이지 않았다. 아명은 정신이 나간 사람처럼 집 안 구석구석을 다시 찾았다.

쥐약을 먹은 게 아닐 수도 있지……. 그래 차밭에 개구리를 잡아먹으러 갔을지도 몰라! 요즘 집에 있는 쥐들을 모두 잡아먹어서 배가 고파 개구리를 잡으러 간 게 틀림없어! 그런 생각이 들자 마음이 조금 편안해지는 것 같았다.

'풍년 수확도'를 그리겠다는 생각은 까맣게 잊은 지 오래였다. 마음속에는 오로지 야옹이 생각뿐이었다. 곧바로 밖으로 달려가 집 뒤편의 대나무 숲을 찾아본 뒤 다시 싸리문을 열고 차밭으로 달려갔다.

바람이라고는 없었다. 머리 위에 솟아 있는 해만이 땅을 바싹바싹 태우고 있었다. 매미 소리도 왜 이렇게 피곤하게 들려오는지……. 먹구름이 동남쪽 하늘을 온통 뒤덮고 있었다. 시커먼 구름 사이로 순간순간 뱀처럼 가는 번개가 번쩍이더니 이어 희미한 천둥 소리가 들려 왔다.

도대체 차밭 어디에서 야옹이를 찾는다는 말인가? 집에 돌아가서 기다리는 게 나을 것 같았다. 아무튼 어두워지면 저도 집에 돌아오겠지. 그림이나 그리러 가야겠다고 생각을 고쳐먹으려 해도 그럴 수가 없었다. 포기하고 돌아가려고 하면 할수록 찾아야 한다는 생각이 점차 강해져만 갔다. 차밭 주변 아카시아나무를 따라 찾기 시작했다. 조용한 차밭에 아명이 야옹이를 애타게 부르는 소리만이 허공에 맴돌았다.

"야옹, 야옹……. 이런 못된 고양이 때문에 힘들어 죽겠네."

아명이 잠시 발길을 멈추고 혼잣말을 하며 긴 한숨을 내쉬고 있을 때 아명의 눈에 석연치 않은 광경이 그대로 들어왔다. 야옹이가 적의에 가득 찬 두 눈으로 자신을 바라보고 있는 것이 아닌가? 게다가 입에는 흰 거품을 입안 가득히 물고 있는 데다 얼굴 주위의 털은 모두 젖어 있었다.

그 모습을 본 아명의 등줄기에 식은땀이 주르르 흘러내렸다.

"야옹아, 너, 너……."

아명은 야옹이가 쥐약을 먹은 상태라는 걸 깨달았다. 쥐약 먹은 쥐를 잡아먹은 게 분명했다. 엄마는 그런 쥐약은 한 방울만 있어도 큰 개를 잡을 수 있다고 하지 않았는가?

아명은 번뜩이는 두 눈에 살기가 가득한 야옹이 곁으로 살살 다가섰다.

비가 내리기 시작했다. 한 방울, 또 한 방울이 아명의 얼굴로 떨어지더니 찻잎에도 후드득거리는 빗소리가 나기 시작했다. 하지만 아명은 그것조차 느끼지 못했다. 아명의 머릿속에는 이미 찻잎도, 빗방울도 없었다. 아예 하늘과 땅도 존재하지 않았다. 아명의 의식 속에는 그 무시무시한 쥐약을 먹은 불쌍한 야옹이밖에 었었다.

야옹이도 뚫어져라 아명을 쳐다보며 아명이 한 걸음 한 걸음 다가 갈수록 한 걸음씩 뒷걸음쳤다. 무슨 까닭에서인지는 몰라도 지금 앉 아 있는 차나무를 떠나기 싫어하는 눈치였다. 반 걸음쯤 뒤로 물러나 더니 나무 밑동에 배를 바짝 붙이고 엎드렸다.

"야옹아, 너 왜 그래?"

아명의 목소리는 당황함을 넘어 금방이라도 울 것처럼 공포에 젖 어 있었다.

"야옹……, 야옹."

아명의 슬픈 부르짖음과는 상관없이 야옹이 눈에는 살기가 더 강 렬해져만 갔다. 야성만 남아 있어, 자신에게 다가오는 자신보다 몸집 이 큰 괴수와 생사 혈투를 벌일 자세로 아명을 노려보았다.

"야옹아, 우리 집에 가자! 내가 안아 줄게!"

나무 가까이로 다가간 아명이 이렇게 말을 하며 손을 내미는 순간 '꽝' 하고 천둥이 울렸다. 근처 어딘가에 벼락이 떨어진 듯했다. 놀 란 야옹이가 사방을 둘러보더니 순식간에 눈길을 거두고 몸을 훌쩍 날려 아명의 시야에서 도망치기 시작했다. 생각할 겨를도 없이 아명 이 함께 뛰기 시작했다.

빗방울이 점점 굵어지고 있었다. 후두두 내리던 비는 어느새 좍좍 내려 붓고 있었다. 엷은 막 같은 어두움이 내려앉은 천지간에는 시시 때때로 번개가 몰아치며 천둥 소리가 그 뒤를 잇고 있었지만, 아명의 머릿속을 꽉 채운 것은 오로지 야옹이뿐이었다.

몇십 미터를 도망치던 야옹이가 다시 다른 차나무 밑에 멈춰 섰다.

아명이 얼른 따라갔지만 야옹이가 다시 도망을 쳤다. 아명의 눈에 온
몸이 흠뻑 비에 젖은 야옹이가 들어왔다. 처음엔 얼굴에만 잔뜩 털이
뭉쳐 있었지만 비에 젖어 온몸의 털이 모두 뭉쳐 있었다. 갑자기 야
옹이가 아주 작아진 것만 같았다. 하지만 아명은 야옹이가 비에 젖어
그렇게 된 것도 몰랐고, 자신 또한 물에 빠진 생쥐 꼴이 되었다는 것
도 알아차리지 못했다.

"야옹……, 야옹."

다시 다가서다 잘못하여 미끄러졌지만 얼른 일어났다. 두 손이 모두 진흙투성이가 되어 있었지만 조금도 망설이지 않고 곧장 야옹이를 향해 다가갔다. 또다시 멀리 달아날 것이 두려워 진흙탕 속을 살금살금 걸어 야옹이가 앉아 있는 저 앞 차나무로 다가갔다. 최대한 부드럽게 야옹이를 부르며 조심스럽게 다가갔다. 머리에서 떨어지는 빗물이 시야를 가리자 손등으로 얼굴에 쏟아지는 빗물을 닦아 내며 야옹이에게 다가갔다. 어느새 얼굴에도 온통 진흙이 묻어 있었다. 물기 때문에 진흙이 눈 속으로 파고들어 몹시 아팠지만 아명은 꾹 참으며 이번에는 야옹이를 꼭 잡아서 집으로 데려가 설탕물을 먹여야 한다는 생각만 했다.

"그래! 내가 살려 내야 돼! 불쌍한 우리 야옹이……."

아명이 혼자 중얼거렸다.

아명의 행동을 지켜보고 있는 야옹이의 눈에는 여전히 살기가 가득했다. 털이 온통 달라붙어 비쩍 말라 보였고, 진흙이 잔뜩 묻은 입 주변에 흰 거품을 가득 문 채 숨을 가쁘게 내쉬고 있었다.

야옹이와 두세 걸음 간격을 두고 멈춰 선 아명은 천천히 엎드렸다. 야옹이를 막 잡으려는 순간 야옹이가 다시 도망을 쳤다. 이번에는 아명도 죽을 힘을 다해 미친 듯이 야옹이를 부르며 그 뒤를 쫓아갔다. 쫓아가면 갈수록 야옹이도 빨리 뛰어 종적을 감추고 말았다.

아명은 가쁜 숨을 헐떡이며 숨조차 제대로 쉬지 못했지만 포기하지 않았다. 아니, 아예 포기라는 말을 생각지도 못하고 있었다. 그저 있는 힘을 다해 뒤를 쫓으며 미친 듯이 야옹이를 불렀다. 몇 번을 넘어졌는지조차 모를 때 아명은 이미 진흙탕 물을 온통 뒤집어쓰고 있었으며, 목소리도 쉴 대로 쉬어 있었다.

빗줄기는 그칠 줄 모르고 쏟아지고, 간간이 번개가 그 사이를 지나고 있었다. 야옹이를 놓친 아명은 발길 닿는 대로 이리저리 사방을 뛰어다녔다. 굵은 빗줄기 속을 헤매는 아명은 천지간에 오갈 데 없이 떠도는 유령이 된 듯했다.

불쌍한 떠돌이 영혼이 차밭을 헤맨 지 얼마나 되었을까? 야옹이가 아명의 눈에 들어왔다. 하지만 자신의 주인을 기억해서가 아니라 더는 뛸 기력이 없어서인지 야옹이는 움직이지 못했다. 살기 어린 눈빛도 멍해진 것이 거의 눈조차 제대로 뜨지 못하고 있었다. 숨을 고르듯 그저 가슴만 가볍게 움직일 뿐이었다.

아명이 천천히 야옹이를 끌어안으며 땅바닥에 털썩 주저앉았다. 빗줄기가 가늘어졌다. 둔덕 근처 높은 지대를 빼고 차밭 전체가 진흙탕물에 잠겨 있었다. 아명은 일어날 기운조차 없는 듯 앉아서 가쁜 숨을 몰아쉬고 있었다. 야옹이를 가슴에 안은 채 자신의 얼굴을 야옹이 얼굴에 가져갔다.

"야옹아, 불쌍한 우리 야옹이……."

아명이 또 눈물을 흘리기 시작했다. 하지만 야옹이는 더는 움직이지 않았다.

잠시 동안 넋이 나간 사람처럼 앉아 있던 아명이 자리에서 일어났다. 한 걸음 한 걸음이 너무나도 무겁고 힘에 겨웠다. 질퍽거리는 땅

바닥을 걸으려니 몇 배로 힘이 들었다. 게다가 이미 집에서 멀리 떨어져, 집까지 돌아가기가 그리 쉽지 않았다.

저녁 해가 아명의 피곤한 몸을 비출 때쯤, 아명은 싸리문을 열고 들어서다가 그 자리에서 정신을 잃었다. 아명을 보고 놀란 엄마는 한눈에 무슨 일이 일어난 건지 알 수 있었다. 나무랄 시간도 없이 곧 따뜻한 곳으로 아명을 옮긴 뒤 이미 아명의 품에서 숨이 끊어진 고양이를 겨우 떼내었다. 엄마는 아명을 깨끗이 목욕시킨 뒤 겨우 달래 잠자리에 들게 했다.

월요일, 고아명은 결석을 했다.

임설분은 가벼운 감기에 걸린 것이라고 생각하면서도, 무슨 일인지 알아보려고 6학년인 누나 차매를 찾아갔다. 하지만 공교롭게도 차매도 결석이었다. 임설분은 지난번처럼 집안에 바쁜 일이 생겨 학교에 나오지 못한 모양이라고 생각하며 크게 마음을 쓰지 않았다.

화요일, 고아명이 또 결석을 했다. 마음이 조금 불안해진 임설분이 다시 차매를 찾아갔다. 차매는 아명이 병에 걸린 상황을 설명하며, 어제는 아버지가 집에 안 계셔서 동생을 돌봐야 했기 때문에 결석을 한 것이고, 오늘은 아버지가 집에 계셔서 학교에 올 수 있었다고 말했다. 차매는 동생의 병에 대해 설명하면서도 단지 아명이 열이 많이 나고 기침을 한다는 것뿐 달리 아는 것이 없었다.

처음에는 임설분도 비를 많이 맞아 감기에 걸렸나 보구나 하고 신경을 쓰지 않았지만, 그래도 방과 후에 한번 들러 보는 것이 좋겠다는 생각을 했다.

학생들이 집으로 돌아간 뒤 임설분은 과일을 사 들고 고아명의 집을 방문했다. 고석송 부부가 반갑게 그녀를 맞았다.

아명을 본 설분은 깜짝 놀라지 않을 수 없었다. 힘없이 침대 위에 누워 있는 아명은 숨조차 제대로 쉬지 못했다. 지난 사흘 동안 눈이 움푹 들어가고 두 뺨이 홀쭉하게 패인 것을 보는 순간 아명의 상태가 심각하다는 것을 알 수 있었다.

임설분이 손을 뻗어 아명의 이마에 얹었다. 이마가 불처럼 뜨거웠다. 한쪽 어깨를 들어 잡으니 어깨 또한 불처럼 뜨겁고 솜방망이처럼 푹 들어갔다.

"야옹, 야옹아. 이리 와……."

"우리 불쌍한 야옹이를 어떡하지……."

아명이 헛소리를 했다. 끊어질 듯 끊어질 듯 약한 목소리로 헛소리를 하다 이내 잠잠해졌다. 헐떡이는 숨소리만이 작은 방안을 떠돌았다. 공기 중에는 암담한 기운만이 뚜렷하게 감돌았다.

고석송이 임설분에게 아명이 계속 의식을 찾지 못한 채 이따금 선생님을 찾기도 하고, 또 같은 말만 반복하기도 한다고 더듬거리며 말했다.

임설분은 갑자기 뭔지 모를 공포가 덮쳐 오는 것을 느끼며 물었다.

"의사는 왔었나요?"

"아, 아니요."

"무슨 약이라도 먹이셨나요?"

"예. 몇 번 먹였습니다."

"이렇게 아픈 애한테 약만 먹여서 되겠어요?"

임설분이 자신도 모르게 발을 동동 구르며 외쳤다.

"그냥 감기라서 별로 중요하게 신경을 쓰지 않았습니다."

고석송이 말했다. 아생을 업고 있는 고석송의 아내는 끝내 아무 말도 하지 않은 채 곁에 서 있었다. 고석송은 괴로운 듯 얼굴에 잔뜩 인상을 쓰고 있었다. 운명 앞에 무릎을 꿇을 줄밖에 모르는 어리석은 부부였다. 설분이 주르륵 눈물을 흘렸다.

"아버님, 지금이라도 당장 병원으로 이 아이를 옮기도록 하세요."

"……."

"당장 옮기시지 않고 뭘 하는 거예요? 나머지 일은 제가 알아서 할테니 어서 업고 나가세요!"

고석송에게 거의 명령조로 아명을 업고 병원으로 가라고 하는 임설분 또한 열에 들뜬 사람처럼 정신이 없어 보였다.

두 사람이 급히 병원으로 달려갈 때 임설분이 더는 참지 못하고 분통을 터뜨렸다.

"아니, 어떻게 아이를 이 지경까지 내버려 두실 수가 있어요? 저희 아버지께서 무슨 일이 있으면 찾아오라고 하신 것을 잊으셨어요?"

임설분은 넋이 나간 사람처럼 계속해서 고석송을 질책했다. 신비한 어떤 힘이 임설분의 입을 통해 자신의 책임을 다하지 못한 아버지를 신랄하게 비판하는 것 같았다.

고석송은 입이 있어도 대꾸할 수 없었다. 이미 한 살밖에 안 된 막내 아들을 먼저 보낸 고석송이 아닌가? 하긴 그때는 병든 어머니 때문에 마음을 모질게 먹은 것이라고 변명할 여지나 있었지만 이번에는 그 망할 놈의 죽고 사는 것이 다 제 팔자라는 '운명론' 때문이었다. 그에게는 뭐든지 다 팔자였다. 돈을 벌어 부자가 되는 것도 팔자요, 돈을 못 벌어 가난뱅이로 사는 것도 팔자소관이었다.

고석송은 후회가 되기 시작했다. 후우, 아무리 어려워도……, 그래도 병원에 갔어야 했는데……. 감기쯤은 별일 아니라고 생각했는데……. 그게 다 원수 같은 빚 때문에, 그놈의 빚을 지기 싫어 그런 것이 아니던가?

한밤중, 설분은 아직 끝나지 않은 자신의 편지를 계속 써나갔다.

아명의 아버님을 돌려보낸 뒤 의사 선생님께 경과를 물어봤더니 고개를 가로저으며 제게 아무 말도 안 해 주셨어요. 제가 계속 고집을 부리며 거듭 물었더니 이미 늦었다고 하시며 24시간밖에는 살지 못할 거래요. 급성 폐렴이라나 봐요. 어젯밤에 주사만 제대로 맞았어도 깨끗이 나았을 것을…….

운천 씨, 제가 무슨 더 할 말이 있었겠어요? 흘러내리는 눈물을 감추기 위해 얼른 그 방을 나오고 말았답니다.

어제, 바로 어제, 어제 왜 제가 아명이네 집을 찾아가지 않았는지 모르겠어요. 어제만 찾아갔어도 아명이의 귀한 생명을 구할 수 있었는데, 겨우 하루 때문에 이런 끔찍한 일을 당할 줄은 정말 몰랐어요.

차라리 꿈이었으면 좋겠어요! 도무지 믿을 수가 없어요. 아! 한 사람의 생명이 이렇게 쉽게 끝날 수 있단 말인가요? 겨우 24시간이라는 그 짧은 시간을 놓쳤기 때문에…….

당신과 아명 모두에게 너무 미안해요. 순간의 잘못으로 천재의 요절을 지켜보는 것 같아요. 평생 제 마음속에 너무나 큰 짐이 되고, 너무나 큰 한이 될 것만 같아요.

셋째 날.

국기 게양식이 끝난 뒤 임설분은 자신의 반 학생들에게 고아명이 병에 걸려 생명이 위태롭다는 소식을 전하며 병문안을 갈 사람은 함께 가도 좋다고 말했다. 그중 각자 집으로 돌아가 용돈을 조금씩 모아 위로금을 전달하면 좋겠다는 한 학생의 건의를 받아들여 잠시 흩어졌다가 30분 뒤에 다시 모이기로 했다.

학생들이 모두 300원의 위로금을 모았다. 임설분이 인솔해 학생들은 모두 천수 마을에 있는 고아명의 집으로 갔다.

임 선생과 반장 임지홍이 우선 집으로 들어가고 나머지 50명 남짓한 학생들은 마당에서 기다렸다.

고석송이 임설분에게 아명이 막 의식을 차렸으며, 토마토 한 개를 먹고 기운을 좀 차렸다고 알려 주었다.

임설분은 학생들이 모은 위로금을 고석송에게 전달한 뒤 임지홍과 함께 방안으로 들어갔다.

"선, 생, 님!"

아명이 금방 임설분을 알아보고 그녀를 불렀다. 힘은 없었지만 또 렷한 목소리였다. 하지만 숨쉬기가 버거운지 숨을 헐떡이고 있었다.

"아명아!"

임지홍이 고아명을 부르며 침대로 다가가 손을 잡았다.

"지, 홍, 아!"

"좀 괜찮니?"

임설분이 침대로 다가서며 몸을 숙인 채 얼굴에 미소를 지으며 물었다. 고개를 끄덕이려 애쓰는 아명의 두 뺨에 어느새 맑은 눈물이 흘러내렸다.

"선, 생, 님!"

"괜찮아, 아무 말도 안 해도 돼!"

임설분이 얼른 손수건을 꺼내 아명의 눈물을 닦아 주었다.

"푹 쉬기만 하면 금방 일어날 수 있을 거야."

"선생님, 정말 나을 수 있을까요?"

"그럼, 낫고말고! 주사도 맞고 약도 먹었으니까 분명히 좋아질 거야. 너 약은 먹었지?"

"예, 먹었어요."

"그럼 됐어. 금세 나을 거야. 너 다 나으면 우리 같이 동과산에도 가고 제명당에도 가서 그림 그리자."

"그럼 정말 좋겠네요. 그런데 제 그림은 어떻게 됐어요?"

"외국으로 보낸 그림 말이니? 곧 소식이 올 거야. 네가 전 세계 어린이를 대표해서 대상을 받을 테니 아무 걱정 하지 마!"

아명의 입가에 한 줄기 처연한 웃음이 감돌았다.

"반 아이들이 빨리 병 나으라고 널 보러 왔단다."

"정말이에요? 어디, 어디 있는데요?"

아명의 목소리가 한껏 높아졌다. 흥분한 듯 눈에도 한줄기 광채가 났다. 설분의 가슴에 갑자기 늙은 의사가 뭔가 잘못 안 게 아닌가 하는 의심이 일며 고아명이 곧 자리를 털고 일어날지도 모른다는 실낱같은 희망이 생겨났다. 혹시 잘못 본 게 아니더라도 세상에는 기적이라는 게 있지 않은가……. 그녀가 얼른 대답했다.

"밖에서 기다리고 있어. 선생님이 불러 줄게."

설분이 나간 뒤 지홍이 입을 열었다.

"아명아, 네가 없으니까 너무 심심해."

"나도 그래……."

"금방 학교에 다시 나올 거지? 그렇지?"

"그럼, 그래야지!"

대여섯 명의 아이들이 들어오자 작은 방이 꽉 찼다. 아이들은 아명의 이름을 부르고 손을 흔들며 어서 빨리 나으라는 말을 하고 자리를 떴고, 이어 다시 대여섯 명의 아이들이 들어왔다. 임설분이 학생들에게 말을 많이 하지 말고 시간을 너무 빼앗지 말라고 미리 당부한 듯했다.

다섯 번째로 대여섯 명의 학생들이 들어왔을 때만 해도 웃음을 짓던 아명이 그들이 나간 뒤 다시 의식을 잃자 그 다음에 들어온 학생들은 그저 말없이 아명의 모습만 한번 보고 방을 나갔다. 방문한 학생들이 모두 아명을 본 뒤 마당에서 임설분을 기다렸다.

아명의 침대 곁에서 아명을 바라보고 있던 임설분은 아명의 숨이 더욱 가빠지고 미약해진 것을 느낄 수 있었다. 방금 전 마음속에 생기던 희망과 기대가 무너지며 그 자리에 비할 수 없는 고통과 후회가 들어섰다.

임설분은 갑자기 곽운천을 떠올렸다. 그가 있었다면 상황이 이렇게까지 나빠지지는 않았을 텐데……. 날마다 하루의 얼마 동안 아명과 함께 놀던 사람이었으니 하루라도 얼굴이 보이지 않았다면 곧 자전거를 타고 이 아이를 보러 왔을 거야! 그가 어제 이곳에 있었다면 이 '운명의 하루'를 절대 이런 식으로 놓치지 않았을 거야! 아, 모든 게 다 내 잘못이다. 내가 가장 소중한 하루를 놓쳐 버린 거야! 이 무겁고 용서받을 수 없는 죄를 어쩌나.

임설분이 우는 것을 보고는 임지홍도 훌쩍이며 연방 눈물을 닦아냈다.

고서송은 방 한 구석에 말없이 서서 눈물만 흘리고 있었다. 아명의 엄마는 옆방에서 울고 있는지 울음소리가 자그마하게 들려왔다.

바로 그때 밖에서 자동차 소리가 난 뒤 격앙된 목소리가 들렸다. 잠시 뒤 두 사람이 방 안으로 들어왔다. 이금삼과 새로 개업을 한 젊은 의사가 왕진 가방을 들고 들어온 것이다.

"상태가 어떻습니까?"

이금삼이 서둘러 물었다.

"잠들었어요."

설분이 대답했다.

"의사 선생님, 좀 보시지요."

임설분이 침대에서 물러서자 젊은 의사가 곧 침대로 다가섰다. 이때 다시 설분의 머릿속에는 한 줄기 희망이 스쳐 갔다. 새로 개업한 젊은 의사에게 아명을 구할 신약 같은 것이 있지 않을까 하는 기대에 가슴이 세차게 뛰기 시작했다.

이금삼이 임설분에게 다가와 귓속말을 전했다.

"방금 전에 세계 어린이 미술 대전에서 고아명이 특상을 탔다는 전화를 받았습니다."

"뭐라고요? 특상이라고요?"

"그렇습니다! 특상을 탔답니다!"

"아……!"

임설분이 비틀거리는 몸을 겨우 가누고 눈을 감은 채 다시 한 번 회한의 눈물을 흘렸다. 빙글빙글 돌고 있는 방 한가운데 자신이 마치 천애 고아처럼 의지할 데 없이 외롭게 서 있는 것만 같았다.

의사가 이제 더는 손쓸 것이 없다는 듯 자세히 보지도 주사기를 꺼내지도 않은 채 몸을 일으켰다.

"어떻습니까?"

이금삼이 다급한 목소리로 물었다.

"너무 늦었습니다."

"후유……."

이금삼이 긴 한숨을 내쉬는 것과 동시에 임설분이 그 동안 참았던 울음을 참지 못하고 크게 소리 내어 울기 시작했다. 부끄러움이나 지위, 자존심 따위의 인간이 뒤집어쓰고 있는 모든 가식의 탈을 벗고 목놓아 울었다.

임설분은 이미 저세상 사람이 되어 버린 고아명의 몸에 자신의 몸을 묻고 한없는 슬픔에 젖었다.

황금빛 꽃, 로빙화

수성향에서는 일 년에 한 번 보기 힘든 성대한 장례식이 거행되고 있었다. 향장이 친히 장례식 사회를 맡았고, 수많은 향내 귀빈들이 자리에 함께했다. 수성 초등학교의 모든 선생님들과 5, 6학년 학생들, 그리고 3학년 2반 아이들이 장례식에 참가했다. 마을에서도 많은 사람들이 장례식 구경을 나와 있었다.

고석송의 집 마당에 마련해 놓은 영당(영정을 모신 방—옮긴이)에는 발 디딜 틈조차 없이 많은 사람들이 모여 있었다.

영당 앞면과 옆면에는 향에서 으뜸가는 한학자들이 직접 쓴 많은 대련(對聯)이 아명의 죽음을 애도하고 있었다.

위패를 모셔 놓은 탁자 위에는 갖가지 제사 음식이 빽빽이 놓여 있었다.

옥에 티라고 한다면 이런 장소에서 빠져서는 안 될 망자의 영정 사진이 빠지고 액자 하나가 그 자리를 대신하고 있다는 점이었다. 하지만 이 액자는 그냥 여느 액자가 아니었다. 이것은 아명의 죽음을 애도하는 그 어떤 대련이나 제수품보다 훨씬 더 강한 힘으로 여기에 모인 모든 사람들에게 존경과 애도의 뜻을 자아내고 있었다.

비록 액자 속에 들어 있는 종이 위에 꼬불꼬불 쓰여 있는 글자가 무슨 뜻인지 이해하는 사람은 한 사람도 없을지라도, 이 액자가 너무 일찍 요절해 버린 한 천재의 성과물이자 전 세계에 명예를 떨치고 온 것이라는 것은 누구나 잘 알고 있었다.

이 한 장의 종이가 갖는 숭고한 가치 때문에 어린아이의 죽음을 두고 이보다 열 배 백 배 더 성대하게 장례식을 치른다 해도 지나치지 않을 것이라고 생각했다. 그 한 장의 종이란 바로 태평양 건너 남아메리카의 잘 알지도 못하는 나라에서 보내 온 상장이었다.

이 상장을 무엇보다 소중한 이 자리에서 사용하기 위해 향장과 교장이 이금삼 선생을 교육부로 특별히 보내 받아 왔다.

향을 막 피우고 난 뒤 임장수 향장의 애도사가 이어졌다.

"마지막으로 우리 수성향은 지세가 빼어난 용혈(龍穴)에 자리 잡고 있어 수백 년 전 선조들이 이곳을 처음 일구던 때부터 수성향에서 빼어난 인물들이 많이 배출될 것이라고 예언한 바 있습니다. 여러분도 알다시피 우리 마을에서는 이미 현장(縣長) 한 분과 현의원 두 분이 배출되었으니 지세가 뛰어나고 인물이 걸출하다는 그 말이 모두 사실이 틀림없는 것 같습니다. 이런 까닭에 우리 마을에서 훌륭한 천재 어린이 화가가 나왔다는 사실을 듣고도 전 그리 놀라지 않았습니다.

다만 애석한 것은 저희들이 매우 뛰어난 어린 천재 화가를 제대로 교육하는 책임을 다하지 못한 채 이렇게 일찍 세상을 떠나게 했다는 점입니다. 생각하면 참으로 가슴이 아프고 또 부끄럽기 그지없습니다. 본인은 이곳의 향장으로서 더더욱 마음이 아프고 괴롭습니다."

잠시 말을 멈춘 임 향장이 손수건을 꺼내 이마와 목덜미의 땀을 닦아 냈다. 줄기차게 흘러내리는 땀과 그의 비통한 표정은 보는 이들의 마음을 움직였다.

그가 다시 목소리를 가다듬고 말을 이었다.

"지세가 뛰어나고 훌륭한 인재들이 많이 배출되는 수성향이므로 앞으로 이처럼 뛰어난 인재들이 반드시 또 배출될 것이라고 전 믿어 의심치 않습니다. 학부형의 한 사람으로서 이런 책임을 또다시 망각해서는 안 될 줄 압니다. 옛말에 어린이들은 무한한 가치를 지닌 보물이라고 했습니다. 하물며 천재일 때야 두말 할 필요가 있겠습니까? …… 제가 이곳의 향장으로 있는 한, 단 하루를 재임하더라도 다음 세대를 위해 최선의 노력을 다할 것입니다. 전 이미 영재 어린이 교육기금 위원회 설립을 추진하고 있습니다. 머지않아 곧 설립될 것이니 모두 자그마한 성의라도 거두어 영재 육성의 책임을 다하도록 합시다. 고아명이라는 천재 소년이 이렇듯 허망하게 세상을 떠난 것은 참으로 가슴 아픈 일이지만 우리 가슴 속에 남겨 준 교훈을 깊이 새기고 함께 노력해 간다면 고아명의 죽음이 헛되지는 않을 것입니다. 이 위원회의 설립을 통해 훌륭한 영재들을 더 많이 배출할 수 있기를 간절히 희망하는 바입니다……."

향장의 말에 사람들은 감동했다. 하지만 이곳에 모인 사람들이 흘리는 땀이 정녕 인재 육성에 대한 책임을 제대로 하지 못한 부끄러움 때문에 흘리는 진땀인가를 묻는다면 그 진실은 하늘만이 알고 있을 것이다.

늦게 도착한 한 청년이 누군가의 눈길에 자신을 드러내기 싫은 것은 물론 이곳에 모인 사람들을 아는 체하는 것조차 꺼려지는 듯, 마련된 자리 맨 끝 의자에 고개를 푹 숙이고 앉았다.

참담한 고통을 참는 듯 표정에는 까닭을 알 수 없는 분노까지 실려 있었다. 슬픈 모습에 한 줄기 안도의 빛도 느껴졌다. 참으로 모순이 아닐 수 없었다. 하지만 여기 모인 수백 명의 사람들 가운데 천진난만한 어린이들을 제외하고 누구 하나 가슴 속에 모순을 숨겨 놓고 살지 않는 이가 있을까?

장례식이 끝나고 관이 나갔다. 임지홍이 상장이 든 액자를 손에 들고 고아명의 영구를 따라갔다. 이것은 모두 장례식을 주도한 임 향장의 배려였다. 그는 이 장례식에 대한 정중함을 보이기 위해 죽은 아명의 누나 대신 자신의 아들이 직접 액자를 들게 했다. 이런 처사가 과연 합리적이고 이치에 맞는지는 모르겠지만 향장의 세심한 배려에 마을 주민들은 존경을 나타냈다.

임지홍의 뒤를 바짝 따르고 있는 것은 손수건으로 연방 눈물을 닦아 내는 임설분이었다. 얼마나 울었는지 눈이 퉁퉁 부은 임설분의 모습을 보고 사람들은 학생을 너무나 사랑하는 선생님이라며 칭찬을 아끼지 않았다.

이들 남매 뒤로 향장이 숙연한 모습으로 계속 땀을 닦아 내며 함께 걸어갔다. 오늘 그는 인생에서 가장 많은 땀을 흘렸을 것이다. 이번 장례식에서 그가 주민들에게 보여 준 모습은 더도 덜도 아닌 좋은 향장의 모습 그 자체였다.

그 뒤로 교장과 마을 귀빈, 선생님들과 삼백 명 남짓한 초등학교 학생들의 행렬이 이어졌다.

행렬이 멀리 사라지자 마당은 영당을 치우는 사람들의 손길로 분주했다.

아생의 손을 잡고 영당에 줄곧 앉아 있던 차매는 그곳을 치워야 한다는 말에 마지못해 자리에서 일어났다. 몸을 돌려 손님들이 앉아 있던 곳을 쳐다볼 때 차매의 시야에 한 청년의 모습이 들어왔다. 고개를 숙인 채 눈물을 닦고 있는 모습을 보며, 얼굴은 보이지 않았지만 그의 가슴과 어깨, 등의 윤곽을 보고 차매는 그가 누구인지 알아차렸다.

동생의 손을 잡고 천천히 그의 곁으로 다가갔다.

"곽 선생님……."

차매의 목소리는 사랑하는 동생을 막 떠나 보낸 누나의 목소리라고 하기에는 너무나도 차분했다.

상대가 깜짝 놀라 고개를 들었다. 곽운천의 눈에 낯익은 소녀의 얼굴이 들어왔다. 그 얼굴은 너무나 무표정했고 눈물을 흘린 아무런 흔적도 남아 있지 않았다.

까맣게 그을린 얼굴이 조금 마른 데다 움푹 팬 눈에는 실핏줄이 가늘게 서 있었다.

곽운천이 낮은 신음 소리를 내는 순간 그의 눈에서 다시 눈물이 흘러나와 한참 동안 말을 하지 못했다.

차매의 눈에도 천천히 눈물이 고이며 서러움과 고통에 가득 찬 액체가 눈에서 떨어졌다. 그와 동시에 차매는 아생의 손을 놓고 곽운천의 품에 와락 안겼다.

두 사람이 함께 부둥켜안고 우는 모습을 이상한 듯 보고 있던 아생이 잠시 뒤 '와앙' 하고 울기 시작했다.

얼른 동생을 끌어안고 차매는 다시 곽운천의 품에 안겨 함께 울기 시작했다.

한참이 지난 뒤 곽운천이 겨우 눈물을 멈추며 목멘 소리로 말했다.

"이제 그만 울어……. 이제 그만……."

차매의 말없는 울음소리가 더욱 커져만 갔다.

"아명이는 지금 분명 기뻐하고 있을 거야."

차매의 슬픈 울음소리가 계속 이어졌다.

"이제 그만 울어……. 아명이도 만족하고 있을 거야. 천재 화가였잖니, 그치? 천재 말이야……."

곽운천은 자신이 도대체 무슨 말을 하고 있는지조차 알지 못했다. 그의 머릿속은 텅 비어 있는 듯했다.

"그깟 천재가 무슨 소용이 있어요? 사람이 죽으면 다 끝나는 것 아니에요?"

차매가 끊임없이 눈물을 흘리는 것을 지켜보던 곽운천은 차매의 눈에서 희미하게 보일 듯 말 듯한 분노를 보았다.

어쩌다 이렇게 됐을까? 왜? 어린 소녀의 눈빛이 왜 이렇게 변했는지 곽운천은 그 답을 찾을 수가 없었다.

"그렇게 말하면 안 돼. 어차피 사람은 한 번 태어나서 한 번은 죽는 것 아니겠니? 사람들 모두 아명이가 천재인 것을 알았고, 또 교훈도 얻었으니까 그것으로 된 거야."

"사람들 모두라고요? 사람들이 누가 아명이더러 천재라고 했는데요? 저는 선생님 말고 다른 사람이 그렇게 말하는 것은 한 번도 못 들었어요!"

눈물이 멈춘 차매의 눈에서 강한 열기가 쏟아져 나왔다.

"방금 전에 향장님도 아명이가 천재라고 하셨잖니."

"그게 무슨 소용 있어요? 살아 있을 때는 다들 모른 체하더니 죽으니까 찾아와서 천재니 뭐니 떠들고……."

말을 채 끝내지 못한 차매가 다시 한 번 곽운천의 품에 안겼다.

곽운천이 차매의 등을 어루만지며 차매가 한 말의 의미를 되새겼다. 마치 모래 알갱이 하나에 우주의 이치가 담겨 있듯이 가끔은 작은 영혼들이 오히려 큰 이치를 가슴에 담고 있다. 하지만 그 대가는 너무나도 컸다. 그는 이런 생각에 가슴이 메어지듯 숨이 막혔고, 터져 나오려는 울음을 가까스로 참았다. 차매를 달랜 곽운천은 차매와 아생을 데리고 집으로 들어갔다. 고석송 부부가 애도의 뜻과 함께 조의금을 전한 그에게 좀 더 있다 가라고 했지만 완곡하게 거절했다. 곽운천은 그 누구도 만나고 싶지 않다며 그들이 돌아오기 전에 떠나

겠다고 말했다.

　곽운천은 혼자서 차밭 주변에 나 있는 소달구지 길을 따라 천천히 걸음을 옮겼다. 로빙화는 이미 시들어 있었다.

　뿌리까지 뽑힌 로빙화들은 차나무 밑에 깔려 진흙을 덮은 채 썩어 가고 있었다. 다음해에 꽃을 피우기 위해 남겨진 로빙화들도 줄기마다 씨앗을 맺고 있어 전체가 회색빛을 띠고 있었다.

　3개월 전 자신이 그림을 그리던 이곳은 고아명 남매를 처음 만난 곳이기도 했다. 가슴 속에서 헤아리기 힘든 슬픔이 한꺼번에 밀려왔다.

　로빙화는 시들어 말라 버렸지만 다음해에 다시 인간 세상에 황금빛 꽃을 피우기 위한 씨를 남겨 놓고 갔다. 로빙화는 한 번씩 피고 지면서 차밭을 기름지게 만든다. 하지만 이 세상에서 소리 없이 져 버린 귀하고 귀한 어린 천재는 도대체 이 세상에 무엇을 남겼을까? 곽운천은 답을 찾을 수 없었다.